LukasBS
Lukas Woll

AUF DER JAGD nach dem GOLDENEN PLAY BUTTON

BRAINBOOK

BRAINBOOK

IMPRESSUM

Brain Media GmbH
Am Sportfeld 8
65399 Kiedrich

ISBN:
Taschenbuch: 978-3-96890-168-8
E-Book: 978-3-96890-169-5

Einige Bildlizenzen von shutterstock.com

Druck: Print Best

Lektorat: Ann-Kristin Brümmer, Laura Dänekas

Die Zufriedenheit unserer Leserinnen und Leser hat für uns oberste Priorität.

Sollten Sie Fragen oder Anmerkungen haben, können Sie uns jederzeit unter kontakt@brainbook-verlag.de erreichen. Wir freuen uns auf Ihre Rückmeldung.

brainbook_verlag
www.brainbook-verlag.de
kontakt@brainbook-verlag.de

Bonus

Du willst noch mehr?
Schau hier rein für kostenlosen
Content zum Buch oder besuche
https://brainbook-verlag.de/bonus

INHALTSVERZEICHNIS

Teil 1

Große Träume

Teil 2

Der Aufstieg

Teil 3

Clicks

Teil 4

Gamechanger

Teil 5

Neue Chancen

TEIL 1

GROSSE TRÄUME

KAPITEL 1

HEY LEUTE, ICH BIN LUIS

Ich sage euch, mein Leben verlief in den letzten Jahren echt krass. Alte Freundschaften sind in die Brüche gegangen und neue entstanden, ich war bereit, große Deals abzuschließen, und bin dabei auf ganz schön viele Blender reingefallen. Oh mein Gott, Freunde, hätte ich das nur vorher gewusst! Angefangen hat alles, als ich nach unserem Umzug zum zweiten Mal in die 3. Klasse kam – aber lest selbst:

Für die meisten bin ich vielleicht unscheinbar, klein und langweilig, aber tief drinnen brodelt ein Feuer in mir. Ich bin ein riesiger Fan von Handy-Games und verschlinge jede neue Folge meiner Lieblings-YouTuber.

Die Aussicht darauf, wie viele Jahre ich noch in der Schule verbringen muss, ist echt frustrierend. Aber wenn ich sie überstanden habe, dann bin ich frei – auch wenn ich manchmal bezweifle, dass ich das schaffe.

Ich bin weder groß noch stark und zu allem Überfluss auch noch echt schüchtern! Es ist gerade echt ätzend, was bei mir abgeht. Die Lehrer sind übelst anstrengend und von den meisten meiner Mitschüler werde ich gemieden, wenn nicht Schlimmeres.

Als meine Eltern wegen der Arbeit umziehen mussten, dachte ich echt, dass mein Leben ruiniert ist. Weil wir das Bundesland gewechselt haben, waren nicht nur meine Sommerferien kürzer, nein, ich wurde auch wieder in die dritte Klasse gesteckt – *damit ich den Anschluss nicht verpasse bla bla.*

Deshalb bin ich ein gutes Stück älter als die Anderen. Und ich muss noch ein Jahr länger zur Schule! Einfach nur mies, auch wenn es durch meine Körpergröße nicht wirklich auffällt.

Aber dann habe ich Felix kennengelernt und mittlerweile bin ich richtig froh, dass wir damals umziehen mussten, sonst hätte ich niemals den besten Freund gefunden, den ich mir wünschen kann! Er ist der Einzige, der mich wirklich versteht und immer für mich da ist.

Mit seiner Brille und den wuscheligen braunen Haaren verkörpert er das typische Bild eines Nerds. Seine Klamotten sind meist mit irgendwelchen Superhelden bedruckt und er ist immer ein wenig verpeilt. Zum Lachen bringt er mich besonders dann, wenn er wieder mal ein Sprichwort raushaut, das verdrehter nicht sein könnte.

Aber ganz egal, wie zurückhaltend er sonst ist – ich kann mich immer darauf verlassen, dass Felix im Notfall alles über Bord wirft, wenn es für einen von uns brenzlig wird. Erst letztens hat er in einer Auseinandersetzung einem anderen Schüler »Wer zuletzt lacht, hat den Salat!« an den Kopf geworfen.

Der Gedanke daran bringt mich direkt wieder zum Schmunzeln. Wir sind wie Iron Man und Captain America – wir könnten unterschiedlicher nicht sein, doch halten wie zwei Brüder zusammen.

Wir teilen außerdem unsere Liebe zu YouTube und zum Gaming. Er hat sogar einen eigenen Kanal und weiß alles über Mikros, Cams und die neuesten Gaming-PCs. Felix ist einfach ein echter Ehrenmann. Sein unerschütterlicher Rückhalt macht ihn für mich zum besten Bro der Welt.

Zu unseren absoluten Lieblingsorten gehört außerdem der Fußballplatz. Wir sind beide in der Fußball-AG, die zweimal die Woche stattfindet. Ich feiere es immer, wenn wir zusammen kicken und uns so richtig auspowern können.

Ich bin Stürmer und Felix steht im Tor. Wenn ich über den Platz sprinte und dem gegnerischen Team den Ball abnehme, dann vergesse ich, wie schüchtern ich normalerweise bin. Und mein bester Freund jubelt mir zu, wenn ich es schaffe, den Torhüter des anderen Teams auszutricksen.

»Stark, Diggah, was für ein krasses Tor!«, ruft Felix mir zu, als ich dem selbstbewussten Anführer der angesagten Kids, Pat, den Ball um die Ohren schieße.

Zusammen sind wir einfach unschlagbar! Er hat ständig eine neue Taktik in der Hinterhand, um unsere Gegner zu verwirren, und wir fühlen uns wie zwei echte Avengers, wenn wir den anderen gemeinsam zeigen können, was wir draufhaben.

»Die anderen«, tja ... Ich nenne sie nur die »Gangs«. Natürlich sind es keine richtigen Gangs. Wir sind Grundschüler. Aber manchmal benehmen sie sich trotzdem so ...

Zuerst gibt es die selbstbewussten *Macher*, die leider auch alle in der Fußball-AG sind. Dazu zählen neben Pat die angesagten Jungs Leon und Klaus.

Pat ist aus irgendeinem Grund ganz versessen darauf, mir täglich eins reinzuwürgen. Keine Ahnung, was ich ihm getan habe, doch schon seit meinem ersten Tag hier haben er und seine Kumpels es auf Felix und mich abgesehen. Das wird sich wohl jetzt im letzten Schuljahr auch nicht mehr ändern.

Pat wäre wohl gern schon alt. Er trägt spießige Leinenhosen und Poloshirts, hat dunkles, kurz geschnittenes Haar, blaue Augen und einen durchdringenden Blick. Er versucht immer, seinen Willen durchzusetzen, und ist unheimlich schnell neidisch, wenn andere Kids etwas besser können als er oder angesagteres Zeug besitzen.

Er ist außerdem ein richtig schlechter Verlierer. Einmal hat er geheult, nur weil wir ein Freundschaftsspiel gegen eine andere Schule verloren haben. Natürlich hat er im Anschluss versucht, seinen Frust an mir auszulassen.

Pat ist generell bekannt dafür, andere runterzumachen und auszunutzen, um selbst als der Stärkere dazustehen. Manchmal glaube ich, meine Mitschüler tun alle nur so, als wäre er beliebt. Ich bin mir sicher, sie mögen ihn eigentlich auch nicht, aber sie haben Angst, ebenfalls ins Visier seiner Wutausbrüche zu geraten. Leon und Klaus halten sich immer in seinem Windschatten und himmeln ihn an. Keine Ahnung, was bei denen falsch läuft.

Dann gibt es noch die *Influencer Girls* mit den beliebtesten Mädchen der Klasse. Von denen ist Sally die bekannteste. Auf TikTok zeigt sie lustige Tänze, die sie zusammen mit den anderen Mädchen ihrer Gang synchron vortanzt, und filmt hin und wieder ihren Alltag. Ich finde sie echt süß, aber ich würde mich niemals trauen, mit ihr zu sprechen.

Gefühlt bin ich einen halben Meter kleiner als sie. Was soll Sally also schon mit mir anfangen?

Neben den beiden Gruppen gibt es noch die Technik-Freaks, die am liebsten Smartphones und Laptops auseinanderschrauben und unter sich bleiben, und zuletzt ein paar Streber, die gar nicht genug von ihren Schulbüchern bekommen können, jede Zusatzaufgabe dankend annehmen und in den Pausen den Lehrern Löcher in den Bauch fragen.

Ihr ahnt es schon, Felix und ich gehören keiner der Gangs an und werden deshalb oft ausgeschlossen. Es fühlt sich an, als würden wir nirgends dazugehören. Das macht mich manchmal traurig, aber wenigstens habe ich Felix. Wir versuchen, einander trotz allem immer den Rücken freizuhalten.

Was die Schule angeht, bin ich leider eine echte Niete. Ich bin kein Mathegenie, keine Leseratte und auch in den anderen Fächern nicht gerade ein Überflieger. Im Gegensatz zu den Nerds fällt es mir echt schwer, mich für den Kram zu begeistern.

Neben Sport gibt es nur ein Fach, das ich liebe: Kunst. Hier kann ich alle meine Einfälle auf Papier bringen. Wenn ich mich in der Kunststunde auf meine Bilder konzentriere, dann fühlt es sich gar nicht mehr wie Unterricht an und es hilft, einfach aufzumalen, wie es mir gerade geht. Es macht mir krass Spaß, immer neue Kombis von Farben und Formen auszuprobieren. Manchmal fühle ich mich wie ein echter Künstler, wenn ich vor meinem Kunstwerk sitze und Motive aus meinen liebsten Games male.

Meine Eltern haben mir letztes Jahr zum Schulbeginn sogar einen neuen Wasserfarbkasten gekauft – von einer »richtig guten Marke«, wie sie bestimmt tausendmal betont haben.

Ich habe mich mega gefreut. Doch bei meinen Mitschülern kommt mein Hang zu Farben nicht sonderlich gut an. Die Jungs finden alle, Malen wäre was für Mädchen, aber die haben einfach keine Ahnung.

Neben Fußball und Kunst sind YouTube und Computerspiele die Dinge, die mich am meisten begeistern. Viel spannender als alle Grammatikregeln der Welt! Ich muss aber zugeben, dass ich oft in meiner eigenen Bubble lebe und mich hauptsächlich für Dinge interessiere, die für andere in meinem Alter echt cringe sind.

Ich kann Stunden damit verbringen, Minecraft zu spielen und mir auf YouTube Tutorials darüber anzuschauen, wie ich meine Welt noch besser gestalten kann. Ich vergesse dabei alles um mich herum. Ein wenig oldschool, ich weiß, aber Felix ist beim Thema Gaming vollkommen bei mir und feiert mich für meine Skills.

Er selbst spielt ein anderes Game, doch ich merke, wie gebannt mein Bro mir zuhört, wenn ich ihm von meinen neuen Erfolgen bei

Minecraft erzähle. Dann frage ich mich manchmal, wie es wäre, wenn ich all das nicht nur Felix, sondern einer riesigen Community erzählen würde.

Freunde, ich liebe YouTube einfach übertrieben!

Zusammen mit der nervigen Schule und den Sticheleien der Gangs sind aller »guten« Dinge bekanntlich drei und so herrscht auch zu Hause gerade das pure Chaos. Meine Eltern arbeiten ständig und sind gefühlt im Dauerstress. Sie wollen, dass ich später auch so einen Vorzeigeberuf ergreife wie sie.

Dabei wird mir übel beim Gedanken daran, nur noch von einem Meeting ins andere zu hetzen, zehn Calls die Stunde zu führen und jedes zweite Wochenende für irgendeinen Typen, der noch gestresster ist als ich, durch halb Deutschland jetten zu müssen.

Beide waren als Kinder nicht reich, habe ich mal von meiner Oma erfahren – eher im Gegenteil. Sie mussten ihre Ausbildung, Wohnung und so was alles selbst bezahlen.

Ich glaube deswegen, dass sie so viel arbeiten, um mir später ein Studium und alles drum herum zu ermöglichen.

Dabei ist das noch so unglaublich weit weg! In Wahrheit haben sie längst vergessen, wie es ist, ein Kind zu sein. Mir wäre es viel lieber, wenn sie ab und an mal zu Hause wären. Ich kann mich gar nicht mehr daran erinnern, wann wir zuletzt zusammen zu Mittag gegessen oder etwas unternommen haben.

Meine Eltern sind natürlich gegen YouTube und Computerspiele. Sie meinen, das sei Zeitverschwendung. Doch ich kann nicht anders. Es ist wie ein geniales Paralleluniversum, in dem einfach alles möglich ist. Manchmal träume ich davon, selbst ein großer YouTuber zu werden. Dann könnte ich den ganzen Tag machen, was ich sowieso schon liebe. Da würden sich meine Eltern aber umgucken!

KAPITEL 2

ALTE FEINDE

Heute ist der erste Schultag nach den Sommerferien und ich spüre ein Kribbeln im Bauch, als ich das Klassenzimmer betrete. Wie werden meine Mitschüler dieses Jahr über mich denken? Ob sie immer noch so gemein sein werden wie vor den Ferien?

Als ich die Tür öffne und den Klassenraum betrete, fühle ich mich sofort beobachtet.

Die Macher haben bereits ihr Revier abgesteckt und sich in der letzten Bankreihe verteilt. Pat, ihr Anführer, ruft quer durch die Klasse:

»Ha! Luis ist ja immer noch ein Lauch! So klein und dünn, wie der ist, könnte er direkt vor mir stehen und ich würde es nicht mal bemerken!«

Lautes Gelächter von Leon und Klaus. Pat, sichtlich zufrieden mit seinem Spruch, genießt die Anerkennung seiner Handlanger.

Meine Handflächen werden nass und mein Magen krampft sich zusammen. Boah, mir ist echt schlecht und ich möchte am liebsten gleich wieder zur Tür raus.

Ich bin also immer noch Luis, der kleine Nerd und Außenseiter. Wird dieser Albtraum jemals ein Ende nehmen? Könnte ich doch bloß für immer in meinem Zimmer bleiben! Dort ist es ruhig und ich bin allein mit mir und meiner YouTube-Welt. Ich denke an die hell- und dunkelblauen Wände und die Poster meiner Lieblingssuperhelden. Comics feiere ich auch krass.

Wenn man in mein Zimmer kommt, steht auf der rechten Seite ein kleines Bett und links an der Wand befindet sich mein Schreibtisch. Der ist vollgekramt mit Schulsachen, meinem Laptop und einem heillosen Kabelsalat, durch den ich mich jedes Mal wühlen muss, wenn sich mein Handy wieder mal beschwert, dass es aufgeladen werden will.

Meine Eltern haben sich mit meinem Chaos immer noch nicht abgefunden und nerven mich deshalb gefühlt jeden Tag, ich solle mein Zimmer endlich aufräumen.

»Nur, wer ein ordentliches Bett hat, führt ein ordentliches Leben«, sagt meine Mutter dann immer. Spätestens, wenn sie beim ersten »ordentlich« angekommen ist, schalte ich auf Durchzug.

Jetzt stehe ich also im Klassenzimmer und habe keinen Plan, wo ich mich hinsetzen soll. Meine Hände schwitzen und mein Herzschlag fühlt sich unregelmäßig an. Ich kann spüren, wie nervös ich bin und wie weich sich meine Knie anfühlen. *Hoffentlich merkt mir das niemand an.*

Pat hat sich bereits Sally geschnappt und sitzt mit ihr an einem Tisch. Die mittleren Reihen sind auch alle belegt. Also bleibt nur noch die erste, wo sich die Nerds versammelt haben. Ich fühle mich ziemlich allein hier und werde unruhig.

Wo bleibt denn Felix? Haben sich seine Eltern doch noch umentschieden?

In den Ferien haben sie nämlich überlegt, näher zu seinem Opa zu ziehen, weil der langsam alt wird – also so *richtig* alt – und mehr Hilfe braucht.

Nachdem Felix meinen Eltern unterbreitet hat, dass sie ihn adoptieren müssten, wenn seine Familie wegzieht, weil er dann offensichtlich keine Eltern mehr hätte, bemühte sich mein Vater tatsächlich, die Haumanns vom Bleiben zu überzeugen.

Die Entscheidung stand allerdings bis gestern noch nicht ganz fest, da sie sich »alle Optionen offenhalten« wollten, falls mit dem Pflegeheim, in dem Felix' Opa nun wohnen soll, etwas nicht klappt.

Aber dann geht die Tür auf. Mit schiefer Brille und fünf Minuten Verspätung setzt mein bester Freund sich keuchend neben mich. Ich bin echt dankbar, dass ich nicht ohne ihn auskommen muss – hoffentlich bleibt das auch so. *Nein, auf keinsten heule ich jetzt vor Erleichterung!*

Felix blickt mich verwundert an und beginnt, laut zu lachen.

»Ich freu mich auch, dich zu sehen, Bro!«, flüstert er unter den zusammengekniffenen Augen unserer Klassenlehrerin.

Wie er das wohl immer hinbekommt? Einfach darüberzustehen, als wäre nichts? Felix schenkt mir einen vertrauten Blick, auf seine Unterstützung ist einfach Verlass. Was würde ich nur ohne dich tun, Bro!

Während der ersten zwei Stunden kann ich spüren, wie mich die Macher von hinten anstarren und höre, wie sie miteinander tuscheln. Die abschätzigen Blicke von Pat und Leon bohren sich geradezu in meinen Rücken.

Es war wohl ein Fehler, mich zu den Nerds zu setzen. Ich hätte mir auch direkt eine Zielscheibe auf den Rücken malen können. Das Ergebnis wäre wohl dasselbe gewesen. Aber es ist mir doch gar nichts anderes übrig geblieben! War ja sonst nirgends Platz ...

Leon hängt an Pat wie die Kaugummis, die er immer unter die Tische klebt. Keine Ahnung, warum er so widerlich ist. Er hat blonde Haare und ist etwas untersetzt. Seine Eltern haben ihm mit acht von einem Psychiater eine *intermittierende explosible Störung* bescheinigen lassen. Fragt mich nicht, was das heißt, aber für uns bedeutet es, dass er quasi einen Freifahrtschein hat, wenn es darum geht, andere zu drangsalieren.

Während andere nachsitzen müssen, wenn sie jemandem ein Bein stellen, verbringt Leon 20 Minuten bei der Sozialarbeiterin, wenn er wieder mal jemanden getreten, geschlagen, angespuckt oder sonst wie verletzt und erniedrigt hat. Danach ist dann alles wie vorher. Leon ist schließlich »das arme Kind, das einfach noch ein bisschen lernen muss, wie man sich beherrscht«.

Dieser lässt keine Chance verstreichen, wenn Pat ihm aufträgt, irgendeinem wirklich armen Kind (meistens mir) abzunehmen, wofür es (ich) von irgendjemandem ein Lob bekommen hat. Es spielt keine Rolle, ob es sich dabei um eine schön angerichtete Brotbox, ein neues Etui oder ein T-Shirt handelt. Der Blick, den Leon dann draufhat, macht mir manchmal noch mehr Angst als Pat. Er scheint es richtig zu genießen.

Klaus ist der Dritte im Bunde. Er zählte wegen seines Namens in der ersten Klasse auch zu Pats Opfern. Er ist nicht so grausam wie die anderen beiden und wohl nur dabei, um selbst nicht wieder zum Ziel zu werden.

Er wurde von Pat ein ganzes Jahr lang nur mit »Opfer-Opa« angesprochen, hat Felix mir erzählt – unter anderem, weil seine Eltern ihn regelmäßig in karierte Hemden und Cordhosen mit Hosenträgern steckten.

Mittlerweile haben die sich allerdings getrennt und zu Klaus' Glück (im weitesten Sinne), versucht sein Vater, sich die Zuneigung seines Sohns durch Markenklamotten zu erkaufen. Die sind zwar teuer, aber Klaus achtet peinlich genau darauf, immer ein bisschen schlechter auszusehen als der neidische Pat.

Felix sagt immer, Klaus sei bloß feige, aber nach mehr als einem Jahr mit Pat frage ich mich manchmal, ob Klaus nicht der Klügere von uns beiden ist. Ich versinke noch tiefer in mein Hausaufgabenheft und versuche, mich mit einer Minecraft-Zeichnung abzulenken, die ich auf die linierten Seiten kritzle.

Endlich, die Pausenglocke! Der schrille Ton der Klingel könnte gerade nicht schöner sein. Ich packe mein Heft und schaue zu Felix. Wir wollen einfach nur noch raus aus der Klasse und das kleine bisschen Freizeit genießen. Stattdessen geraten wir schnurstracks in die schlimmste Situation des ganzen Tages. Zumindest bisher – der Tag ist ja noch jung.

Sally und die Influencer Girls laufen an mir vorbei in Richtung Tür und ich fühle mich wie gelähmt, als ich ihr kurz in die Augen sehe. Ich bin natürlich nicht der Einzige, der Sally mag – so geht es den meisten Jungs aus meiner Klasse. Allerdings bin ich sicher, dass sie nicht mal meinen Namen kennt.

Ihre Clique hat sich mittlerweile lässig am Ausgang des Klassenraums positioniert. Mein Herz schlägt wie wild, als ich merke, dass ich an ihnen vorbei muss, um nach draußen zu kommen. Für ihre Freundinnen bin ich nun ein leichtes Ziel.

Auf den Boden starrend steuere ich den Flur an, als mir plötzlich eines der Mädchen mein Heft aus der Hand reißt und es durchblättert. Als sie auf der Seite mit meiner Zeichnung angekommen ist, beginnt sie, hämisch zu grinsen.

Mein Magen scheint sich auf die Größe eines Tischtennisballs zusammenzuziehen. Ich will protestieren, als sie die Seite herausreißt, doch ich bekomme kein Wort heraus. Während der Rest meines Hefts im hohen Bogen auf einen Tisch fliegt, reichen die Mädchen den Zettel herum und lachen, als ob sie das Recht hätten, über mich zu urteilen.

»Was für ein schönes Bild ... für einen Dreijährigen!«, kreischt Louise, ein Mädchen mit hüftlangen braunen Haaren. Weil ihre Mutter Französin ist, regt sie sich sofort wahnsinnig auf, wenn jemand ihren Namen ausspricht wie den deutschen Namen Luise.

»Wie süß!«, kichern die anderen Mädchen aus der Klasse und filmen das Geschehen zu allem Überfluss auch gleich noch mit einem Handy. Die zu benutzen ist an der Schule zwar offiziell verboten, aber das kümmert schon lange keinen mehr.

»Das stelle ich gleich mal auf TikTok! Geht bestimmt viral, die Zeichnung. Nicht wahr, Sally?«

Sally wendet ihren Blick ab und ich merke, dass sie sich für das Benehmen ihrer Freundinnen schämt. Sie ist nicht wie die anderen Influencer Girls, da bin ich mir sicher! Die anderen Mädchen der Gruppe sind echt nervig, aber Sally ist eigentlich super korrekt.

Nicht, dass ich jemals mit ihr gesprochen hätte, aber ich sehe ja, wie sie sich verhält. Neulich hat sie sogar Felix' Brille wieder aufgehoben, nachdem Pat ihn zur Belustigung seiner Schoßhunde mit einem Buch abgeworfen hat.

Und sie hat mega viele Follower. Über 135.000! Der absolute Wahnsinn! Deshalb wird sie von den restlichen Influencer Girls immer wieder dazu gedrängt, mit ihnen abzuhängen und sie auf ihrem Account zu supporten. Sie interessieren sich gar nicht für Sally, sondern nutzen nur ihre Reichweite aus, glaube ich.

Ich werde rot und schaue Sally hilfesuchend an. Wenn sie jetzt etwas sagen würde, würden die anderen Mädchen vielleicht aufhören. Doch sie schaut weiterhin betreten zu Boden. Ich komme mir vor wie der letzte Loser und will nur noch raus hier. In dem Moment entreißt Felix den Influencer Girls wütend die mittlerweile arg lädierte Zeichnung und ich stürme hinter ihm aus dem Klassenzimmer.

Der Rest des ersten Schultages wird zur Hölle. Nichts hat sich verändert. Während meine Mitschüler auf mir herumhacken, versuche ich, meine Tränen zurückzuhalten. Felix bemüht sich, mich aufzumuntern, aber selbst seine Witze über Leons Schuhgröße – *Vielleicht hat er nur so große Füße, damit nicht gleich auffällt, wie klein sein Gehirn ist!* – helfen heute nicht.

Ich habe jetzt schon keine Lust mehr auf Schule. Wenn meine Eltern sehen würden, was hier abgeht, würden sie bestimmt aufhören, sich darüber zu wundern. Meine einzige Hoffnung ist, dass an der nächsten Schule alles anders ist und ich endlich meinen Platz finde. Nach diesem Tag fällt es mir allerdings schwer, Mut zu fassen. Bei meinem Glück wird es eher schlimmer als besser.

Als ich nach Hause komme, gehe ich direkt auf mein Zimmer. Hinter der Tür fällt mein Blick auf das Klassenbild aus dem letzten

Jahr. Meine Mitschüler haben mich damals gezwungen, mich zwischen Pat und Leon zu quetschen.

Leon grinst besonders breit, weil er mit seinem ganzen Gewicht auf meinem linken Fuß steht. Hat natürlich niemand gesehen und Pats gewisperte Drohung, Leon anzuweisen, sich nachher auch auf meine Hände zu stellen, hat mich dazu bewegt, mit gequältem Lächeln durchzuhalten.

Wutentbrannt werfe ich das Foto auf den Boden. Doch das gibt mir nur für kurze Zeit Genugtuung, denn ich weiß, dass meine Eltern nachher einen freudvollen Bericht über meinen ersten Tag in der Schule erwarten.

Ich versuche schon lange nicht mehr, ihnen zu erklären, wie schlimm es für mich ist. Ich will die Enttäuschung in ihrem Blick nicht sehen, wenn sie wieder einmal feststellen, dass ich nicht so durchsetzungsstark wie sie bin. Stattdessen hole ich mein Handy heraus und fange an zu tippen.

Luis

Was für ein mieser erster Tag, Bro! 🥺

Felix

Diggah, das war krass übertrieben von den Influencer Girls und den Machern! Haters gonna hate, aber am Ende werden wir das Ding schon schaukeln 😁

Ich greife nach meinem Laptop und öffne YouTube. Ich muss mich nicht mal auf die Suche begeben, der Algorithmus zeigt mir direkt den neuesten Content meiner Lieblingskanäle an. Die lustigen Videos heitern mich immer auf, wenn ich schlechte Laune habe.

Ob ich auch irgendwann so selbstbewusst und beliebt sein kann wie sie? Mit diesem Gedanken im Hinterkopf vertiefe mich in ein Let's Play und tauche ganz in die sorglose Welt bunter Thumbnails, schneller Schnitte und lustiger Kommentare ein.

Ich klicke auf das nächste Video.

»Oh mein Gott, oh mein Gott, krass!«, rufe ich laut, als eins meiner Idole freudestrahlend ein goldenes Rechteck in die Kamera hält. Wahnsinn! Der goldene Play Button! Den vergibt YouTube, wenn man die 1.000.000-Follower-Marke knackt.

Ich versuche, mir vorzustellen, was für ein überragendes Gefühl das sein muss. Das wär's! Wenn ich nur auch so ein großer YouTuber sein könnte ... dann könnte ich es den anderen zeigen!

Wieder schießt mir die Überlegung durch den Kopf, wie es wäre, berühmt zu sein, anstatt verspottet und gemieden zu werden. Wenn ich derjenige wäre, der andere mit seinen Videos zum Ausrasten bringt. Games zu zocken und die neuesten Tipps und Tricks zu erklären, das ist genau mein Ding. Das wäre doch die perfekte Karriere für mich!

Vielleicht sollte ich Felix einmal um Hilfe bitten? Schließlich kennt er sich mit YouTube und dem ganzen Technikkram dahinter aus. Er kann mir sicher zeigen, wie ich das am besten angehe. Dann ziehe ich endlich mein eigenes Ding durch. Mein eigener Kanal, das wäre ein Traum!

Als ich abends, weit nach dem Abendessen, müde werde, lege ich mich auf mein Bett und schließe die Augen. Doch meine Gedanken kreisen weiter.

Werde ich jemals wirklich glücklich sein? Bis auf Felix scheint mich niemand zu verstehen. Ich wünschte, ich könnte einfach aufstehen, gehen und alles hinter mir lassen.

Wider besseren Wissens hoffe ich, dass die nächsten Tage leichter werden. Was muss bloß geschehen, damit die anderen mich endlich in Ruhe lassen? Was kann ich überhaupt an dieser Situation ändern? Etwa mich selbst? Besonders gut fühlt sich dieser Gedanke nicht an.

KAPITEL 3

NEUE KÄMPFE

Inzwischen sind einige Wochen vergangen und der 1. Oktober, mein elfter Geburtstag, ist vorbei. Besonders spektakulär war er nicht. Es gab zwar selbst gebackenen Kuchen und Geschenke, aber nachdem mein Geburtstagslied zum dritten Mal von einem der ständig klingelnden Handys meiner Eltern unterbrochen wurde, war mir klar, dass ich auch dieses Jahr nicht zu viel zu erwarten hatte.
Ich habe mich mittlerweile auch halbwegs mit dem neuen Schuljahr angefreundet. Pats Gang hatte über die Ferien wohl Entzug ... nach ein paar Wochen wurde es zwar nicht gut, aber immerhin langsam besser.

Umso überraschter bin ich, als ich am nächsten Tag mit einem unbekannten, mulmigen Gefühl im Bauch aufwache. Es ist nicht das gewohnte flaue Ziehen, das mich normalerweise morgens beim Gedanken an den harten Schulalltag befällt. Heute ist es etwas Anderes.

In der Schule angekommen, bemerke ich sofort, dass etwas nicht stimmt. Die Macher sind anders als sonst. Sie sind plötzlich verschlossen und kurz angebunden. Sie wirken fast ein wenig ängstlich auf mich. Wo ist Pat, der doch sonst immer am Flexen ist?

Gerade als die Schulglocke läutet, sprintet Felix um die Ecke. Er sieht alles andere als glücklich aus und deutet an, dass er mit etwas Wichtiges erzählen muss, doch wir müssen zum Unterricht.

Felix rutscht die gesamte Stunde unruhig auf seinem Stuhl hin und her. Er verspricht in der 5-Minuten-Pause, mir nach Schulschluss an unserem Treffpunkt alles zu erklären. Die Stunden fließen langsam wie dicker Erdbeersirup und ich werde fast wahnsinnig vor Neugier. *Was könnte bloß los sein?*

Als die Schule endlich vorbei ist, gehe ich mit Felix direkt zu unserem Lieblingstreffpunkt, einer kleinen, abgeschiedenen und halb zugewachsenen Sitzecke im Park in der Nähe der Schule. Sie hat etwas Geheimnisvolles, fast Verwunschenes. Dort angekommen, erzählt mir Felix aufgeregt:

»Diggah, ich habe gehört, dass es eine neue Gang in unserer Umgebung gibt! Sie sind angeblich noch gefährlicher als die Macher an unserer Schule!«

»Ist nicht wahr, Bro!«, entgegne ich ungläubig.

»Wenn ich's dir doch sage! Ich war am Morgen auf dem Weg zur Schule und sah Pat umzingelt von einer Gruppe Jungs. Erst hab ich angenommen, die planen ein gemeinsames Ding. Aber falsch gedacht: Stattdessen hat Pat von einem der größeren Jungs einen sauberen Haken kassiert. Ich dachte, ich gucke nicht geradeaus!«

Was wollte der Typ wohl von Pat?

Gerade als ich Felix genau das fragen will, hören wir Stimmen jenseits des Gebüschs, die sich langsam nähern. Wir zucken erschrocken zusammen.

Es ist Sally mit ihren Influencer Girls. Sie weint fürchterlich und kann von den anderen Mädchen kaum beruhigt werden.

»OMG, Girls! Wie konnte Mo nur! Einfach Pat zu schlagen, was hat er denn für ein Problem?«, klagt Sally.

»Total crazy, wie dein Bruder drauf ist! Zum Glück ist nicht noch mehr passiert«, erwidert Louise.

»Ich versteh's einfach nicht! Mo meinte, er würde das nur für mich tun und hat mich dann aus seinem Zimmer geworfen, aber ich weiß gar nicht, was er meint! Ich wollte das doch gar nicht!«

Die Stimmen werden langsam leiser, als die Gruppe an uns vorbei ist.

Felix und ich sehen uns fassungslos an. Der Typ heißt Mo und ist Sallys Bruder? Krass, das erklärt so einiges. Ich hoffe, der weiß nicht, dass ich Sally auch mag, und frage mich, wie Felix und ich uns jetzt verhalten sollen, um nicht zwischen die Fronten zu geraten. Dieser unverbesserliche Optimist zeigt jedoch nicht die geringste Angst. Er vermeldet stattdessen, dass wir uns nicht unterkriegen lassen werden.

Wir beschließen trotzdem, der neuen Gang lieber aus dem Weg zu gehen, uns aber gegen die Macher zu wehren, wenn es darauf ankommt. Wir werden ihnen zeigen, dass wir nicht mehr so einfach kleinzukriegen sind.

Ein wenig erleichtert und beruhigt durch Felix' Worte treffen wir uns nach dem Mittagessen bei mir zu Hause und hocken uns in mein

Zimmer. Vor ein paar Wochen wurde angekündigt, dass die Empfehlungen für die weiterführenden Schulen anstehen.

Weil ich unbedingt weiterhin mit Felix, der garantiert eine fürs Gymnasium bekommen wird, in eine Klasse gehen möchte, habe ich mir in den Kopf gesetzt, meine Schulkarriere doch noch herumzureißen. Das hat den wunderbaren Nebeneffekt, dass meine Eltern mir deshalb nicht mehr ständig im Nacken sitzen.

Wir lernen deswegen erst gemeinsam, danach überlegen wir bei einem Game, wie wir gegen die Macher vorgehen können.

»Bro, wir müssen uns unbedingt verteidigen, wenn die uns noch mal angreifen. Lass uns mal auf YouTube gucken, ob wir gute Videos zur Selbstverteidigung finden!«, schlage ich Felix vor, ohne meinen Blick vom Bildschirm zu lösen.

»Gute Idee, Diggah. Zocken wir das Ding noch zu Ende und sehen dann direkt weiter.«

Nach dem Spiel gucken wir uns auf YouTube ein paar Techniken zur Selbstverteidigung an und üben verschiedene Handgriffe und Abwehrmethoden in meinem Zimmer. Felix spielt den Angreifer und bindet sich zum Schutz ein paar Kissen um Arme und Beine, um für den Kampf gewappnet zu sein. Seine Brille hängt schief, als er versucht, mich schwungvoll von der Seite anzurempeln.

Mit einem der Moves aus dem Video weiche ich jedoch taktisch aus und – BÄM! – packe ich Felix am Arm und ziehe ihn zurück. Der verliert das Gleichgewicht und landet direkt vor mir auf dem Boden.

»Haha, in your face, Bro!«, lache ich Felix aus, der jetzt prustend auf dem Rücken liegt und mit Armen und Beinen zappelt, als sei er ein hilfloser Käfer.

Genau das habe ich jetzt gebraucht. Jemanden, der für mich da ist und der Seite an Seite mit mir kämpft. Wir sind zwar nur zu zweit, aber wir werden uns nicht weiter einschüchtern lassen. Dass Pat etwas abbekommen hat, zeigt, dass er doch nicht so stark ist, wie er immer tut. Das ist unsere Chance! ... Hoffe ich zumindest.

KAPITEL 4

UMZINGELT

Im Klassenzimmer macht sich eine seltsame Stimmung breit, als Pat nach einigen Tagen das erste Mal wieder zum Unterricht kommt. Obwohl der Bluterguss um sein Auge langsam vom Violetten ins Gelbe übergeht, ist es immer noch geschwollen. Nur gut, dass die neue Bande nicht auf unsere Schule geht, doch so richtig wohl fühle ich mich bei diesem Anblick trotzdem nicht. Den anderen geht es genauso.

Felix und ich planen immer noch, nicht länger wegzulaufen, sondern uns den Machern zu stellen, sobald sie wieder auf Konfrontationskurs gehen. Während Pat krankgeschrieben war, keimte in mir die leise Hoffnung, dass er durch die neue Gang eingeschüchtert genug ist, um mit dem Mobbing endlich aufzuhören.

In der zweiten großen Pause sehe ich die Macher im Hof abhängen und sich lautstark unterhalten. Sie scheinen uns zu beobachten. Ob sie sich gerade wieder eine neue Gemeinheit für uns ausdenken?

Wir hätten uns mal besser einen Plan C überlegen sollen. Dass wir nicht alle möglichen Szenarien durchgegangen sind, wird mir schmerzlich bewusst, als ich Pats düsteren Gesichtsausdruck sehe.

Währenddessen versuchen Felix und ich, uns auf unser Handygame zu konzentrieren und zu tun, als würden wir das gar nicht unheimlich finden. Das Spiel lässt uns wenigstens für einen kurzen Augenblick vergessen, was in der Schule gerade abgeht. Zwischendurch gehen wir wieder ein paar Moves durch, die wir im Notfall gegen die Macher einsetzen wollen.

Ich will echt nicht in einen Konflikt mit Pat und seinem Gefolge geraten. *Hoffentlich lassen sie uns einfach in Ruhe*, denke ich. *Aber wenn es darauf ankommt, sind Felix und ich gewappnet.*

Die Hoffnung war wohl eher Selbstbetrug. Als ich auf dem Heimweg bin, werde ich von den Machern umzingelt. Ich stecke in der Falle und bin auf mich allein gestellt. Meine Muskeln sind angespannt wie Stahlfedern, bereit, jeden Augenblick zu reagieren.

Doch ohne Felix fehlt mir das Selbstvertrauen. Alle Moves zur Selbstverteidigung habe ich im Schock komplett vergessen. Ich kriege Panik. Plan hin oder her, jetzt gibt es nur noch eines: Fliehen, und zwar so schnell ich kann!

Meine Gedanken rasen und ich kann meinen viel zu schnellen Herzschlag bis in meinen Hals spüren. Pat hat es zwar schon seit Beginn der ersten Klasse auf mich abgesehen, doch außerhalb der Schule wurde ich bislang von den Machern verschont. Das soll sich mit dem heutigen Tag wohl endgültig ändern. Er erwischt mich am Rucksack und beginnt, mich zu beleidigen und zu schubsen.

»Na, YouTube-Nerd? Wo ist denn dein Handy, lass mal ein wenig zocken!«

Ich weiß nicht, wie ich reagieren soll. Während Leon mich festhält, zieht Pat mir das Handy aus der Hosentasche und wirft es auf den Boden. Es zerspringt auf dem harten Asphalt.

»Ups, da ist es mir wohl aus der Hand gefallen!«

Pat lacht und ich reiße mich verzweifelt los, um die traurigen Überreste meines Handys aufzusammeln.

Klaus, der Mitläufer der Gang, steht nur daneben und sagt nichts. Er trägt einen dunklen Markenpullover und eine Sturmhaube. Natürlich weiß ich trotzdem, wer er ist. Seine grünen Augen stechen unter dem schwarzen Stoff hervor und er greift sich mehrmals verlegen in seine langen, dunklen Locken, die sich am Ende der Haube kräuseln.

»Meine Spielstände, meine Notizen zu meinen Lieblings-YouTubern, alles weg«, nuschele ich zerknirscht und versuche dabei, wahrscheinlich wenig erfolgreich, meine Verzweiflung zu verbergen.

Plötzlich kommt wie aus dem Nichts Sally angerannt und stellt sich zwischen uns.

»Hör endlich auf!«, schreit sie Pat an. »Was hat er dir eigentlich getan? Du müsstest doch jetzt wissen, wie sich so was anfühlt!«

Ich traue meinen Ohren nicht. Sally bückt sich und hilft mir, die Einzelteile meines Handys aufzuklauben. Wir blicken uns kurz in die Augen und ich sehe, wie sie mir zuzwinkert. Doch noch bevor ich mich bei Sally bedanken kann, packt Pat sie am Arm und zerrt sie von mir weg.

»Komm, wir gehen!«, schnauzt er sie an, bevor er mit ihr und der restlichen Gang im Schlepptau verschwindet.

Auf einmal spüre ich, dass ich beobachtet werde. Aus dem Augenwinkel erkenne ich eine zusammengekauerte Gestalt, die im Gebüsch hockt. Ich entscheide mich gegen meinen Impuls, nachzuschauen. Konfrontationen hatte ich heute schon genug.

Ich laufe nach Hause und mit jedem Schritt wird es schwerer, die Tränen zurückzuhalten. Als ich den Schlüssel ins Schloss stecke, bricht schließlich alles aus mir heraus. Meine Eltern sind wie immer noch arbeiten und so kann ich meinen Emotionen freien Lauf lassen. *Wie soll ich ihnen bloß mein kaputtes Handy erklären?*, frage ich mich immer wieder. Am besten gar nicht. Sie würden es ohnehin nicht verstehen.

Lieber starte ich Minecraft und verziehe mich in eine sorgenfreie Welt. In diesem Spiel bin ich einfach unschlagbar. Nicht wie im echten Leben, wo ich für die meisten nicht mehr als ein Fußabtreter bin.

So cringe es für die anderen aus meiner Klasse auch ist, es fühlt sich für mich richtig gut an, einfach alles erschaffen zu können und ausnahmsweise selbst die Kontrolle zu haben. Hier bin ich nicht der verängstigte, kleine Junge, dem man einfach das Handy abziehen kann, sondern ein unerschrockener Held, der eine ganze Parallelwelt nach seinen Wünschen gestalten kann.

Dieses Gefühl stellt mein Selbstvertrauen wieder etwas her. Ich weiß, dass ich es durchstehen kann. Ich muss nur endlich auch im echten Leben selbstbewusster werden. Nach dem letzten Schreck ist das nun mein größtes Ziel.

In einem ersten Versuch, für mich einzustehen, beschließe ich, meinen Eltern noch einmal von den Zuständen an meiner Schule zu erzählen.

KAPITEL 5

DER TRAUM

»Ich war das nicht! Die Macher aus meiner Schule sind für den Totalschaden verantwortlich! Versteht ihr?«, frage ich meine Eltern verzweifelt.
»Luis, was haben wir dir über das Lügen beigebracht?«, entgegnet meine Mutter aufgebracht.

»Aber...«, setze ich an, um mich zu rechtfertigen. Mein Vater fällt mir sofort ins Wort.

»Nichts ›Aber‹. Gib zu, dass dir dein Handy selbst runtergefallen ist und lüg uns nicht an. Weißt du, wie teuer so ein Ding ist? ›Die Macher‹, wer soll das überhaupt sein? Und fang mir nicht wieder mit diesem Pat an! Ich kenne seinen Vater aus der Kanzlei. Der wird seinen Sohn schon ordentlich erziehen. Solange du uns nicht die Wahrheit sagst, gibt es auf jeden Fall kein neues Telefon! Kannst ja noch mal drüber nachdenken, ob sich Lügen wirklich lohnt!«

Langsam werde ich richtig wütend. Ich sehe das überhaupt nicht ein, schließlich sage ich doch die Wahrheit. *Aber meine ganzen Notizen und Erinnerungsfotos sind da drauf!*, hatte ich argumentieren wollen. *Warum sollte ich so etwas absichtlich tun?* Doch mein Vater lässt mich ja nicht mal ausreden.

Wie kann man nur so mies sein und eher glauben, dass das eigene Kind lügt, als einzusehen, dass es von anderen drangsaliert wird? Entweder sind sie zu beschäftigt, um mich richtig zu kennen, oder sie wollen einfach nicht wahrhaben, dass ihr Sohn keins der angesagten Kinder ist. Dabei müssten sie das doch längst wissen.

Meine Gedanken drehen sich immer schneller. Warum glauben sie mir nicht? Was passiert nun? Und was muss ich tun, damit mich endlich mal jemand ernst nimmt? Gut, dass wenigstens Felix zu mir steht. Und Sally? Das war richtig nice und mutig von ihr, mir zu helfen! Vielleicht mag sie mich doch ein wenig mehr, als ich gedacht habe. Vielleicht habe ich ihr aber auch nur leidgetan.

Ich tue mir jedenfalls leid. Ich habe keine Lust mehr darauf, mich von meinem Vater anschreien zu lassen, dessen Kopf inzwischen himbeerrot leuchtet. Deswegen laufe ich an meiner Mutter, die nur mit enttäuschter Miene danebensteht, vorbei und hoch in mein Zimmer. Dort knalle ich die Tür hinter mir zu. Laut.

Mein Zimmer ist wieder einmal der einzige Ort, an dem ich mich verstecken kann. Quasi ein eigenes Hauptquartier – wie bei den Avengers. Hier habe ich Ruhe vor meinen Eltern und fühle mich sicher vor den Machern. Hier kann ich so sein, wie ich wirklich bin, ohne dass irgendjemand über mich urteilt.

Unten höre ich meine Eltern wegen des Vorfalls streiten. Es ist frustrierend. Aber zum Glück gibt es immer noch Minecraft und YouTube, um mich abzulenken. Die Kreativität und das Können der Streamer ziehen mich einfach jedes Mal in ihren Bann.

Nach ein paar Videos spiele ich noch ein bisschen. Ich könnte Stunden damit verbringen, Blöcke zu setzen und Strukturen zu bauen. Ich tauche tief in diese perfekte Welt ein und vergesse alles um mich herum.

Ich würde Felix am liebsten eine Nachricht auf WhatsApp schreiben, aber das geht natürlich nicht und so schnell werde ich wohl kein neues Handy bekommen. Hätte ich einen eigenen Channel und so viele Abonnenten wie meine Lieblings-YouTuber, dann würde sich bestimmt niemand trauen, sich mit mir anzulegen. Dann könnte ich mir hundert, wenn nicht sogar tausend neue Handys kaufen! Die könnte ich dann alle an meine Fans verteilen. Das wäre einfach unbeschreiblich! *Es kann doch nicht so schwer sein, selbst ein Video zu drehen!*

Als ich schließlich einen Blick auf die Uhr werfe, trifft mich fast der Schlag. Mitternacht ist gerade mal einen Steinwurf entfernt. Anscheinend waren meine Eltern zu sehr mit sich selbst beschäftigt, um mich ins Bett zu schicken. Da ich richtig müde bin, knipse ich den Bildschirm aus und lege mich erschöpft in mein Bett.

Ich starre an die Decke. In meinem Kopf spielen sich immer noch Szenen aus meinen Minecraft-Welten ab und ich kann nicht aufhören, daran zu denken. Mein ganz eigener Rückzugsort, an dem ich glücklich und frei bin. An dem ich alles machen und sein kann, was ich will. Hätte ich die Wahl, ich würde mein Leben lang nur noch in meiner Parallelwelt leben.

Nachts träume ich davon, dass ich der Größte in der Welt der Minecraft-YouTuber bin. Ich sitze vor meinem Gaming-PC und nehme ein neues Video auf. Ich spüre das Kribbeln in meinem Bauch, während ich meinen Zuschauern erkläre, wie man eine unglaubliche Burg in Minecraft baut. Ich bin der absolute Profi, der Meister, der King.

Meine Fans lieben mich, hängen an meinen Lippen, lauschen gebannt meinen Worten und verehren mich für meine besonderen Fähigkeiten und mein großes Wissen. Ich bin ihr Vorbild.

Ich fühle mich mächtig – mächtig und unbesiegbar.

Der Schauplatz wechselt. Ich stehe in einem luxuriösen Haus. Es dauert kurz, bis ich verstehe, dass *ich* in diesem Haus wohne. Ich sehe mich selbst durch die Räume laufen, die Zimmer mit den neuesten Gadgets ausgestattet, und wie ich den Luxus genieße, den ich mir hart erarbeitet habe.

Durch ein Fenster sehe ich, wie Pat und seine Gang draußen auf dem Rasen herumlaufen – sie sehen aber gar nicht wie sonst aus. Sie sind kantig und grün, wie Creeper. Ich öffne das Fenster.

»Macht, dass ihr verschwindet!«

Sie verpuffen sofort und ich fühle mich mega.

Felix kommt zum Zocken und Labern vorbei. Gemeinsam fahren wir danach mit einem teuren Auto durch die Straßen. Wir kümmern uns nicht mehr darum, was andere von uns denken.

Auf einmal stehe ich auf einer riesigen Bühne. Es ist die Gamescom. Vor mir jubelt eine riesige Menge meiner Fans. Ich bin bei ihrem Anblick völlig überwältigt und muss kurz tief Luft holen, bis ich ihnen erklären kann, wie man eine Karriere als YouTuber und Pro-Gamer aufzieht. Wieder kann ich die Macher-Creeper sehen, ganz hinten in der Menge. Doch die Security schnappt sie sofort. Das Publikum rastet aus vor Begeisterung.

Am nächsten Tag erwache ich mit einem Lächeln – trotz all der Widrigkeiten der letzten Tage. Durch die Highlights meines Traums habe ich erkannt, was ich will: Ich will mich nicht mehr verstecken! Ich will zeigen, was ich draufhabe und andere damit begeistern! Ich will, dass die Leute sehen, wer ich bin und was ich alles schaffen kann!

Mir ist auch klar geworden, wie ich das am besten anstellen kann: Wenn ich meine Skills wirklich zeigen will, muss ich Minecraft-Videos machen. Das ist genau mein Ding!

Allerdings sollte ich vorerst nur Felix davon erzählen. Meine Eltern wollten zwar immer, dass ich mir ein Lebensziel setze, aber dass sie mit diesem einverstanden sind, wage ich zu bezweifeln. Doch ich bin mir sicher, wenn ich es weit genug gebracht habe, werden sie mich schon verstehen.

In der Schule laufe ich sofort zu Felix und erzähle ihm von meinen Neuigkeiten. Ich bin wild entschlossen, meinen Traum zu verfolgen. Schluss damit, mich immer unterzuordnen, Schluss mit der Angst. Felix ist direkt begeistert und verspricht, mir bei allem zu helfen. Schließlich hat er sich bereits einen YouTube-Kanal aufgebaut und kennt sich mit der Technik aus.

Wenn es um sein Equipment geht, kennt er allerdings keinen Spaß. Das darf nur er benutzen und niemand sonst. Ich muss also eine Alternative finden und erst einmal so lange sparen, bis ich mir den ganzen Technikkram leisten kann.

KAPITEL 6

DER BRIEF

Damit wir gemeinsam Hausaufgaben machen können und um über den Plan und passendes Equipment im Detail zu sprechen, treffen wir uns direkt nach der Schule bei mir daheim.
Als ich gerade bei Kleinanzeigen nach einem Mikro und einer Kamera für meine Videos suche, klingelt es plötzlich an der Tür. Wir leben in einem Einfamilienhaus in einer ruhigen Umgebung, über 100 Kilometer vom Rest meiner Verwandtschaft entfernt. Es kommt also selten vor, dass jemand unerwartet vorbeischaut, wenn es nicht gerade der Postbote oder ein Nachbar ist.

Ich vermute zunächst meine Eltern, aber das wäre unsinnig. Meine Eltern haben Schlüssel, sie würden nicht klingeln. Nervös gehe ich zur Tür und erkenne durch das Milchglas unserer Eingangstür Sally. Mein Puls schießt in die Höhe.

Was will sie denn auf einmal von mir? Kurz überlege ich, was ich sagen könnte. *Hey Sally, cool dich zu sehen! Was geht?* – Ja, das ist gut. Dann reiße ich die Tür auf und sofort geht meine Selbstkontrolle baden. Statt eines lässigen Spruchs kommt nur Wortkotze.

»Hhhhh-aaa-lll-oooo Sss-üü-ßßßß-eeee!«

WTF, was war das denn? Boden, tu dich auf!

Sally ist auch nicht gerade begeistert. Sie wirft mir einen skeptischen Blick zu.

»Dein Ernst, Luis?« Das holt mich aus meiner Schockstarre und ich bitte sie in den Flur. Müssen ja nicht die ganze Zeit in der offenen Haustür stehen.

Ich möchte immer noch im Erdboden versinken, doch dann fällt mein Blick auf den Umschlag, den Sally in der Hand hält. Das wird doch nicht…

»Mo hat mich geschickt, um dir das hier zu geben. Er hat keinen Bock auf dich, darum sollte ich dir den Brief bringen. Ich hab ihn aufgemacht, weil ich das komisch fand. Tut mir leid, Luis.«

Sie gesteht mir, dass sie den Brief ihres Bruders gelesen und nun krass Schuldgefühle hat. Ich kapiere gar nichts, was mir Sally wohl auch ansieht. Jedenfalls versucht sie, mir ihre Lage und den Grund für ihr schlechtes Gewissen genauer zu erklären.

»Ich weiß nicht genau, was Mo vorhat, aber selbst wenn, ich kann nichts dagegen tun.«

Ich verstehe es immer noch nicht, kann ihr jedoch nicht böse sein. Im Gegenteil, ich finde es süß, dass sie sich Gedanken macht. Felix sieht uns von oben zu und kichert laut. Dann kommt auch er neugierig die Treppe hinunter.

Das Grinsen vergeht ihm, als er nahe genug ist, um sich mit mir den Brief genauer anzusehen.

Schon der Briefumschlag ist echt gruselig. Richtig oldschool, mit ausgeschnittenen Buchstaben und Bildern aus einer Zeitung. *Luhis aus där 4c.* Daneben sind Motive der Traueranzeigen aufgeklebt. Mich schaudert es und ich schaffe es kaum, ihn zu öffnen, so sehr zittern meine Hände. Auch dass meine Hände mittlerweile ganz schwitzig sind, hilft wenig.

Gänsehaut überzieht meinen Körper.

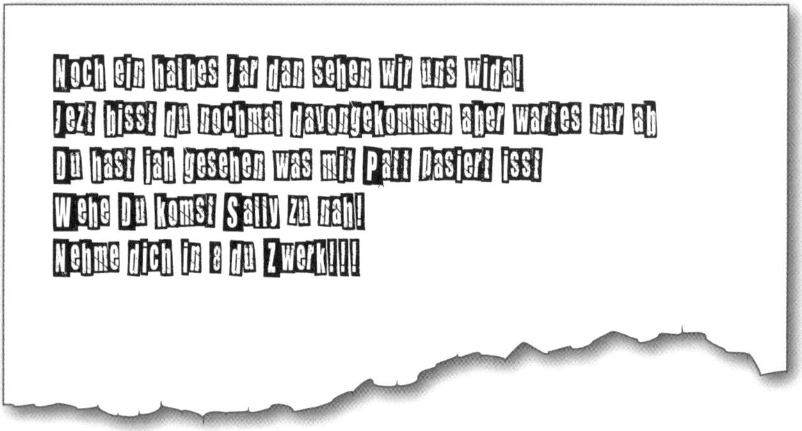

Noch ein halbes Jar dan sehen wir uns wida!
Jezt bisst du nochmal davongekommen aber wartes nur ab
Du hast jah gesehen was mit Patt Dasiert isst
Wehe Du komst Sally zu nah!
Nehme dich in 8 du Zwerk!!!

Ich kann es nicht fassen. Wie kann das sein? Warum bekomme gerade ich so einen Brief? Sally und ich kennen uns doch nur aus der Schule.

Dann fällt es mir wie Schuppen von den Augen: Mo hat nicht nur Pat angegriffen, er muss auch der Beobachter im Gebüsch gewesen sein, als dieser mein Handy zertrümmert hat! Er hat gesehen, wie Sally mir zu Hilfe gekommen ist.

Es fühlt sich an, als hätte jemand einen Eimer Eiswasser über mir ausgekippt. Ich bin zu geschockt, um einen klaren Gedanken zu fassen. Sallys Blick ist voller Sorge und ich spüre das Pochen in meinen Schläfen. Da sehe ich endlich einen Ausweg aus meiner misslichen Lage und jetzt das!

Felix steht dicht neben mir und starrt noch immer auf den Brief. Auch er kann es kaum glauben.

Wir beschließen, uns auf das Sofa im Wohnzimmer zu setzen, weil mir die Knie weich werden. Die Zeit scheint stillzustehen, als wir zu dritt nebeneinanderhocken. Ich fühle mich hilflos und ausgeliefert.

»Wisst ihr was?«, ruft plötzlich Felix und durchbricht damit die unangenehme Stille. »Sich zu verkriechen, bringt nichts! Wir wissen nicht, was es mit dem Brief auf sich hat, und werden es auch so schnell nicht erfahren.«

Noch betäubt von der unerwarteten Nachricht nicke ich wie ferngesteuert.

»Und sieh es mal positiv. In einem Diktat würdest du ihn um Längen schlagen. Sind dir die ganzen Fehler aufgefallen? Das kann man doch nicht ernst nehmen!«, fährt er fort, als ich nicht antworte.

Manchmal fällt es mir schwer, Felix seinen Optimismus abzukaufen. Doch er hat Recht. Heulend in der Ecke zu sitzen, bringt uns auch nicht weiter und ich wollte doch gerade meinen Fokus auf meine YouTuber-Karriere legen. Außerdem bin ich in einem halben Jahr auf einer anderen Schule – mit Sicherheit wird dort alles besser!

»Was ist mit deinem Plan, YouTuber zu werden, Diggah?«, fragt Felix, als könnte er meine Gedanken lesen. »Wenn du jetzt dranbleibst, wirst du am Ende die Erdbeeren ernten!«

»Alter, das heißt ›Lorbeeren ernten‹, du King«, antworte ich Felix und ringe mir ein schiefes Lächeln ab. Mit seinen verkorksten Redewendungen macht er die Situation etwas erträglicher.

Sally wirft mir einen verwunderten Blick zu. Sie wusste bisher nichts von meinem Vorhaben – woher auch? – und das hätte auch so bleiben sollen. Dank Felix gerate ich in Erklärungsnot und versuche, mich aus der Sache herauszureden.

Doch Sally lächelt nur und zwinkert mir zu. Das ist jetzt schon das zweite Mal und ich fühle mich an die Auseinandersetzung mit Pat erinnert. Ich bin mir zwar noch nicht sicher, was es genau bedeuten soll, aber nur ein hoffnungsvolles Zwinkern von Sally und die Welt scheint für kurze Zeit wieder in Ordnung zu sein.

»Luis, du hast einen Traum – nun folge ihm. Wir glauben an dich! Jetzt musst du das auch tun«, spricht Sally mir Mut zu. Wir unterhalten uns noch eine Weile und sie gibt mir einige Tipps, worauf ich bei den Aufnahmen achten muss. Mich beeindruckt alles an ihr: ihre Worte, ihr Wissen und ihre Erfahrung.

Der Tatendrang, der mich nach meinem Traum befallen hatte, ist wieder zurück und jetzt kann ich es kaum erwarten. Zusammen mit noch mehr ermutigenden Worten meiner beiden »Mitverschwörer« ist meine Laune schnell wieder oben.

Selbst wenn Sally eher heimlich zu mir steht, gibt sie mir ein Gefühl von Sicherheit. Es ist ohnehin schon krass, dass sie überhaupt mit mir redet, selbst im Verborgenen. Und dass sie jetzt sogar auf meiner Seite ist, hätte ich mir noch vor ein paar Tagen nicht träumen lassen! Das Wissen, dass wir über ein Geheimnis miteinander verbunden sind, löst ein Hochgefühl in mir aus.

Trotzdem habe ich Sorge, dass meine Pläne oder die Angelegenheit mit dem Brief ans Licht kommen könnten.

»Du darfst keinem von dem Brief erzählen, Sally. Sonst war es das für mich!«, erinnere ich sie.

Wir überlegen uns noch eine glaubwürdige Geschichte, warum sie länger als geplant bei mir geblieben ist, damit Mo nicht misstrauisch wird, dann muss sie los. Sally scheint selbst Angst vor ihrem Bruder zu haben und dass er nicht mit sich reden lässt, habe ich ja bereits im Park erfahren.

Doch mit Felix und Sally an meiner Seite fühle ich mich bestärkt. Jetzt kann quasi nichts mehr schiefgehen.

KAPITEL 7

DER DACHBODEN

Inzwischen ist das zweite Schulhalbjahr in vollem Gang und ich habe übelst Stress, am Ball zu bleiben. Mein Bro und ich sind aber weiterhin fest entschlossen, meine Karriere als YouTuber zu starten. Den fiesen Gangs geben wir keine Chance! Die halten uns nicht von unserem Vorhaben ab!
Seit Sally mich in Schutz genommen hat, hat sich die Situation mit den Machern in der Schule glücklicherweise etwas beruhigt. Felix und mich lassen sie größtenteils in Ruhe. Außerdem hat Mo Pat derart eingeschüchtert, dass er sich nur noch selten mit Sally blicken lässt.

Oder ist das nur die Ruhe vor dem Sturm? Wirklich sicher fühle ich mich nicht. Etwas wird passieren, ich kann es spüren.

Nur noch ein paar Wochen bis zu den Sommerferien. Jetzt muss ich einfach durchhalten, nehme ich mir fest vor.

Ich logge mich auf meinem Laptop ein und öffne Discord. Felix und ich chatten von dort, seit mein Handy hinüber ist, und tüfteln gemeinsam geheime YouTube-Strategien aus. Um uns weiter zu besprechen, wollen wir uns gleich nach der Schule an unserem Geheimplatz im Park treffen.

Dort angekommen tippt Felix eifrig auf seinem Handy, um alle wichtigen Schritte für den Start zu notieren. Mit diesen Steps hat er selbst damals begonnen, seinen Kanal aufzubauen. Also schreibt er alles auf, was ihm in Erinnerung geblieben ist. Ich bin so froh, dass Felix mit YouTube umgehen kann. *Damit wird es bestimmt ganz einfach!*

Doch schnell fühle ich mich lost und muss erkennen, wie mühsam die Ausarbeitung der ersten Ideen ist. Es gibt so krass viel zu beachten. Außerdem haben wir ein weiteres Problem.

»Bro, du brauchst immer noch Kamera und Mikro!«, erinnert mich Felix.

Mein Handy ist Schrott, damit geht es schon mal nicht. Und das von Felix ist selbst für mich tabu. Da ist er genauso zimperlich wie bei seinem Equipment. Er hat es sich selbst zusammengespart und hütet es wie der Enderdrache sein Ei. Aber Schnelldenker Felix kommt direkt eine andere Idee.

»Warte mal, Diggah, du hast doch neulich vom Dachboden deiner Eltern erzählt!«, ruft Felix aufgeregt.

Ich nicke.

»Stimmt. Ich habe aber auch erzählt, dass sie mir verboten haben, dort hochzugehen.«

Felix lässt nicht locker und reitet weiter auf dem Thema Dachboden herum.

»Hast wohl Angst vor Geistern, was? Denk doch mal darüber nach. Was, wenn es dort Leinwände oder so Zeug gibt, das wir für deine Videos verwenden können? Das könnte dein Durchbruch sein!«, ködert er mich.

Jetzt bin ich Feuer und Flamme! Es wäre einen Versuch wert. Womöglich ist es meine einzige Chance, günstig an was Brauchbares zu kommen. Außerdem, was habe ich zu verlieren? Meine Eltern glauben mir ohnehin kein Wort und in der Schule bin ich auch nicht beliebt. Die Welt des Gamings ist das Einzige, was mich noch träumen lässt.

Felix und ich verabreden uns für heute Abend bei mir zu Hause, um das Geheimnis des Dachbodens endlich zu lüften.

Was verbirgt sich wohl dort oben? Gerade mein Papa ist übelst dagegen und will um nichts in der Welt, dass ich den Dachboden betrete. Beim Abendessen beschließe ich, ihn zur Rede zu stellen. Vielleicht bekomme ich ja ausnahmsweise doch eine Antwort und muss nicht wieder etwas hinter dem Rücken meiner Eltern abziehen.

»Papa?«

»Ja, Luis?«, antwortet er abwesend.

»Warum ist der Dachboden für mich tabu?«

»Wir haben das wieder und wieder besprochen. Für dich gibt es in diesem Haus keinen Dachboden. Nicht heute, nicht morgen, niemals!«, entgegnet er und schaut mich düster an. »Dort oben spukt es. Schon der Vorbesitzer kannte die Gespenster des Dachbodens. Er hat mich vor dem Kauf sogar noch gewarnt. Es wimmelt dort nur so von Mäusen, Ratten und Spinnen. Gruselige Geräusche an allen Ecken und Enden. Schattengespenster, die auf dich warten. BUH!«

Ganz offensichtlich versucht mein Vater, mich zu erschrecken. Ich bin verwirrt, aber mir ist auch etwas unheimlich zumute. Ein bisschen skeptisch bin ich schon. Angeblich gibt es doch keine Geister. Als wäre der Dachboden selbst nicht schon gruselig genug. Er verheimlicht mir doch etwas!

Enttäuscht laufe ich hoch in mein Zimmer. Mir ist klar, jetzt gibt es kein Zurück mehr. Ich muss den Dingen auf den Grund gehen und endlich einen Blick auf den mysteriösen Dachboden werfen.

Es wird Abend und ich warte schon gespannt auf Felix. Schnell schalte ich meinen Laptop ein und schreibe ihm.

pro_gamer_lu

Bro, unten ist alles ruhig. Kannst kommen! 21:44

fe_nerd200

Geht klar, Diggah! 21:46

Felix wohnt nur ein paar Minuten entfernt von mir und kommt meist zu Fuß. Nach einer gefühlten Ewigkeit höre ich jemanden an der Leiter neben dem Haus hinaufklettern. Das muss er sein!

Seit der letzten Reparatur am Dach lehnt sie noch an der Hausmauer, direkt neben meinem Zimmer. Mega praktisch, denn Felix und ich nutzen sie, wenn wir uns heimlich treffen. Bislang scheint das noch niemand bemerkt zu haben. Ich öffne das Fenster und Felix stolpert keuchend herein.

»Nicht so laut, Bro! Meine Eltern pennen schon. Oder willst du Krach riskieren?«, zische ich.

Felix schiebt seine Brille wieder nach oben, die bei seinem Einstieg bedrohlich in Richtung Nasenspitze abgerutscht ist. Wir beschließen, direkt loszulegen.

Es ist so weit. Ich habe ein mulmiges Gefühl. Aber ich bin einfach zu neugierig und will unbedingt herausfinden, was sich dort oben verbirgt.

Meine Eltern im Erdgeschoss schlafen bereits, da sie am nächsten Tag früh raus müssen – Geschäftsreise nach München. Wir sind also fürs Erste ungestört. An der Decke im Flur befindet sich eine Luke. Wenn man sich auf einen Stuhl stellt, kann man mit einem auf einen Stock geschraubten Haken, der an der Wand hängt, die Klappe öffnen und die daran befestigte Leiter nach unten ziehen.

Das knarzt allerdings echt laut. Hoffentlich wachen meine Eltern davon nicht auf.

»Na komm schon, Bro. Hoch da!«, fordert Felix mich auf, ist allerdings selbst kreidebleich im Gesicht.

Ich zögere kurz, aber meine Neugier siegt.

Ein leises Knirschen auf den ersten Treppenstufen.

Ein lautes Quietschen auf der folgenden.

Einige Stufen lang erholsame Stille.

Ein kurzes Knarren bei den letzten beiden Schritten.

Endlich oben!

Ich schalte das kleine Dachbodenlicht ein. Wir stehen im geheimnisvollen Dachgeschoss. Der Schein der Lampe ist schwach und wird durch eine dicke Staubschicht zusätzlich gedämpft. Ich sehe mich um und entdecke erst einmal nicht viel. Der Dachboden ist düster und unheimlich, nur durch ein kleines Fenster scheint das helle Licht des Vollmonds herein. Überall stapeln sich alte Kartons und Kisten.

»Alter, das ist echt spooky!«, schaudert es mich.

Felix nickt. Doch jetzt gibt es kein Zurück mehr. Er macht die Taschenlampe an seinem Handy an und wir versuchen, Ruhe zu bewahren. Der Wind bläst durch eine Ritze neben dem kleinen Dachfenster und erzeugt ein singendes, unheimliches Geräusch. Spinnweben hängen wie Gardinen in jeder Ecke und auf den alten Dielen sind im Staub kleine Pfotenabdrücke zu erkennen. *Hoffentlich gibt es hier keine Ratten.*

Felix geht mit der Taschenlampe voraus und ich folge ihm unauffällig. Plötzlich spüre ich, wie etwas in der Luft auf mich zukommt und nur wenige Zentimeter von meiner Wange entfernt vorbeifliegt.

»Ahhhhhhhh, hier ist was!«, brülle ich los.

»Pssssssst!«, flüstert Felix.

Wir zucken beide zusammen. Ein solcher Mist, uns hat bestimmt jemand gehört.

Die Hände über dem Kopf trauen wir uns kaum, nach oben zu sehen. Eine Fledermaus hat es sich offenbar auf unserem Dachboden gemütlich gemacht. Sie hat sich durch unseren Besuch ihrer Schlafstätte anscheinend gestört gefühlt. Wie Motten sehen wir ja wohl nicht aus.

Doch wir werden unsere Suche fortsetzen, egal was passiert. Jedenfalls solange wir noch können, bevor jemand kommt. Wir sind zu weit gekommen, um jetzt einen Rückzieher zu machen. Felix leuchtet den Raum weiter aus und findet einige staubige Kartons, auf denen in krakeliger Schrift *Erinnerungen* steht.

Felix geht noch einen Schritt weiter.

»Diggah, das könnte das Geheimnis deines Vaters sein!«, sagt er aufgeregt.

Vorsichtig hebt er den Deckel der Box an einer Ecke an.

»Hahahaha!«, bricht es aus Felix heraus. Nicht gerade die Reaktion, mit der ich gerechnet hatte.

»Was ist Bro?«, frage ich erwartungsvoll. Als er nicht antwortet, hake ich nach: »Hast du was entdeckt?«

»Ja, Diggah. Siehst richtig süß aus, als Baby in der Badewanne! Quietscheente auf dem Kopf solltest du öfter tragen«, grinst Felix breit.

»Mann, gib das wieder her!«

Er grinst noch immer und amüsiert sich prächtig über das peinliche Babyalbum.

Wir kramen noch eine Weile in den Kisten. Plötzlich stößt Felix auf etwas Interessantes.

»Luis schau mal, was ich gefunden habe!«

Es ist ein altes Mikrofon auf einem ausziehbaren Ständer aus den 90er-Jahren. Felix hat es aus dem komplett verstaubten Papier gewickelt. Darunter stapeln sich zahlreiche CDs aus derselben Zeit und ein paar ausgeschnittene Zeitungsberichte.

Felix kommt näher und wir inspizieren seinen Fund. Sieht ganz so aus, als wollte mein Vater selbst mal berühmt werden. Vielleicht als Reporter oder Moderator? Die Zeitungsausschnitte zeigen ihn auf Events und mit elegant gekleideten Männern und Frauen. Er sieht stolz aus, wenn auch eine Spur überheblich.

»Das könnte doch perfekt für deine Videos sein!«, stellt Felix begeistert fest.

Ich bin erstarrt und kann es kaum glauben, einen solchen Schatz entdeckt zu haben. Ich hätte nicht in meinen kühnsten Träumen dran geglaubt.

Wir sind gerade dabei, die Box wieder zusammenzupacken, um sie in meinem Zimmer genauer zu inspizieren, da hören wir ein Knacken und Knarren aus Richtung Treppe. Das Geräusch wird immer lauter, Panik macht sich bei uns breit.

»Bro, mach das Licht aus!«, flüstere ich Felix zu.

Er schaltet die Taschenlampe seines Handys aus, ich drücke auf den Lichtschalter. Mit angehaltenem Atem ducken wir uns hinter einen Kistenstapel. Doch es nützt nichts.

»Luis? Bist du hier oben?«

Das Licht geht wieder an und mein Vater steht direkt vor Felix und mir. Er verschränkt die Arme und wirft mir einen enttäuschten

Blick zu. Ich kann noch nicht fassen, dass er uns tatsächlich auf unserer Mission erwischt hat. Hätte ich mich nur nicht so vor der Fledermaus erschreckt!

Papa ist garantiert wütend. Sein Blick fällt auf den verstaubten Karton und ich stelle mich schon mal auf den schlimmsten Wutausbruch dieses Jahrtausends ein. Aber zu meiner Überraschung kommt nichts. Mein Vater starrt nur vor sich hin, bis sich schließlich seine Mundwinkel leicht nach oben bewegen. Er schmunzelt. Damit habe ich nun wirklich nicht gerechnet.

»Setzt euch, Jungs«, sagt er mit beruhigender Stimme. »Ich hatte mir vorhin schon fast gedacht, dass dich die Geistergeschichte nicht davon abhalten kann, auf dem Dachboden herumzustöbern. Weißt du, ich war früher mal ein bekannter Moderator für Fernsehen und Radio. Ich bin durch die Welt gereist und habe Interviews mit herausragenden Persönlichkeiten geführt. Es hat mir riesigen Spaß gemacht, meinen Traum zu leben. Es fühlte sich wie ein Märchen an.« Er seufzt. »Doch der Erfolg hat auch seine Schattenseiten. Ich war so geblendet, dass ich vergessen habe, was wirklich wichtig im Leben ist. Du und deine Mutter, Luis! Du warst noch ein Baby und ich fast nie zu Hause. Am Ende hatte ich Geld, Ruhm und Erfolg. Doch euch hätte ich beinahe verloren.«

Ich kann meinem Vater ansehen, wie unangenehm ihm dieses Geständnis ist. Er schluckt und versucht dann schnell, das Thema zu wechseln.

»Jetzt, wo du das Mikrofon gefunden hast, kann ich es ohnehin nicht mehr vor dir verheimlichen. Du darfst es haben und kannst damit spielen, aber nur unter der Voraussetzung, dass du dir nicht so Flausen wie Influencer oder YouTuber zu werden in den Kopf setzt, weil jetzt gerade alle Kinder in deinem Alter meinen, sie müssten diesem Blödsinn nacheifern. Damit verdienst du kein Geld, Luis!«

Irgendwie ironisch, dass er und Mama gerade jede freie Minute für Arbeit oder Selbstoptimierung nutzen. Das sage ich ihm auch. Mein Vater bekommt leicht feuchte Augen, das hat gesessen. Doch dann sehe ich, wie er seine Gefühle schnell hinunterschluckt.

»Wenn du später erfolgreich sein willst, dann musst du etwas Vernünftiges arbeiten, wie deine Mutter und ich. Dann ist es auch richtig, mehr zu arbeiten, um deiner Familie ein gutes Leben zu ermöglichen. Schließlich sind wir nicht nur aus einer Laune heraus dauernd auf der Arbeit. Ich hoffe, wir verstehen uns, junger Mann!«

Na klar, er versucht direkt, sich zu rechtfertigen. Eine Entschuldigung wäre auch zu schön gewesen. Ich weiß nicht, ob ich mich traurig oder voller Vorfreude fühlen soll. Ich habe zwar nun das Mikro, aber die Unterstützung meiner Eltern kann ich wohl nach wie vor vergessen. Ich kann ja verstehen, dass er sich Sorgen macht, aber es muss doch bei mir nicht genauso laufen wie bei ihm!

Mein Vater seufzt noch einmal tief und klopft mir auffordernd auf die Schulter.

»Genug Abenteuer für heute, jetzt aber runter mit euch!« Damit geht er an uns vorbei. Auf einmal hält er inne, dreht sich zu uns um und schaut Felix verblüfft an.

»Was machst du überhaupt hier?« Er war wohl entweder zu müde oder zu sehr mit seinen eigenen Erinnerungen beschäftigt, sodass er erst jetzt wirklich checkt, dass Felix so spät noch hier ist. Es ist schon nach 22 Uhr. »Runter mit euch, ihr könnt in Luis Zimmer spielen. Ich muss jetzt erst mal deinen Vater anrufen, Felix.«

Was mache ich nun? Ich kann doch jetzt nicht aufgeben, wo ich gerade meinen Weg gefunden habe. Mein Vater kann sich seine Karrierewünsche für mich sonst wohin stecken! Vermutlich ist für ihn besonders schlimm, dass ich Recht damit habe, dass er und Mama zu viel arbeiten.

Während mein Vater unten mit gedämpfter Stimme telefoniert, gehen Felix und ich in mein Zimmer. Wir überlegen uns gerade, wie wir nun am besten weitermachen, da hören wir das Klappern der Kleiderbügel in der Garderobe. Kurz drauf steht mein Vater in Schlafanzughose, Jacke und mit nachlässig gebundenen Schuhen in meiner Zimmertür.

»Schnapp dir dein Zeug, Felix. Ich bring dich nach Hause.«

KAPITEL 8

DIE BUDE

In der Fußball-AG nach der Schule lassen wir die Sticheleien von Pat und Leon über uns ergehen, aber diesmal dringen sie kaum zu uns durch. Unsere Gedanken kreisen permanent um unser neues Projekt. Ab sofort werde ich mich neben Fußball und Schule nur noch darum kümmern.
Aber Fußball muss sein. Ich kicke echt gerne und wenn wir draußen auf dem Platz spielen, sind mir sogar die dummen Macher egal. Heute fühle ich mich besonders stark, denn der Gedanke daran, endlich ein Mikro gefunden zu haben, lässt meinen Traum ein Stückchen näher rücken.

»Was grinst du so blöd, du Lauch?«, schnauzt mich Leon von der Seite an.

Während eines Zweikampfs schnellt mit Wucht sein Bein nach vorn, dabei habe ich den Ball bereits abgespielt. Ein klares Foul! Ich knicke ein, woraufhin sich Pat und Klaus darüber lustig machen. Leon kommentiert meinen Sturz nur mit einem »Tja, da war ich wohl nicht schnell genug. Zu schade aber auch«.

Weiter hinten höre ich die Influencer Girls kichern,

die das Spektakel von den Zuschauerrängen aus beobachten. Felix kommt vom anderen Ende des Spielfelds angerannt und geht dazwischen. Dann pfeift unser Lehrer, Herr Siemens, der vor lauter Planlosigkeit Leons Aktion erst jetzt bemerkt hat. Während Felix mir aufhilft, wird Leon auf die Bank geschickt. Trotz der Strafe stellt er eine zufriedene Miene zur Schau. Frustriert von Leons gemeinem Spielzug stütze ich mich auf der Schulter meines besten Kumpels ab.

Sally hat sich inzwischen ganz von Pat abgewandt, hängt aber weiter mit den Influencer Girls ab. Das hat sicher mit ihrem Bruder Mo zu tun. Sie hat Leons Angriff beobachtet und lächelt mir verlegen zu, als ich an ihr vorbei humple.

Von ihren angeblichen Freundinnen erntet sie böse Blicke, doch mir gibt es ein gutes Gefühl. Zu nah traue ich mich jedoch nicht an sie heran. Immerhin sind Mo und seine Gang möglicherweise ganz in der Nähe und beobachten mich auf Schritt und Tritt.

»Komm Diggah, wir haben Besseres zu tun, weißt du doch«, raunt mir Felix zu und wir beschließen unter dem Vorwand, ich könne nun sowieso nicht mehr spielen, das restliche Training zu schwänzen.

Am Parkplatz angelangt, schnappt sich Felix sein Fahrrad. Ich setze mich auf den Gepäckträger und wir machen uns direkt auf den Weg, um mein erstes Equipment zu kaufen. Dafür habe ich all mein Taschengeld zusammengekratzt, das ich noch habe.

Wir werden zum Glück gleich im ersten Technikladen fündig. Meine Wahl fällt nach einigem Suchen auf eine gebrauchte Kamera für knapp 100 Euro. So viel von meinem Taschengeld auszugeben, fühlt sich krass an. Ich habe echt lange dafür gespart, aber eine neue Kamera würde noch einiges mehr kosten.

Sie kann nicht viel, aber filmen geht und es bleibt sogar ein wenig von meinen Ersparnissen der letzten Monate übrig. Der Ton könnte hochwertiger sein, doch dafür haben wir ja das Mikrofon meines Vaters. Für mehr Equipment reicht es gerade nicht.

Gemeinsam fahren wir weiter zu mir nach Hause und verkriechen uns in meinem Zimmer. Meine Eltern kommen nie vor 19 Uhr heim, daher haben wir genug Zeit für uns allein. Bei Felix wäre es zu riskant. Seine Eltern könnten merken, dass wir etwas aushecken. Außerdem müsste ich dann alles mit zu Felix schleppen, da der Technikfreak ja nur ungern etwas von seinem Zeug abgibt.

Aber das ist in Ordnung. Ich möchte ohnehin mein eigenes Ding durchziehen und nicht für jede Aufnahme auf Felix angewiesen sein. Immerhin hilft er mir schon gewaltig mit seinem Wissen weiter, wofür ich ihm krass dankbar bin.

Das alte Mikrofon ist noch leicht angestaubt und verfügt gerade einmal über zwei Knöpfe: lauter und leiser. Na, das kann ja was werden!

»Test, hey Leute, Test, Test.«

Ich versuche, das Mikro einzustellen, aber es kommt nichts durch.

»Was machen wir falsch?«, frage ich Felix enttäuscht.

Felix überlegt einen Moment. Dann kommt ihm eine Idee.

»Vielleicht müssen wir das Kabel des Mikros von der Kamera abstecken und irgendwie mit deinem Laptop verbinden«, schlägt Felix vor.

Ich nicke und wir versuchen, es an einem der seitlichen Eingänge meines Laptops anzuschließen. Schön wär's!

»Bro, wir brauchen ein Audio-Interface. Das Mikro ist locker 20 Jahre zu alt für die Anschlüsse an deinem Laptop«, klärt Felix mich auf. Gut, dass einer von uns hier Bescheid weiß.

Also wieder zurück zum Laden, Audio-Interface besorgen, nichts wie heim. Zum Glück habe ich davor nicht mein gesamtes Geld für eine Kamera hingeblättert!

Nach einigem Rumprobieren klappt es. Ich höre mich mal lauter, mal leiser, aber immerhin bin ich zu verstehen. Jetzt nur noch schnell die Kamera aktivieren!

Als wir das erste Video mit Bild und Ton aufnehmen, sind wir völlig enttäuscht von der Qualität. Es ist alles andere als cool. Meine Stimme ist kaum zu hören und das Bild sieht aus, als hätten wir es mit einer Kartoffel aufgenommen. Ich bin viel zu dunkel, dafür sieht man meine Spielsachen und den Hintergrund meines Zimmers wunderbar.

»Alter, du klingst wie ein Schwein unter Wasser!«, lacht Felix und amüsiert sich bestens auf meine Kosten.

Doch ich lasse mich nicht entmutigen. Also setzen wir uns noch einmal hin und überlegen uns, wie wir die Aufnahme optimieren können. Wir gucken uns andere Gaming-Videos auf YouTube an und lernen von den Profis.

Dann beginnen wir damit, mein erstes Video zu produzieren. Ich bin motivierter denn je und will unbedingt erfolgreich sein, auch wenn ich mich zwischendurch immer wieder frage, ob ich jemals ein gutes Video aufnehmen werde. Schließlich hat Felix eine krasse Idee.

»Diggah, lass uns einen Aufnahmeraum bauen!«

Wir schnappen uns zuerst zwei alte Matratzen aus dem Keller.

»Schön, dass ihr euch mal wieder eine Bude bauen wollt. Das habt ihr ja ewig nicht gemacht! Wie in alten Zeiten«, ruft uns meine Mutter, die gerade durch die Haustür hereinkommt, hinterher, als wir hastig die Matratzen an ihr vorbeischleifen.

Was macht die denn schon hier? Und überhaupt: »Bude«? Ich befürchte, meine Mutter wird doch langsam alt. Wer sagt denn heute noch so was?

Sicherheitshalber schließe ich mein Zimmer ab. Dann klemmen wir die Matratzen jeweils links und rechts zwischen den Seitenteilen des Schreibtischs und zwei Stühlen ein, die wir aus dem Esszimmer hochgeschleppt haben. Mit einem hellen Spannbettlaken schließen wir den freien Bereich über meinem Kopf und hinter mir verschließt meine Bettdecke die Öffnung.

Glücklicherweise ist vor meinem Schreibtisch direkt ein Fenster. Die Seite lassen wir offen, damit genügend Licht in die Kammer kommt und es nicht aussieht, als würde ich irgendwo im Keller hocken. Außerdem können wir die Matratzen so mit den Vorhängen verhaken, dass sie nicht einknicken. Das hilft extrem, ansonsten wären die improvisierten Seitenwände schon dreimal eingestürzt und hätten mein neues Set-Up unter sich begraben.

In die kleine Höhle legen wir außerdem noch einen Teppich, den ich aus dem Flur mitgenommen habe, um den Hall etwas abzudämpfen. Felix stellt die Kamera und das Mikrofon auf dem Schreibtisch auf. Dahinter steht der Laptop, an den das Mikro angeschlossen ist.

Wir versuchen es noch einmal und siehe da: Die Stimmen sind plötzlich deutlich zu hören und mein Gesicht ist einigermaßen scharf und hell. Gemeinsam drehen wir einige Testaufnahmen, auf denen wir zunächst nur rumalbern, aber dann versuche ich, schon ein wenig über Minecraft zu labern.

Während ich mir Gedanken über den Einstieg mache, überlege ich mir gleichzeitig einen passenden Namen für meinen Channel. Ich war schon immer der kleine und unscheinbare Luis. Auf meinem Kanal bin ich das nicht mehr.

»Luis BIG Adventures! So nenne ich meinen YouTube-Kanal. Der große Luis geht auf Abenteuerreise in Minecraft. Ist doch mega!«

Felix ist instant begeistert und ich träume davon, wie es sich anfühlen würde, wenn mein erstes Video direkt viral gehen würde. Wenn mein Video so heftig wäre, dass alle, die es sehen, so begeistert sind, dass sie meinen Kanal sofort abonnieren und mich supporten. *Ach, wie krass wäre mein Leben als YouTube-Star!*

Ab sofort bin ich also BIG Luis. Dann startet Felix erneut die Kamera und ich quatsche drauf los.

»Hey Meute ... äh ... Leute ...« Nee. Noch mal. »Oh mein Gott, ich kenne alle Leute in Minecraft ... äh ... Tricks ...« Auch nicht. Noch mal.

Ich bin echt nervös. Aber damit das Video gut wird, muss ich mich konzentrieren. Ich schüttele meine verkrampften Hände aus, hole tief Luft und versuche, meine ganze Aufmerksamkeit auf den perfekten Einstieg zu legen. *Du schaffst das, BIG Luis.*

»Hey Leute, ich bin's, BIG Luis. Herzlich willkommen zu meinem ersten Video, Freunde. Oh mein Gott, ich möchte euch so gerne zeigen, wie ihr in Minecraft spannende Burgen baut und auf krasse Abenteuer geht. Ich kenne alle Tricks und, Leute, ich garantiere euch, die habt ihr zuvor noch nicht gesehen!«

»Diggah, hast du einen Schalter umgekippt? Das war mega!«

Felix ist baff. Er hat nicht damit gerechnet, dass ich nach meinen Versprechern am Anfang nun so einen guten Einstieg raushaue. Nach und nach bemerke ich, dass mir das Reden vor der Kamera immer leichter fällt.

Bis ich so selbstbewusst reden kann wie meine Lieblings-YouTuber, ist es zwar noch ein weiter Weg, aber Übung macht den Meister! Ausnahmsweise haben meine Eltern mit einem ihrer Sprüche vielleicht doch nicht so Unrecht.

Felix und ich haben wahnsinnig viel Spaß und wir drehen noch zwei Stunden, bis wir einen Take haben, mit dem wir zufrieden sind. Der Einstieg geht richtig ab, da sind Felix und ich uns einig. Im Video erzähle ich von meinen Erfolgen auf Minecraft und welche Entdeckungen ich schon gemacht habe.

Wirklich bearbeitet oder geschnitten haben wir das Video aber nicht. Schließlich soll es endlich online gehen und das Schneiden würde mir entschieden zu viel Zeit kosten. Außerdem muss Felix bald nach Hause. Seit unserem Ausflug auf den Dachboden kontrollieren seine Eltern viel strenger, wann er nach Hause kommt.

Wenn wir das Video jetzt noch schneiden würden, würde sich der Upload bis morgen verzögern. So lange kann ich nicht mehr warten, das Video muss ich einfach heute noch hochladen!

KAPITEL 9

DER UPLOAD

Um Felix und mich nach den Anstrengungen der vergangenen Stunden zu stärken, gehe ich nach unten, um Verpflegung zu organisieren. Mein Vater ist mittlerweile auch zu Hause. Er sitzt mit nachdenklicher Miene am Esstisch und starrt geistesabwesend auf seinen Taschenkalender.

Als ich in die Küche komme, wirft er mir einen besorgten Blick zu, sodass ich schnell versuche, nach verfressenem, aber ansonsten unschuldigem Jungen auszusehen. Ich hoffe inständig, dass er keinen Verdacht schöpft. Hastig durchsuche ich die Schränke und stapele alles Knabberzeug, das ich finden kann, auf einem Tablett.

Während der Aufnahmen war ich so begeistert, dass ich es gut beiseiteschieben konnte, doch nun meldet sich das schlechte Gewissen. Wer sagt denn bitte, dass ich dieselben Fehler machen muss, die er damals gemacht hat?

Und sowieso. Als wäre es jetzt besser! Schließlich ist das, wie sich meine Eltern aktuell benehmen, auch nicht anders als sein Verhalten früher. So viel zur Vorbildfunktion. Wenn der Heuchler meint, mir Vorschriften machen zu können, ohne sie selbst einzuhalten, wird er schon sehen, wie gut das funktioniert.

Das gilt auch für meine Mutter, die im selben Moment die Küche betritt.

»Was bedrückt meine beiden Männer?«

»Luis hat das Mikrofon auf dem Dachboden gefunden.«

Sie zieht fragend die Augenbrauen hoch, ahnt aber anscheinend schnell, woher der Wind weht.

»Aber denk gar nicht dran, einen eigenen Kanal starten zu wollen, junger Mann! Du verbringst ohnehin zu viel Zeit vor dem Computer. Du weißt, was wir davon halten. Du bist sowieso viel zu jung.«

Mein Blick wendet sich dem Boden zu. Ich kann ihnen nicht direkt ins Gesicht lügen, darum sage ich einfach nichts. Meine Eltern wirken sowieso nur halb bei der Sache. Vermutlich sind sie in Gedanken noch im Büro.

Sie könnten ihr einziges Kind ruhig mal unterstützen, anstatt mir immer nur Sachen zu verbieten. Wenn sie mal richtig mit mir reden würden, würden sie bestimmt sehen, dass sie mir vertrauen können!

Ich denke lieber an meine Zukunft und was ich alles erreichen kann. Ich werde ihnen davon erzählen, wenn die Zeit gekommen ist. Dann werden sie es sicher verstehen. Jetzt würde es alles erst mal noch schlimmer machen.

Verlegen schnappe ich mir meine Beute. Meine Schuldgefühle kicken noch mal richtig und kurz überlege ich, ob wir unsere Mission doch einfach abblasen sollen. Ich schnaufe und grüble, während ich die Treppe hochgehe. *Nein, BIG Luis, keine Rückzieher mehr!*, sage ich mir leise und schließe die Zimmertür hinter mir.

Felix hat es sich bereits mit meinem Laptop auf dem Schoß auf meinem Bett bequem gemacht, bereit, mit mir einen Account zu erstellen. Der ungeduldige Ausdruck in seinem Gesicht hellt sich allerdings etwas auf, als er das überquellende Tablett sieht.

Ich hocke mich zu ihm und wir warten, bis das Video fertig auf meine Festplatte überspielt ist. Felix und ich sind mega aufgekratzt und malen uns voller Hoffnung aus, welchen Erfolg das erste Video bringen wird.

Nun ist es so weit. Wir starren einige Minuten auf den Bildschirm. Ein feierlicher Augenblick der Stille, um diesen bedeutenden Moment für immer festzuhalten. Heute ist der große Tag. Der Tag, an dem ich mein erstes YouTube-Video hochladen werde. Das Ergebnis vieler Stunden Arbeit, Fleiß und Mühe. Tief durchatmen. Die Nervosität lässt mein Herz rasen und meine Hände zittern. Ich öffne YouTube.

Auf der Startseite klicke ich rechts oben auf den Button »Anmelden« und dann »Konto erstellen«.

Nachdem ich die Hürde mit dem Geburtsdatum überwunden habe, kann ich mir einen Kanal erstellen. Neben dem Kanalnamen muss ich noch ein Profilbild für meinen Kanal hinzufügen. Oh Mann, ich habe mich so auf den Namen fokussiert, darüber habe ich mir noch gar keine Gedanken gemacht. Felix hat aber direkt eine Lösung parat. Er ist ein echter Pusher, wenn es darum geht, etwas schnell umzusetzen.

»Wir nehmen deine Minecraft-Figur, Diggah, das wär's doch!«

»Du hast recht, Bro! Die passt perfekt als Profilbild.«

Gut, dass ich Felix erst vor ein paar Wochen auf Discord meinen neuen Avatar geschickt habe und ich ihn sofort abrufen kann. Einen der letzten Screenshots nehme ich als Banner. Jetzt noch ein paar Infos einfügen, was ich auf dem Kanal so mache:

»Hey Leute, ich bin BIG Luis. Auf ›Luis BIG Adventures‹ zeige ich euch mein krasses Abenteuer auf Minecraft und verrate euch geheime Tipps und Tricks. Lasst uns zusammen Burgen bauen und neue Welten schaffen!«, schreibe ich.

Nachdem wir meinen Kanal erstellt haben, beginnt der nächste wichtige Teil – der Upload. Ich gehe das Video noch einmal durch, um sicherzustellen, dass alles stimmt. Ich finde, es ist gut geworden, und will das Video endlich hochladen. Felix zögert ein wenig, als er sich das Video noch einmal ansieht, aber ich kenne kein Halten mehr.

»Keine Extras, Bro. Jetzt oder nie!«, sage ich und weiß gar nicht genau, ob ich damit ihn oder mich überzeugen will.

Ich klicke also auf »Erstellen« und »Video hochladen«. Ein neues Fenster öffnet sich. Boah, das sieht ziemlich kompliziert aus. Wir klicken auf den blauen Button und wählen das Video aus. Jetzt noch einen Titel, der richtig reinhaut, und eine spannende Beschreibung.

KRASS, mein erstes Video als Minecraft Hero

0 Follower Teilen Speichern

Hey Leute, ich bin BIG Luis und das ist mein erstes Video über Minecraft. Ich feiere das Spiel übertrieben hart und kann es kaum erwarten, meine Tricks mit euch zu teilen. Viel Spaß beim Zugucken. Haut rein!

Mit dem Thumbnail wollte Felix mich überraschen. Er hat bereits vor einiger Zeit ein Bild für mich erstellt.

»Guck mal Diggah. Wie findest du's?«, fragt er mich grinsend.

Ich bin begeistert! Safe hätte ich es niemals so gut hinbekommen. Auf der rechten Seite des Bildes ist groß mein Gesicht zu sehen. Ich schaue darauf verblüfft und etwas crazy, was direkt die Neugier weckt. Links daneben sieht man eine Szene aus Minecraft.

Es sieht einfach übertrieben gut aus. Richtig professionell.

» Jetzt zu den Tags!«, höre ich von Felix.

»Alter, hört das denn nie auf?«, schnaufe ich. »Ich dachte, wir laden das Ding hoch und gut ist?«

Felix grinst hämisch.

»Da steckt schon mehr dahinter, Bro. Jetzt geben wir noch ein paar Begriffe ein, die deinen Followern helfen, das Video zu finden. Dann sind wir so gut wie fertig.«

Auf der nächsten Seite sehe ich zum ersten Mal, dass man mit YouTube wirklich Geld verdienen kann. Ich kann es gar nicht fassen. Echtes Geld mit meinem YouTube-Kanal zu verdienen, das wäre einfach der Hammer! Doch bis dahin ist es noch ein langer Weg. Erst mal könne ich nichts auswählen und müsse für mehr Follower sorgen, die meine Videos gerne ansehen, erklärt mir Felix. Was würde ich nur ohne diesen Nerd tun?

Jetzt ist es so weit. Ich klicke auf den Button »Veröffentlichen«. Mein Herz schlägt wie verrückt, als das Video lädt. Endlich! Das Ergebnis meiner harten Arbeit wird bald der Welt präsentiert. Ein letzter Moment der Ungewissheit, bis der Upload endlich vollständig ist. Ich frage mich, wie die Leute reagieren werden. Ich bin so unglaublich aufgeregt!

Nachdem der Upload abgeschlossen ist, bin ich so nervös, dass ich das Video sofort öffnen muss. Nicht auszudenken, wenn etwas schiefgelaufen wäre, der Ton nicht funktioniert oder das Video hängt.

Ich spüre, wie mir warm wird, als ich das Video zu ersten Mal auf meinem Kanal sehe. Ich weiß, dass Felix und ich etwas Besonderes geschaffen haben. In den nächsten Minuten sehe ich mir das Video wieder und wieder auf Dauerschleife an, um sicherzustellen, dass alles läuft und nichts fehlt.

Die Minuten fühlen sich wie Stunden an, während ich abwarte, was passiert. Mein Puls rast. Es wird mein Leben für immer verändern, wenn ich damit Erfolg habe. Felix und ich feiern uns jetzt schon übertrieben. Der erste Schritt ist geschafft und damit auch die schlimmste Hürde überwunden. Jetzt kann den schüchternen und kleinen Luis nichts mehr aufhalten!

KAPITEL 10

DER ENTSCHLUSS

In dieser Nacht habe ich kaum ein Auge zubekommen. Am nächsten Morgen bin ich wahnsinnig nervös. Ich möchte dringend wissen, wie viele Klicks mein Video seit gestern bekommen hat, und kann es kaum erwarten, Felix in der Schule zu treffen, um über sein Handy die Zahlen zu checken. Im Kunstunterricht angekommen, dränge ich mich auf den Platz neben Felix, doch der wirkt alles andere als gut gelaunt.

Als ich auf Felix' Display schiele, verstehe ich auch, warum: Gerade einmal zwei Aufrufe! Ich kann meine Enttäuschung nicht verbergen, meine Augen brennen. Ich habe mir so sehr gewünscht, dass mein Kanal erfolgreich ist und dass die Leute mein Video mögen.

Stattdessen scheint meine Mühe niemanden zu interessieren. Die ganze Arbeit war wohl umsonst! Ich kann es nicht fassen, dass ich so viel Zeit und Energie in etwas investiert habe, das sich als Epic Fail herausstellt.

»Komm schon, Diggah. Lag bestimmt am miesen Klang des Unterwasserschweins«, versucht Felix mich aufzumuntern und schiebt im Anschluss noch ein »Jetzt bloß nicht aufgeben!« hinterher, als er merkt, dass ich für Witze gerade echt nicht zu haben bin.

Er meint, es würde anfangs eben immer etwas dauern und ich müsse dem Kanal nur ein bisschen Zeit geben. Aber ich kann nicht einfach so weitermachen, als ob nichts passiert wäre. Ich muss darüber nachdenken, was ich falsch gemacht habe und wie ich es besser machen kann.

Die Schulglocke läutet. Stundenbeginn. Vorne an der Tafel steht unser Lehrer und erzählt irgendwas. Aber auf Unterricht habe ich gerade überhaupt keinen Nerv. Ich schnappe mir Block und Stift und beginne, meine Gedanken direkt auf ein Blatt Papier zu kritzeln. Ein trauriger Junge, der vor einem YouTube-Video sitzt. Dahinter dunkle Wolken und Regen.

Plötzlich schreit Pat in der letzten Reihe auf.

»Habt ihr das schon gesehen? Kommt mal alle her!«

Die Klasse stürmt zu ihm, die Proteste unseres Lehrers gehen im allgemeinen Durcheinander unter. Alle scharen sich um den Anführer der Macher, der sein Handy in der Hand hält und mein YouTube-Video abspielt. Die Gruppe bricht in schallendes Gelächter aus und ich bin mehr als je zuvor das Gespött der ganzen Klasse. Ich bin am Boden zerstört und will einfach nur verschwinden.

»Ist doch voll peinlich, BIIIIG Luis!«, zieht Pat mich auf.

»Schluss jetzt, Pat!«, unterbricht ihn der Lehrer. »Das Handy kannst du dir *nach* der Schule oben im Lehrerzimmer abholen.«

Alle starren mich an, kichern einander zu und belächeln mich. Mir kommen die Tränen. Soll das etwa alles gewesen sein? Wütend stopfe ich meinen Kunstkram in meinen Rucksack und laufe aus der Klasse. Felix und auch Sally folgen mir.

»Sie sind es nicht wert, Bro«, versucht Felix mich zu trösten. »Wenn das Leben dir Zitronen gibt, mach einen Smoothie draus.«

»Mann, Felix ... mach Limonade draus ... Sprichwörter sind echt nicht dein Ding, oder?«, lacht Sally. »Aber Felix hat Recht. Sie sind es definitiv nicht wert!«

Ich ringe mir ein kurzes Lächeln ab, doch es fällt mir schwer, die Enttäuschung zu überwinden.

Aber stimmt schon. In mir drin weiß ich auch, dass ich nicht aufgeben darf. Nach all der Arbeit, die ich in das Video gesteckt habe ... Nein, so schnell lasse ich mich nicht unterkriegen! Egal, was alle anderen von mir denken. Ich seufze und frage Felix nach einem Taschentuch.

Die Sommerferien stehen kurz bevor. Inzwischen ist der Hate gegen das Video etwas abgeflaut und ich versuche, mich auf die letzte wichtige Klassenarbeit vor den Zeugnissen zu konzentrieren.

Ich habe beschlossen, mich auf eine bessere Qualität der Videos zu fokussieren und vor allem mehr Zeit in die Bearbeitung und den Schnitt zu investieren. Ich habe inzwischen eingesehen, dass mein Erfolg nicht über Nacht kommt. Durchhaltevermögen und der Wille, an sich zu arbeiten – darauf kommt es an!

Trotzdem schmerzt die Enttäuschung immer noch. Ich frage mich, ob ich jemals ein erfolgreicher YouTuber werde. Auch die Gewissensbisse lassen mich nie ganz los, schließlich weiß ich genau, was meine Eltern von einer YouTuber-Karriere halten. Auch wenn ich mich jedes Mal freue, wenn ich einen neuen Trick lerne, um meine Videos zu verbessern, habe ich zeitgleich immer Angst, dass meine Eltern doch Wind von meinem Traum bekommen. Diese Unsicherheit ist furchtbar, aber ich muss es trotzdem weiter versuchen! Ich raffe mich auf und rufe mir die Worte von Sally und Felix in Erinnerung.

Ich werde mich von meinem Ziel so schnell nicht verabschieden und so lange Videos erstellen, bis ich es erreiche. Komme, was wolle! Ich weiß einfach, dass mein Platz in der Welt der YouTuber ist und dass ich dort glücklich werde, wenn ich erst einmal richtig angekommen bin.

Für die freie Zeit im Sommer nehme ich mir fest vor, an meinem Kanal zu arbeiten und zu lernen, wie man richtig schneidet, um noch hochwertigere Videos zu produzieren.

Am nächsten Morgen ist endlich der letzte Schultag und ich bin froh darüber, dass der Horror der Grundschule ein Ende hat. Im Herbst komme ich auf ein Gymnasium, dann wird bestimmt alles gut werden. Es ist schließlich eine Schule für schlaue Leute.

Während wir ungeduldig auf die Zeugnisvergabe warten, versprechen Felix und ich einander, immer befreundet zu bleiben. Dass wir auf dieselbe Schule gehen werden, wissen wir bereits. Schließlich habe ich Großes vor und Felix ist fest entschlossen, mich auf meinem Weg zu unterstützen.

Dank Felix habe ich in diesem Schuljahr gerade so die Kurve gekriegt. Das Lernen mit ihm hat dabei echt geholfen. Voller Stolz nehme ich deshalb mein allerletztes Grundschulzeugnis entgegen, als ich endlich aufgerufen werde.

Als ich aus dem Klassenraum trete, kommen Pat, Leon und Klaus ein letztes Mal auf mich zu.

»Auf Nimmerwiedersehen, BIG Loser! Du Lauch wirst es garantiert nie zu etwas bringen!«, johlt Pat gehässig. Leon und Klaus fallen in sein hämisches Gelächter ein.

Ich versuche, ihn zu ignorieren und beobachte stattdessen Sally, die sich gerade von den Influencer Girls verabschiedet. Werde ich sie jemals wiedersehen? Wo wird sie wohl zur Schule gehen? Was sie angeht, bin ich echt traurig, dass sich unsere Wege trennen. Wir haben doch gerade erst angefangen, uns richtig kennenzulernen.

Felix und ich verlassen den Schulhof und kehren der Grundschule endgültig den Rücken. Lässig legt er seinen Arm um mich und strahlt mich an:

»Auf ein neues Kapitel, Diggah. Du stehst kurz vor dem Durchbruch!«

Doch bis dahin ist es noch ein steiniger Weg.

TEIL 2

DER AUFSTIEG

KAPITEL 11

DIE NEUE KLASSE

Inzwischen bin ich fast 12 Jahre alt und mein erster Tag an der neuen Schule steht heute an. Trotz meines missglückten ersten Anlaufs habe ich mittlerweile schon die ersten 1.000 Follower für meinen Kanal sammeln können und bin mega stolz auf mich. Meine neuen Videos werden immer besser und ich arbeite hart daran, den Durchbruch zu schaffen. Bislang lässt der allerdings noch auf sich warten.

Nur noch ein bisschen Geduld, dann ist der 1. Oktober und ich habe endlich Geburtstag. Vorher muss ich aber den ersten Tag an meiner neuen Schule überstehen. Mir ist flau im Magen, ich bin aufgeregt und mache mir ein wenig Sorgen. *Wie werden wohl meine neuen Mitschüler sein?*

Mit einem mulmigen Gefühl sitze ich im alten Opel meiner Mutter. Sie hat felsenfest darauf bestanden, mich an meinem ersten Tag zu fahren – dann könne sie auch gleich den Lehrern Hallo sagen und sicherstellen, dass ich in der Klasse gut aufgehoben bin. Richtig cringe! Als wäre ich ein kleines Kind! Und sonst hat es sie doch auch nicht interessiert, ob ich in meiner Klasse gut zurechtkomme.

Ich konnte immerhin verhindern, dass sie mit reinkommt. Mein »Ich habe außer Felix keine Freunde und wenn du mit reinkommst, wird das für immer so bleiben! Wer will schon mit dem Muttersöhnchen befreundet sein?« schien sie überzeugt zu haben. Aber davon, mich bis vor die Tür zu bringen, konnte ich sie nicht abhalten.

»Keine Widerrede!«, hieß es nur, als ich ihr vorschlagen wollte, ich könne ja einfach mit dem Fahrrad oder dem Bus fahren.

Ich klettere also aus dem Wagen und merke, wie sich einige skeptische Blicke auf mich richten. Ich schaue mich um und sehe viele ältere Schüler, die alle nicht nur deutlich größer sind als ich, sondern auch so wirken, als wüssten sie schon genau, wie es hier läuft.

Wie gerne würde ich mit meinem eigenen Lambo zur Schule fahren. Dann würden auch alle gucken, aber nicht so, als wäre ich gerade in einer Mülltonne angereist. Das wäre der Hammer!, denke ich mir.

Ich überlege, wie es wäre, als erfolgreicher YouTuber aus meinem Sportwagen auszusteigen. Was würden meine Mitschüler sagen? Würde es sich gut anfühlen, so ein teures Auto zu fahren? Wäre ich dadurch beliebt? Damit auch meine Fans etwas davon haben, würde ich Spritztouren mit ihnen unternehmen oder Felix jeden Tag zur Schule mitnehmen. Das wäre echt cool.

Langsam lasse ich den Blick über den Schulhof schweifen, während ich nervös an meinem Rucksack zupfe, der an meiner linken Schulter baumelt. Mit meinen kurzen, braunen Haaren und dem lässigen Kleidungsstil falle ich zum Glück kaum auf.

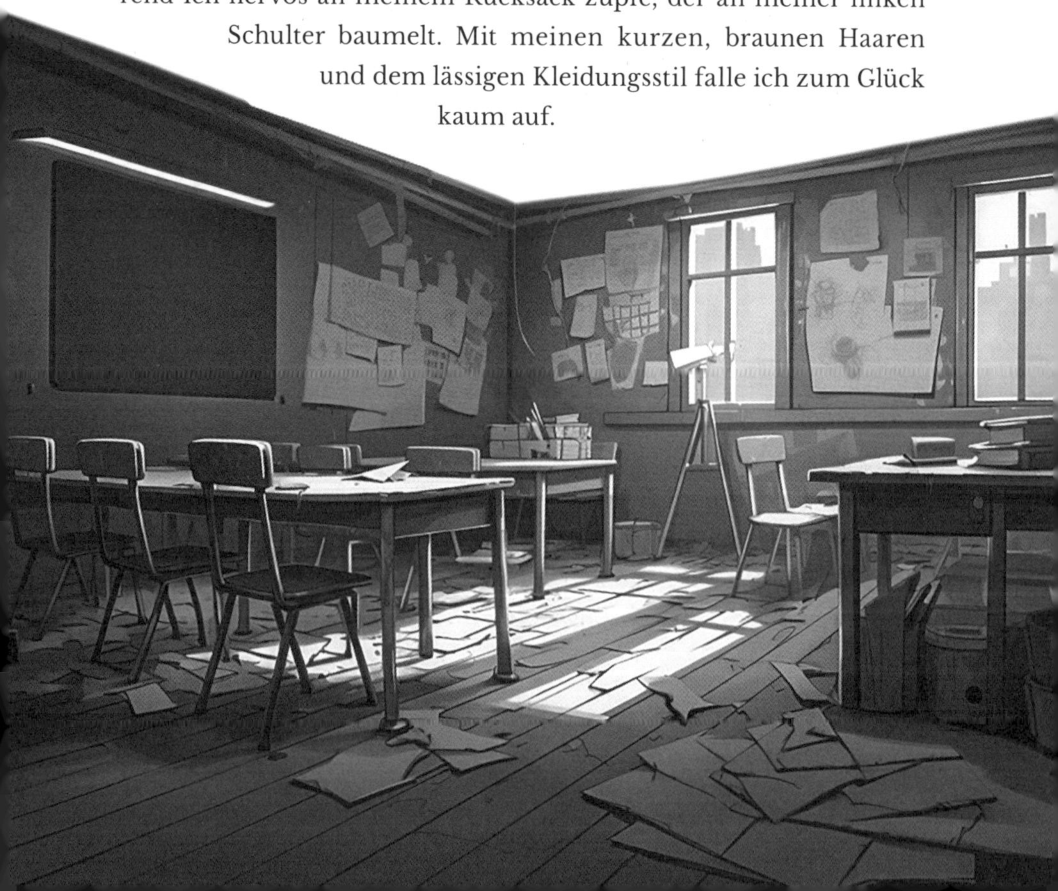

Als ich die neue Schule betrete, fühle ich mich ein wenig verloren. Alles ist so anders.

Die Klassenräume sind größer, die Tafeln sind digital und ich kenne niemanden. Doch eines kommt mir gleich bekannt vor, als ich mein neues Klassenzimmer betrete: die Gruppenbildung. Einige der Schüler scheinen sich bereits zu kennen und sind in Gespräche vertieft.

Dann sehe ich eine Gruppe von Mädchen. Sie erinnern mich an die Influencer Girls aus der Grundschule. Schon beim Reinkommen kann ich die typischen TikTok-Sounds aus ihren Handys plärren hören und bin mir sofort sicher, dass sie sich genauso wenig für mich interessieren werden wie die Mädchenclique an meiner alten Schule.

Im Klassenzimmer fliegen ein paar Papierflieger herum, die an der Wand neben mir abprallen.

»Guten Flug!«, rufe ich lässig in die Richtung, aus der einer der Flieger kam.

Doch niemand reagiert und mein Kommentar geht im allgemeinen Stimmengewirr der Klasse unter.

Ich fühle mich unerwünscht, niemand scheint mich zu beachten und ich frage mich, wie ich hier acht Jahre lang zurechtkommen soll. Ich suche mir einen freien Platz an einem der Doppeltische und sage erst einmal nichts. Lieber beobachte ich die Situation und warte – bisher vergeblich – auf Felix.

Ich schnappe mir mein neues Handy, das meine Eltern mir in den Ferien als Belohnung geschenkt haben, weil ich letzten Endes doch noch eine Gymnasialempfehlung bekommen habe. Ich öffne WhatsApp, der Chat mit Felix ist wie immer ganz oben.

Luis

Alter, wo bist du? 😱

Felix

Bro, ich bin schon längst hier.
In welcher Klasse bist du? 😨

Jetzt bin ich krass verwirrt. Wenn Felix in der Schule ist, aber nicht hier, wo ist er dann? Und wo bin ich gelandet?

Nein, Mann, nein! Wie konnte das passieren? Felix und ich waren uns immer sicher, in dieselbe Klasse zu kommen, wenn wir aufs Gymi gehen. Das kann nicht wahr sein! Ich bin total entsetzt. Wie soll ich den Schulalltag ohne ihn meistern? Ich fühle mich richtig lost – und das gleich am ersten Tag.

Die Zeit in der Grundschule war hart genug, es ist einfach nicht fair. Bedrückt stelle ich meine Schultasche links neben mir auf den Boden. Meine rechte Bankseite ist frei und ich blicke traurig auf den leeren Sitzplatz. Wenn mein bester Kumpel Felix nicht neben mir sitzen wird, wer dann? Plötzlich tippt mir jemand sanft auf die rechte Schulter.

»Hey, hier ist noch frei, oder?«, fragt mich eine Mädchenstimme. Die Frage klingt mehr wie eine Feststellung. Ich drehe mich verwundert um und sehe ein Mädchen, das sich tatsächlich neben mich setzen will.

»Ich bin Jana. Meine Freundinnen, Mia und Lisa, und ich werden seit der Grundschule das ›TikTok-Trio‹ genannt. Zusammen haben wir mehr als eine Million Follower. Krass, oder?«, plappert sie drauf los.

Ohne auf eine Antwort zu warten, nimmt Jana ihr Handy und macht ein paar Selfies von sich. Ich bin mir unsicher, wie ich mich ihr gegenüber verhalten soll. Sie wirkt zwar ganz nett, aber jetzt frage ich mich doch, ob sie nicht etwas eingebildet ist.

Süß finde ich sie trotzdem irgendwie. Sie ist mega hübsch, trägt blonde, geflochtene Zöpfe und weit aufgerissene Jeans. Ihr Top sitzt eng und darüber trägt sie eine lockere bunte Markenweste.

Es beeindruckt mich schon, wie viel sie mit ihrem TikTok-Account bereits erreicht hat und sie erinnert mich damit an Sally. *Ach, Sally. Ich wünschte, du wärst hier ...* Für einen kurzen Moment steht die Zeit still, während ich verträumt aus dem Fenster blicke. Ich sehe den riesigen Schulhof, um den mehrere Gebäude verteilt sind. Hier ist echt alles größer als an meiner alten Schule.

Ich frage mich, wie ich mich hier zurechtfinden werde. Und ich muss daran denken, dass Schüler mit 18 oder 19 Jahren auf dieselbe Schule gehen wie ich. Ein ungutes Gefühl macht sich dabei in mir breit, diese Riesen will ich auf keinen Fall verärgern.

Die Schulglocke reißt mich aus meinem Gedankenstrudel, ein Lehrer betritt den Raum, die erste Stunde beginnt.

»Guten Tag, verehrte Schüler. Ich bin Herr Doktor Hillebrandt, euer Klassen- und Mathelehrer. Das ›Doktor‹ gehört zum Namen, ich habe hart dafür gearbeitet.«

Sein Blick ist streng, seine Brille schief und sein Hemd leicht vergilbt. Seine Stimme klingt tief und einschüchternd, als er uns den Stundenplan erklärt und uns eine kurze Einführung in den Ablauf gibt.

Ich versuche, aufmerksam zuzuhören und ärgere mich gleichzeitig über die wenigen Stunden Sport und Kunst, die im Plan vorgesehen sind. Dafür vier Stunden Mathe – und das ohne Felix, der mir helfen kann!

Als alles erklärt ist und sich jeder einmal vorgestellt hat, steigen wir direkt in den Matheunterricht ein. Herr *Doktor* Hillebrandt verteilt Arbeitsblätter mit Matheaufgaben. Wer macht denn Stoff schon am ersten Tag? Das ist echt übertrieben. Als ob wir heute nicht genug hätten, dass wir uns merken müssen!

Ich versuche, mich zu konzentrieren und die Aufgaben zu lösen, aber es ist schwieriger, als ich erwartet habe. Ich fühle mich überrumpelt und frage mich, ob ich hier wirklich richtig bin. Das Klopfen eines Zeigestocks auf meinem Tisch reißt mich aus meinen Überlegungen. Natürlich benutzt Doktor Hillebrandt noch so etwas ... Selbst die Lehrer in der Grundschule hatten Laserpointer.

Als ich aufschaue, wirft er mir einen verächtlichen Blick zu. In diesem Moment erkenne ich, dass es auch in der neuen Schule nicht einfacher für mich werden wird. Ich muss mir schleunigst eine Karriere als YouTuber aufbauen, wenn ich diesen Wahnsinn die nächsten Jahre durchstehen will. Dann bin ich wenigstens in einer Sache gut.

Während der Pause gehe ich in die Cafeteria und sehe mich um. Es gibt so viele Menschen und ich fühle mich immer noch ein wenig überwältigt. Ich sehe einige Schüler, die ich kenne, aber sie scheinen sich alle bereits zu Gruppen zusammengeschlossen zu haben. Ich setze mich allein an einen Tisch. Dort esse ich etwas verunsichert mein Pausenbrot, beobachte die Anderen und ich frage mich, ob ich hier jemals richtige Freunde finden werde.

Felix ist noch in seiner Klasse. Wie es ihm wohl gerade geht?

KAPITEL 12

DIE WÖLFE

Die restlichen Schulstunden vergehen mühsam und ich habe mich noch nicht wirklich mit jemandem angefreundet. Jana ist die Einzige, die mit mir gesprochen hat, aber mehr als zwei Sätze waren auch nicht drin. Als endlich die Schulglocke läutet, schnappe ich mir meinen Rucksack, stürme aus dem Klassenzimmer und suche nach Felix. Ich sehe ihn aus der Ferne und begrüße ihn aufgeregt.

»Hey Bro! Felix, hier drüben!«

Felix' Augen leuchten, als er mich sieht, und er kommt sofort angerannt.

»Was geht ab, Luis? Der erste Tag war krass, ich sag's dir!«, antwortet er. Er sieht genauso überwältigt aus, wie ich mich fühle.

Gemeinsam gehen wir in Richtung Ausgang. Ich kann es kaum erwarten, alles über seinen Tag zu hören.

»Wie war es bei dir heute?«, frage ich ihn neugierig.

»Boah, du glaubst nicht, wer bei uns an der Schule ist. Es ist Mo! Er und seine Kumpel nennen sich die ›Wölfe‹. Einer der anderen Nerds aus meiner Klasse hat es mir erzählt. Sie sind ein paar Stufen über uns, sind also bestimmt zwei, drei Jahre älter als wir, Bro, und überall bekannt für ihre legendären Partys. Die meisten Schüler haben Angst vor ihnen. Gerade auf die Nerds haben sie es besonders abgesehen und auch auf alle anderen, die nicht so beliebt sind. Sie haben ihr Revier in den Unterstufen abgesteckt, da gibt es für uns bald nichts mehr zu lachen, Diggah!«, berichtet Felix aufgeregt und erzählt mir ein paar Geschichten der Wölfe, die er von den anderen Schülern gehört hat.

»Einmal sollen sie jemanden aus einer Klasse über ihnen in eine Mülltonne gesteckt haben, nur weil der sich geweigert hat, ihre Hausaufgaben zu machen!«

Ich schüttle ungläubig den Kopf.

»Nicht dein Ernst, Bro!«

Mein Herz rast, als ich Felix zuhöre. Endlich wird mir klar, was mit dem Brief vor einem halben Jahr gemeint war. Mo hatte wohl Wind davon bekommen, dass ich mit Felix an seine Schule wechseln wollte. Warum hat er es ausgerechnet auf mich abgesehen? Ist das alles nur wegen Sally?

Sie habe ich noch nirgendwo entdeckt. Vielleicht ist sie gar nicht auf derselben Schule wie Felix und ich? Mir darüber Gedanken zu machen, dafür bleibt jetzt keine Zeit. Ich habe echt Respekt davor, was als Nächstes passiert.

»Oh mein Gott, Bro, was machen wir denn jetzt?«, frage ich Felix entsetzt.

»Mach dir keinen Stress, Diggah. Wir sehen erst einmal, dass wir dich aus der Schule bringen, bevor die Wölfe ... Oh nein!«

Ich folge Felix' Blick. Mo und seine Kumpels kommen den Gang entlang und steuern genau auf mich zu. Der mit den kurzen Haaren und dem kräftigen Körperbau muss Mo sein. Felix hat ihn mir genau so beschrieben. Ich versuche, cool zu bleiben und mich unauffällig zu verhalten, aber in mir rast alles. Ich spüre, wie mein Puls schneller wird und meine Hände anfangen zu schwitzen.

Mo bleibt vor mir stehen und wirft mir einen halb herablassenden, halb herausfordernden Blick zu. Ich sehe verängstigt zu ihm hoch. Er ist bestimmt zwei Köpfe größer als ich und breit wie ein Schrank. Sein dunkles Haar hat er an den Seiten abrasiert. Ich blicke in seine ebenso dunklen Augen, die mich fixieren, und sehe sogar den Ansatz eines Barts, der sein markantes Gesicht umrahmt.

Mos aufgeblähte Muskeln zeichnen sich unter seinem engen, weit ausgeschnittenen Tanktop ab. Bestimmt rennt er jeden zweiten Tag zum Pumpen ins Fitti. Zwar sind seine kräftigen Arme echt zu bewundern, doch kann er mir damit wohl auch ordentlich eine mitgeben.

Ich suche panisch nach einem Ausweg. Um mich herum tuscheln bereits einige Schüler. Sie manövrieren in gebührendem Abstand um Mo herum, um ihm nicht in die Quere zu kommen. Ich könnte mich auch einfach ducken und weglaufen, aber das würde bedeuten, dass ich mich den Wölfen unterordne.

Doch ich will nicht mehr der kleine Luis sein, der sich von anderen einschüchtern lässt. Über den Sommer bin ich selbstbewusster geworden, was meine YouTube-Videos angeht, habe Tag und Nacht an meinen Intros und den Spieltechniken gefeilt und bin dabei, dem kleinen, schüchternen Luis Schritt für Schritt Lebewohl zu sagen. Ich möchte auch im echten Leben BIG Luis sein.

Ich könnte ihm einfach eine Ansage machen und ihm zeigen, dass ich mich nicht unterkriegen lasse. Doch was, wenn er dann noch wütender wird und die Wölfe erst recht gegen mich aufhetzt? Ich weiß nicht, was ich tun soll, und spüre, wie meine Unsicherheit wieder durchkommt.

Dann merke ich, dass Felix sich zwischen mir und Mo aufbaut und versucht, mich zu verteidigen. Meine Angst wird langsam von einem anderen Gefühl verdrängt: Wut. Ich will mich nicht länger verstecken, also hole ich tief Luft und schiebe Felix zur Seite. *Ich werde mich nicht von euch einschüchtern lassen. Ich werde euch zeigen, dass ich stärker bin*, sage ich mir.

Eine neue Entschlossenheit macht sich in mir breit. Ich bin bereit, mich gegen die Wölfe zur Wehr zu setzen. Ich weiß, dass es nicht einfach sein wird. Aber ich werde für meine Ehre und meinen Erfolg kämpfen. Schließlich kann ich kein erfolgreicher YouTuber werden, wenn ich immer gleich aufgebe!

Ich sehe Mos beängstigend düsteren Blick. Seine dunklen Augen sind weiterhin starr auf mich gerichtet. Ich fühle mich unwohl, aber versuche, es mir nicht anmerken zu lassen. Die anderen Wölfe rücken mir auch immer weiter auf die Pelle, bis Mo ein Kommando gibt.

»Simon, du hältst Ausschau nach einem Lehrer und Matze, du hältst mir den Lauch mit der Brille vom Leib. Na los, worauf wartet ihr noch?!«, fährt Mo die beiden anderen Gangmitglieder von der Seite an.

Ich schrecke zurück. Erst geht mein Blick in Simons Richtung, der seine Hand nach Felix ausstreckt. Er hat kurzes, blondes Haar, das er wie sein Anführer an den Seiten ausrasiert hat, während er das Deckhaar länger trägt, und ist genauso muskulös wie Mo. Seine Lederjacke sieht mitgenommen aus und die Jeans sind an den Enden aufgerissen. Als er versucht, seine Ärmel hochzukrempeln, sehe ich zahlreiche Narben.

Ich drehe mich zur Seite. Matze hat ein paar Sommersprossen im Gesicht und feuerrotes, wild gelocktes Haar. Seine Augen sind stechend grün und er besitzt – im Gegensatz zu den anderen beiden – eine eher schlanke, athletische Figur. Für die Überzeugung, dass mit ihm trotzdem nicht gut Kirschen essen ist, genügt mir ein Blick auf den Schlagring, den er an einer Kette um den Hals trägt.

Direkt vor mir richtet Mo sich zu seiner vollen Größe auf und macht sich bereit für einen Angriff.

KAPITEL 13

DIE BEGRÜSSUNG

Mir reicht's, das ist wohl doch eine Nummer zu groß für mich.
»Los, Bro, taktischer Rückzug!«, rufe ich Felix zu.

Doch es ist bereits zu spät, um abzuhauen. Mo setzt ein fieses Grinsen auf.

»Lange habe ich auf diesen Tag gewartet, *BIG* Luis.«

Ich bin überrumpelt. Offensichtlich weiß er von meinem YouTube-Kanal. Meine Knie zittern und ich spüre einen Kloß im Hals, als ich versuche, meine Angst herunterzuschlucken. Mir fällt nichts ein, ich sehe Mo nur mit großen Augen an.

»Dann wollen wir den Lauch mal an unserer Schule willkommen heißen!«

Er packt mich mit beiden Händen am Kragen, hebt mich wie ein Federgewicht in die Höhe und drückt mich auf Augenhöhe an die Wand. Meine Füße baumeln hoffnungslos mindestens dreißig Zentimeter über dem Boden.

»Alle mal hergehört!«, brüllt Mo durch den Schulgang.

Die Blicke richten sich auf uns, der Gang verstummt.

»Dieser kleine Hochstapler nennt sich ›BIG Luis‹. Er glaubt, er wird mal ein echter YouTuber werden, wie niedlich! Wer von euch den kleinen Loser abonniert hat, sollte das am besten direkt wieder ändern«, verkündet er. Die Verachtung in seiner Stimme ist kaum zu überhören.

Ängstlich ziehen einige der Schüler ihre Handys aus der Hosentasche.

»Ich habe hier auf dem Schulhof das Sagen und nicht du, du Lauch. Komm mir also nicht in die Quere!«

Ich sehe Mo ins Gesicht und nicke hastig. Dann lässt er mich endlich fallen.

Felix stürzt an Matze vorbei auf mich zu, um mir hochzuhelfen. Ihm fehlen die Worte, so geschockt ist er. Klar hatte er mir von einigen Aktionen der Wölfe berichtet, doch damit hätten wir beide nicht gerechnet. So was passiert doch sonst nur im Film!

Als sie schließlich abziehen, bin ich erleichtert, aber zugleich noch verwirrter als zuvor. Was sollte das denn? Wieso passiert das ausgerechnet mir? Und am wichtigsten: Was wird er unternehmen, wenn ich mit YouTube weitermache und tatsächlich Erfolg habe?

Es ist ein schreckliches Gefühl, mit dieser Angst und Ungewissheit leben zu müssen.

Felix packt mich am Arm und wir verschwinden so schnell es geht.

Nach diesem aufregenden Schultag verabreden wir uns direkt an unserem neuen Geheimort. Seit den Sommerferien ist das unser Treffpunkt, wo wir über unsere Lieblings-Games reden und Pläne für neue Videos schmieden können.

Das Gruselhaus liegt etwa zwei Kilometer von der Schule entfernt an einem Bach. Wir haben es im Sommer bei einer unserer Fahrradrunden entdeckt und es direkt abgecheckt. Im Ort wird gemunkelt, dass dort mal eine verwahrloste Frau gelebt hat, die vor ein paar Jahren gestorben ist. Seitdem steht das Haus leer und ist der perfekte Ort für unsere Zwecke.

Nachdem ich mich etwas von der Demütigung der Wölfe in der Schule erholt habe, kann ich es kaum erwarten, mit Felix meinen YouTube-Kanal zu checken. Er läuft gut und wächst täglich. Das macht mich richtig stolz und lässt mich für einen Augenblick den Horror in der Schule vergessen. Beim Treffpunkt angekommen, werfe ich mein Fahrrad zur Seite und setze mich direkt zu Felix, der es sich schon auf der Terrasse gemütlich gemacht hat.

Ich öffne YouTube und klicke auf meinen Account.

WTF? NEIN!

Nur noch 547 Abonnenten! Und es scheinen von Minute zu Minute weniger zu werden.

»Bro, die Follower sind weg!«, schreie ich entsetzt.

Und nicht nur das. Unter einigen meiner Videos finde ich fiese Kommentare.

@Alphawolf200 vor 1 Minute

Echt schlechtes Video. Würde ich keinem empfehlen!

67 Antworten

@Mo_Bro vor 5 Minuten

Du bisst ächt ein Versager!! BIG Luser!!!

148 Antworten

@Matzöö17 vor 8 Minuten

Dein Content ist so unnötig, mieser Cringe!

199 Antworten

Das können nur die Wölfe sein, doch den Grund verstehe ich nicht wirklich. Mo wird mich doch nicht tatsächlich als Konkurrenten sehen, oder?

Am meisten nervt mich an der Spam-Attacke der Wölfe aber, dass ich zwischen Handy-Games und Minecraft zocken in den Sommerferien so krass viel Zeit in die Verbesserung meiner Videos investiert habe. Ich habe Unmengen von Videos aufgenommen und hart daran gearbeitet, meine Spiel- und Technik-Skills auszubauen.

Inzwischen kann ich sogar meine eigenen Clips schneiden und richtig gekonnte Thumbnails entwerfen. Hier spielt mir meine Leidenschaft für Kunst in die Hände. Ich war mir so sicher, dass ich bald mehr Klicks bekommen werde und noch besser vor meinen Followern auftreten kann. Doch was bleibt mir jetzt noch? Solche Hate-Kommentare verschrecken neue Viewer doch sofort! Es macht mich unfassbar traurig.

»Bist du dir ganz sicher, Diggah, dass du dich so einfach unterkriegen lassen willst?«, fragt mich Felix verwundert.

Ich starre auf mein Handy und schweige. Mein YouTube-Kanal ist noch geöffnet. Ich denke an die unbeschwerte Zeit vor dem

Sommer und die Pläne, die Felix und ich hatten. Wir waren voller Ideen und Energie. Wir haben stundenlang über unsere Lieblings-Accounts geredet und darüber, was wir in Zukunft bei meinen Videos besser machen könnten. Wir haben sogar bereits neue Videoformate geplant und überlegt, wie ich meine ersten Follower noch besser unterhalten kann.

Ich fühle mich so lebendig und frei, wenn ich mit Felix über YouTube und Games sprechen kann. Fernab der Schule und den Schikanen fieser Gangs war ich im vergangenen Sommer endlich wieder ich selbst. Ich war dankbar für jeden Moment und wusste, dass ich mit Felix an meiner Seite alles schaffen kann.

Doch jetzt ist alles anders. Ich bin kurz davor, das Handtuch zu werfen.

»Lass dich nicht ärgern, Bro. Wir finden eine Lösung. Ich helfe dir bei deinen neuen Videos und du wirst sehen, die paar Follower bekommst du im Nu wieder zurück. Du brauchst nur ein gutes Video, nur eins! Wenn das zum Erfolg wird und viral geht, hast du die erste Hürde schon geschafft. Dann rennen dir die Leute deinen Kanal ein und niemand interessiert sich noch dafür, was diese Wolfdeppen sagen!«

Felix steht mir bei. Er schafft es auch dieses Mal, meine Laune zu heben und mich zu motivieren. Er hat Recht. Ich muss meinen Fokus darauf richten, gute Videos zu produzieren und neuen Content zu kreieren. Bedrückt starre ich auf mein Handy und lösche die Hate-Kommentare unter meinen Videos. Ab jetzt konzentriere ich mich auf neue Ideen und will dem Wahnsinn endlich ein Ende setzen.

KAPITEL 14

DIE NERDS

»Luis, du kannst doch noch addieren und subtrahieren, oder?«, fragt mich Dr. Hillebrandt spöttisch, als er mir mit gerunzelter Stirn meine misslungenen Hausaufgaben in die Hand drückt.
»Wenn das mit dir so weitergeht, wirst du wohl nächstes Jahr die Schule wechseln dürfen.«

Die ersten Schulwochen sind vorüber, doch läuft es momentan nicht gerade optimal. Nicht nur die Wölfe sind eine Bedrohung für mich, sondern auch in meiner Klasse finde ich nicht den erhofften Anschluss – von meinen Noten ganz zu schweigen.

Der Doktor hat mich übelst auf dem Kieker und ich stehe kurz davor, bei ihm eine Fünf zu kassieren. Auch bei den restlichen Schulfächern habe ich einen Durchhänger. Mir liegen nach wie vor nur der Kunstunterricht und die Fußball-AG. Nur dort kann ich so richtig abschalten und alles um mich herum vergessen.

Ich frage mich, was ich getan habe, um einen Misserfolg nach dem anderen einzufahren. Es fühlt sich einfach unfair an.

Wenigstens habe ich mittlerweile einen Ort, an dem ich meine Videos aufnehmen und bearbeiten kann. Ich konnte Felix überreden, mir ein wenig Platz in seinem Gaming-Zimmer zu schaffen, wo ich mein eigenes Equipment aufgebaut habe.

Bei mir wurde es echt langsam eng und ich konnte auf gar keinen Fall riskieren, dass meine Eltern zu früh von meinem Kanal erfahren. Ich musste also nach der Schule immer alle Aufnahmegeräte aufbauen, das Video aufnehmen, das Equipment wieder abbauen und dann noch das Video bearbeiten – und das alles, bevor meine Eltern nach Hause kamen. Ich weiß nicht, warum manche gern Geheimagenten wären, das ist doch ultra stressig!

In Felix' Gaming-Raum hingegen sind wir meistens ungestört. Seine Eltern haben es auch nicht richtig mitgekriegt, denke ich. Sie glauben wohl, ich würde einfach Felix bei seinem Kanal helfen.

Das heißt aber nicht, dass mit meinem Kanal alles glatt läuft. In der Schule hat sich bereits herumgesprochen, dass es besser wäre, meinem Account nicht zu folgen. Vor allem Mo rückt mir dort übelst auf die Pelle und macht sich über jedes meiner Videos lustig.

Aber ich werde es ihnen schon noch zeigen!

Nach der Schule überlege ich gemeinsam mit Felix, was wir noch alles gegen den Hate der Wölfe unternehmen können. Wir haben zwar versucht, ein paar gute Clips auf TikTok zu teilen, aber selbst hier ernten wir nur blöde Kommentare der Wölfe und der TikTok-Mädchen aus meiner Klasse.

Jana hat inzwischen Wind von der Aktion der Wölfe bekommen und versucht immer wieder, mich zu demütigen, um sich bei ihnen beliebt zu machen.

»Deine Burgen in Minecraft sind echt armselig. Wer spielt das denn heute noch?«, hat Jana neulich in der Pause gefragt, um mich zu reizen. Sie ist so gar nicht wie Sally.

Natürlich ziehen ihre zwei Schatten, die Zwillinge Mia und Lisa, bei so was direkt mit. Die beiden Mädchen sind auch so gar nicht mein Fall. Ihre lockigen Haare sind schulterlang, brünett und beide Gesichter voll mit Make-up. Sie tragen meistens die gleichen Outfits, bestehend aus Markenklamotten, und erzählen jedem, der es wissen (oder auch nicht wissen) will, was sie gekostet haben. Durch die Outfits fällt es mir wie auch allen anderen noch schwerer, sie auseinanderzuhalten. Nur Jana kriegt das einigermaßen hin.

Ich versuche, mich von der Ablehnung nicht beeindrucken zu lassen, aber es ist nicht einfach und zermürbt mich innerlich. Ich habe ihnen ja nicht mal was getan! Über die Zeit merke ich, dass mich immer wieder Zweifel und Ängste plagen. Ich bin mir nicht sicher, ob ich wirklich gut genug bin und ob ich jemals meine Träume erreichen werde. Ich frage mich, ob ich jemals erfolgreich sein werde, wenn das so weitergeht. Es muss doch eine Lösung geben, die Wölfe von meinem YouTube-Kanal fernzuhalten, ohne als Loser aus der Sache hervorzugehen.

Es fühlt sich manchmal an, als würde ich auf einer Rolltreppe in die falsche Richtung laufen. Trotzdem gebe ich nicht auf und versuche, es mit meinen nächsten Videos krachen zu lassen. Ich muss es zumindest probieren!

Einen Lichtblick gibt es dennoch. Inzwischen habe ich ein paar Nerds aus anderen Klassen kennengelernt. Wir haben uns das erste Mal im Sportunterricht gesehen und als sie bemerkt haben, dass ich Minecraft zocke, waren Basti und Fabi direkt begeistert.

Sie lieben Gaming genauso wie wir und folgen Felix bereits auf seinem YouTube-Kanal. Inzwischen sind sie auch meine Follower. Es ist cool, neben Felix endlich Leute zu treffen, die meine Interessen teilen. Das gibt mir den Mut, weiterzumachen.

Wie die Gruppe an meiner Grundschule werden sie schulintern nur als die »Nerds« bezeichnet. Außerhalb des Sportunterrichts trägt Basti meistens ein kariertes Hemd in den wildesten Farbkombis und Fabi Poloshirts, die ihm alle mindestens zwei Nummern zu groß sind. Beide haben eckige, große Brillen auf, um ihre Beine schlabbern Cordhosen.

Sie sind begeistert von Mathe und Physik, aber nicht nur das! Ich glaube, es gibt niemanden, der in dem Alter schon so viel über Planeten und andere Himmelskörper weiß wie Fabi, oder der schon so häufig versehentlich das Wasser der Schultoilette bei einem missglückten Experiment leuchtend pink gefärbt hat wie Basti. Vielleicht können sie mir ja mit meinem Problem mit dem Herrn Doktor helfen. Das wäre richtig nice!

Von den Einschüchterungsversuchen der Wölfe zeigen sie sich nach außen zwar meistens unbeeindruckt, aber wenn wir allein sind, beklagen sie sich regelmäßig über die Sticheleien. Sie kennen also den Struggle und wir versuchen deswegen, zusammenzuhalten und einander zu unterstützen.

Felix mag die zwei Nerds auch und wir nehmen sie sogar gelegentlich zu unserem Geheimort an den Bach mit, wo wir uns über neue Strategien austauschen. Sie bestärken mich darin, Geduld und Ausdauer zu beweisen. Ich werde weiter hart arbeiten und hoffentlich bald den Durchbruch schaffen.

KAPITEL 15

DIE IDEE

Kurz nach Weihnachten treffen Felix und ich uns nachmittags in seinem Gaming-Raum. Eines ist klar: Um mit dem neuen Video tatsächlich punkten zu können, muss ich das alte Mikro meines Vaters sowie die Billigkamera gegen neues Equipment tauschen.

»Bro, so wird das nichts. Mit diesem lahmen Zeug bekomme ich nie hochwertige Aufnahmen hin«, sage ich enttäuscht.

Felix stimmt mir zu und so machen wir uns gemeinsam auf den Weg zum Elektronikladen um die Ecke. Seit unserem letzten Besuch habe ich so viel gespart, wie es ging. Jetzt gebe ich alles für ein besseres Mikro und eine 4K-Kamera aus, die hoffentlich bessere Aufnahmen macht.

Felix und die Nerds zeigen mir danach, wie ich durch bestimmte Einstellungen an der Kamera meine Videos und mithilfe des neuen Mikrofons die Tonqualität verbessern kann. Sie sind nach wie vor eine große Hilfe und ich bin mega dankbar für ihre Unterstützung.

»Junge, das Teil ist der Hammer!«, rufe ich begeistert, als ich den ersten Probedreh mit der neuen Kamera sehe.

Ton- und Bildqualität sind der Wahnsinn und ich bin zuversichtlicher denn je. Damit bin ich sicher bald vorne dabei und kann wieder neue Follower an Land ziehen. Die Wölfe können mich nicht besiegen. Ich stehe wieder und wieder auf, kämpfe weiter bis zum Sieg. Die werden schon noch sehen, was BIG Luis draufhat!

Ich weiß, dass es Zeit braucht, um richtig gut zu werden. Doch es ist nicht einfach, meinen Kanal neben der Schule und anderen Verpflichtungen, wie der Fußball-AG, zu schaukeln. Deswegen gibt es trotz meiner Leidenschaft und meiner Begeisterung manchmal Momente, in denen ich mich frage, ob ich jemals erfolgreich sein werde. Es ist frustrierend, täglich Videos hochzuladen, aber nicht so viele Klicks zu bekommen, wie ich es mir erhoffe.

Insgeheim freue ich mich aber schon auf den Tag, an dem ich endlich meine Eltern einweihen kann. Ich weiß, dass sie anfangs skeptisch und enttäuscht sein werden, aber ich hoffe, dass sie meine Leidenschaft verstehen. Ich will ihnen zeigen, warum mir dieser Traum so wichtig ist, und ihnen beweisen, dass ich es schaffen kann! Wir reden nicht viel, weil sie so selten da sind, aber ich wünsche mir trotzdem, dass sie mir vertrauen und mich unterstützen.

Auch wenn ich mir immer wieder Tipps von Felix, Basti und Fabi für die Videoproduktion hole, habe ich mich, was Minecraft angeht, in den letzten beiden Jahren zum echten Pro-Gamer entwickelt.

»Luis, du bist der Wahnsinn. Deine Strategien gehen total auf!«, staunt Fabi, als ich ihm meine neueste Konstruktion vorstelle.

Ich freue mich, dass er erkennt, wie viel Potenzial in mir steckt und nehme mir fest vor, dass ich mit meinen neuen Videos einfach alles raushauen muss!

Wären da nicht die wieder die Wölfe ... An jedem einzelnen Schultag kommen sie in der Pause auf mich zu und schikanieren mich. Haben die denn nichts Besseres zu tun?

»Na, BIG Loser? Wird wohl nichts mit deiner Karriere«, stichelt Simon.

Mo und Matze lachen und glauben, sie hätten das Spiel gewonnen. So viele Sticheleien musste ich in der Zwischenzeit von ihnen einstecken und es ist kein Ende in Sicht. Ich versuche, ihre Kommentare unter meinen Videos zu ignorieren und so viele davon wie möglich zu löschen. Ich lasse die Beleidigungen nicht an mich ran, denn ich weiß ja, dass sie es nur darauf abgesehen haben, mich zu entmutigen.

Wie bitter muss ihr Leben denn sein, dass sie es so nötig haben, mich runterzumachen? Wenn ich lange genug durchhalte, wird es den Wölfen vielleicht irgendwann zu blöd und sie lassen mich endlich in Frieden.

Für mich heißt es jetzt erst mal: Weitermachen! In meiner Freizeit versuche ich, mich mit anderen YouTubern zu vernetzen, um meine Reichweite dadurch auszubauen. Allerdings ist es schwierig, von ihnen ernst genommen zu werden. Mit den paar Abonnenten und den krassen Fronts gegen mich habe ich leider kaum eine Chance.

Ich lege mich in mein Bett und denke darüber nach, wie ich endlich erfolgreich gegen die Wölfe vorgehen könnte. Währenddessen gucke ich mir einen Livestream meines Lieblings-YouTubers an und merke, wie sehr es mich begeistert, alles in Echtzeit beobachten zu können. Man ist hautnah dran und verfolgt seine Strategien – keine Schnitte, kein Googeln nach Lösungen, alles real.

Ob es diese Livevideos auch über Minecraft gibt? Eine Weile grüble ich. Dann öffne ich YouTube und durchsuche sämtliche Minecraft-Kanäle. Auf deutschen Accounts finde ich dazu nichts. Ich recherchiere weiter. Plötzlich fällt es mir wie Schuppen von den Augen.

Die ganze Zeit über dachte ich, ich müsste die beste Technik haben, das beste Video aller Zeiten hochladen. Doch was wäre, wenn ich falsch liege? Ich weiß, dass ich gute Ideen und genug auf dem Kasten habe, um auch in neuen Situationen im Game easy zu improvisieren.

Ich grüble und lege mir einen Plan zurecht. Dann schnappe ich mir mein Handy und schreibe Felix.

Luis

Bro, die ganze Zeit über grübeln wir über die richtige Strategie. Ich habe sie endlich gefunden! 🤩

Felix

Was laberst du da, Alter?
Es ist kurz vor Mitternacht! 😴

Luis

Treffen uns morgen an unserem Platz 🏠
Ich erzähle dir alles 🙌

Am nächsten Tag treffen wir uns nach der Schule an unserem Spukhaus. Basti und Fabi sind auch am Start und total gespannt, was ich ihnen zu erzählen habe. Die werden Augen machen!

»Leute! Gestern Nacht kam mir der ultimative Gedanke, wie ich meinen YouTube-Kanal pushen und die Wölfe endlich überlisten kann!«, beginne ich.

Felix und die beiden anderen lauschen gespannt. Alle Augen sind auf mich gerichtet, als ich die drei in meinen Masterplan einweihe.

Von den Nerds ernte ich skeptische Blicke.

»Luis, das Ding muss einschlagen wie eine Granate, sonst wird das nichts!«, meint Basti.

Felix ist optimistischer. Wir haben schon so vieles gemeinsam durchgestanden. Das schaffen wir auch! Der Plan wird aufgehen, ich kann es spüren. Noch am selben Tag beginnen wir, alles im Detail auszuarbeiten. Wir müssen jeden noch so kleinen Schritt genau durchdenken. Unachtsamkeit können wir uns jetzt nicht leisten!

KAPITEL 16

DER MASTERPLAN

Die Zeit vergeht wie im Flug und heute ist der letzte Schultag der fünften Klasse. Bis auf Sport und Kunst bin ich in allen Fächern gerade so durchgekommen, besonders Mathe mit Herrn Doktor Hillebrandt war der reinste Horror. Doch mein Fokus liegt jetzt nur noch auf meinem alles entscheidenden Plan. Am Morgen des letzten Schultags wache ich auf und bin voller Zuversicht.

Dieses Gefühl hatte ich schon lange nicht mehr. Ich habe mich an meinen Plan gehalten und in den letzten zwei Monaten kein einziges Video mehr hochgeladen. Das fiel mir zwar nicht leicht, aber da ich ohnehin kaum noch Follower habe, ist es kaum jemandem aufgefallen. Ich habe dafür die Zeit genutzt, das Sprechen vor der Kamera zu üben, Videoideen auszutüfteln und meinen alles entscheidenden Auftritt heute vorzubereiten.

In der Schule angekommen, höre ich schon von Weitem, wie Mo und die anderen wieder über mich herziehen. Anstatt im Flur um die Ecke zu biegen und ihnen direkt in die Arme zu laufen, bleibe ich stehen und lausche gespannt.

»Ich habe doch gesagt, der Lauch lässt es irgendwann bleiben. Faust drauf, das haben wir gut gemacht, Jungs! Mein süßes Schwesterchen kann mich mal.«

Kurz wandern meine Gedanken zu Sally. Was sie in dieser Situation wohl machen würde? Wäre sie an meiner Seite? Wie geht es ihr wohl und auf welcher Schule ist sie?

Ich traue mich leider immer noch nicht, Kontakt mit ihr aufzunehmen. Schließlich möchte ich nicht, dass die Wölfe ihre Drohung wahr machen oder Sally am Ende zwischen die Fronten gerät. Trotzdem fehlt sie mir.

Bevor ich abschweife, mache ich mich auf den Weg zum Pausenhof. Dort erzähle ich Felix und den Nerds, dass die Wölfe den Köder geschluckt haben. Mein Plan scheint aufzugehen.

»Die Wölfe ahnen nichts. Läuft alles wie am Schnürchen«, verrate ich ihnen.

Bevor wir uns weiter austauschen können, werden wir durch einen ebenso gewohnten wie bedrohlichen Anblick unterbrochen. Eine Gruppe von Kindern, die am Eingang zum Schulgebäude stehen, wird erbarmungslos umgepflügt. Die Wölfe kommen aus dem Schulgebäude und schieben sich durch die Menge hindurch, direkt auf mich zu.

Mo kann sich einen letzten Kommentar einfach nicht verkneifen.

»Ciao BIG Loser!«

Ich wende mich ab und mache ein trauriges Gesicht. Es muss so echt wie möglich aussehen, damit sie keinen Verdacht schöpfen.

Innerlich lächle ich aber und stelle mir die Blicke der Wölfe vor, wenn mein Plan tatsächlich aufgeht. So richtig glaube ich selbst noch nicht daran, aber für Zweifel ist es nun zu spät. Jetzt muss ich durchhalten und ihnen zeigen, was ich draufhabe!

Felix und ich machen uns direkt nach der Schule auf den Weg in seinen Gaming-Raum und »freuen uns wie die Sommerwichtel«, wie Felix gern sagt, weil er Schnee nicht mag und Monarchien für überflüssig hält.

Alles wäre perfekt, wenn da nicht die elenden Gewissensbisse wären. Meine Eltern haben immer noch keinen blassen Schimmer, was abgeht. Sie wissen auch nichts von meinem neuen Mikro und der Cam und denken, ich würde immer noch mit Papas uraltem Mikrofon spielen. Verflucht seist du, schlechtes Gewissen!

Es fühlt sich einfach immer noch nicht richtig an, meinen Eltern die Wahrheit vorzuenthalten, doch ich habe einfach keine Lust mehr darauf, missverstanden und unterschätzt zu werden. In Felix Zimmer angekommen setzte ich mich vor den PC und stelle mein Equipment ein. Felix ist dicht an meiner Seite und beobachtet jeden Handgriff.

Ich werde meine neuesten Strategien und Tricks direkt live im Spiel zeigen. Da die Wölfe jetzt hoffentlich Besseres zu tun haben, kriegen sie davon bestimmt erst etwas mit, wenn es schon wieder vorbei ist – gerade, da sie sowieso glauben, dass ich aufgegeben habe.

Der Moment ist gekommen. Jetzt schlage ich wie ein Ninja aus dem Nichts zu! *Ganz ruhig, BIG Luis, du schaffst das.* Dann setzte ich den letzten Schritt meines durchdachten Masterplans in die Tat um.

»Hey Leute, ich bin's wieder, BIG Luis. Krass, dass ihr eingeschaltet habt und bei meinem ersten Minecraft-Livestream dabei seid, Freunde ...«

Meine Nervosität steigt mit jedem Moment. Ich hoffe, Mo und sein unausstehlicher Anhang merken nichts. Ich versuche, mich davon nicht ablenken zu lassen und gebe mir Mühe, so gut wie möglich zu spielen und gleichzeitig mit den Zuschauern zu interagieren, die inzwischen immer mehr werden.

Ich kann kaum glauben, wie rasant die Aufrufe von Minute zu Minute steigen. Erst zwei Zuschauer, dann zehn.

Meine Hände zittern vor Aufregung und Nervenkitzel und ich schaffe es kaum, meine Figur richtig zu bewegen.

Die Klickzahlen steigen höher und höher.

Mein Herz pocht in meiner Brust, als ich die ersten Kommentare der Zuschauer sehe. Sie alle sind positiv und loben meine Stimme und meine Spielweise. Was, wenn ich nun etwas falsch mache oder mich blamiere? Was, wenn meine Zuschauer unzufrieden sind und mich nicht abonnieren oder meine Videos nicht mehr ansehen? Was, wenn die Wölfe doch Wind von der Sache bekommen? Diese Sorgen lassen mich nicht ganz los, aber ich schiebe sie beiseite und gebe weiterhin mein Bestes.

Zwanzig, fünfzig, hundert, dann fünfhundert Zuschauer.

Ich bin fassungslos. Auch Felix traut seinen Augen kaum. Ich bekomme immer mehr Kommentare und Likes, die mich ermutigen und meine Nervosität ein wenig lindern. Ich fühle mich plötzlich so lebendig und bin glücklich, dass ich meine Leidenschaft teilen kann.

Ich werde immer lockerer und meine Stimme klingt sicherer. Ich versuche, auf die Fragen und Kommentare der Zuschauer einzugehen und sie in meine Spielwelt einzubauen. Ich spüre förmlich, wie sich eine Verbindung zwischen den Zuschauern und mir entwickelt. Das mulmige Gefühl in meinem Magen tritt immer weiter in den Hintergrund.

Der Livestream geht fast eine Stunde. Dann passiert es.

Die ersten 1.000 Aufrufe.

Unfassbar, was gerade geschieht!

Ich fühle mich wie ein King, unbesiegbar, der Meister von YouTube und Minecraft.

»Freunde, schreibt gerne in die Kommentare, wenn euch das Video gefallen hat. Lasst am besten gleich ein Abo da und drückt die Glocke, um nichts mehr zu verpassen!«

Der Livestream ist zu Ende. Kurz durchatmen, runterfahren. Anschließend lehne ich mich zufrieden in meinen Schreibtischsessel. Ich denke daran, wie ich vor einigen Wochen, ach quatsch, Minuten noch gezweifelt habe, ob ich jemals erfolgreich sein werde.

Jetzt fühle ich mich wie auf Wolken. Ich habe es geschafft, meinen ersten Livestream erfolgreich zu meistern. Über 1.000 Zuschauer – und das bei meinem ersten Anlauf!

Klar, es gibt noch viel zu lernen und zu verbessern, aber ich bin bereit, diesen Weg zu gehen, um ein richtiger Minecraft-Meister zu werden. Ich drehe mich um und blicke Felix fassungslos an.

»Bro, hast du das gesehen?!«, frage ich ihn begeistert.

»Richtig wyld, Diggah. Klar, habe ich das gesehen. Ich saß direkt neben dir!«, antwortet Felix aufgeregt.

Ich stehe aus dem Gamingstuhl auf. High Five! Doch Felix kennt kein Halten mehr und drückt mich fest. Ich bin so dankbar, ihn als besten Freund zu haben. Er feiert mich krass für meinen Erfolg, anstatt missgünstig zu sein wie der neidische Pat.

Ich kann nicht genau sagen, ob ich glücklich oder stolz bin.

Vermutlich bin ich gerade beides. Emotionsgeladen und voller Freude fühle ich mich zufriedener als in all den Jahren zuvor. Die Reaktionen auf meinen Livestream waren unglaublich und ich kann es kaum fassen. Gerade fühlt es sich so an, als könnte mich nichts mehr aufhalten.

Abends liege ich noch lange wach und denke darüber nach, was dieser Livestream für mich bedeutet. Es ist mehr als nur eine Ansammlung von Klicks und Likes. Er zeigt mir, dass ich auf dem richtigen Weg bin. Vielleicht habe ich einfach den richtigen Zeitpunkt, das richtige Publikum und die richtigen Leute um mich herum benötigt, um endlich Erfolg zu haben.

Ich bin gespannt, was mir die Zukunft zu bieten hat, und kann es kaum erwarten, weitere Videos zu drehen und Livestreams zu machen. Ich habe das Gefühl, dass ich endlich meinen Platz in der Welt gefunden habe. Der Gedanke daran lässt mich nicht mehr los und zum ersten Mal seit langem schlafe ich an diesem Abend mit einem Lächeln ein.

KAPITEL 17

DER AUFSTIEG

In den nächsten Tagen kann ich kaum noch aufhören, meine Zahlen zu checken. Es ist unglaublich, fast 3.000 Aufrufe für meinen Stream. Und die Kommentare sind der Wahnsinn! Meine Fans wollen mehr sehen und ich kann es kaum erwarten, weiterzumachen. Ich meine... Ich habe *Fans*! Einige Kommentare sind besonders positiv und ich erkenne sogar den ein oder anderen bekannten YouTuber wieder, der mir ein paar Tipps gibt.

@Clock9_minecraft vor 40 Minuten
Dein Video hat mir SO gut gefallen. Ich kann es kaum erwarten, dass du mehr hochlädst!
67 Antworten

@juliancraft vor 1 Stunde
Ey Luis, versuch mal die Strategie aus meinem letzten Short. Die könntest du prima bei dir anwenden!
84 Antworten

@Birdy17 vor 2 Stunden
Ich liebe deine Kommentare im Video und deinen Stil, mach weiter so!
53 Antworten

Dann passiert das Unglaubliche: Innerhalb kürzester Zeit steigt die Anzahl der Follower auf meinem YouTube-Account auf 12.000 an. Ich bin überwältigt von all der Unterstützung und dem positiven Feedback.

Auch Felix ist unglaublich stolz auf mich. Er hat sogar schon Ideen für meine nächsten Videos und wir beschließen, in den Sommerferien weiteren Content für neue Lives zu entwickeln. Felix hat sich in Sachen Technik krass verbessert und zeigt mir in diesen Tagen, wie ich meine Videos noch besser schneiden kann. Ich feile an neuen Thumbnails, an den Titeln und Beschreibungen.

Als ich erneut die Statistiken und Kommentare checke, fallen mir zwei davon auf.

Kurz bin ich enttäuscht und verletzt. Doch dann merke ich, dass es sich beide Male um ein und denselben Username handelt. Es kann nur Mo, der Anführer der Wölfe sein. Ich gerate leicht in Panik. Ich habe schon geahnt, dass ihm das Video nicht entgehen wird und er erneut Hate verbreiten will.

Doch als ich weiter nach unten scrolle, merke ich, dass es viel mehr positive Kommentare gibt als negative. Die meisten lieben mein Video und wünschen sich mehr solcher Inhalte. Ich bin erleichtert und glücklich, dass ich so viele Unterstützer habe, die mich motivieren und inspirieren. Ein Kommentar sticht mir besonders ins Auge.

Ist der Kommentar etwa von Sally? *Der* Sally? *Meiner* Sally? Kurz bekomme ich Gänsehaut und spüre, wie sich mein Körper leicht und unbeschwert anfühlt. Vielleicht denkt sie ja an mich, schaut sie mir sogar zu?

Diese Überlegungen lassen mich eine Weile grübeln. Bestärkt durch den Kommentar von @sally_fee beschließe ich endgültig, mich auf die positiven Worte meiner Fans zu konzentrieren und nicht weiter auf die Hater zu achten. Ich bin stolz auf meine Leistung und darauf, dass ich es geschafft habe, so viele Menschen zu erreichen und zu unterhalten.

Für mein nächstes Video beschließe ich, es noch besser zu machen und mich weiter zu pushen. *Challenge accepted!* Mit meinem besten Freund Felix und meinen Fans im Rücken werde ich meine persönlichen Rekorde sprengen und endlich meine Träume erreichen!

Die Sommerferien vergehen wie im Flug und ich habe einen Livestream nach dem anderen hochgeladen. Es fühlt sich so surreal an, wie schnell alles geht. Inzwischen habe ich über 100.000 Follower auf meinem YouTube-Kanal – 103.758, um genau zu sein – und die Zuschauerzahlen steigen weiter an. Mit jedem Like, Follow oder neuen Kommentar bekomme ich weiteren Auftrieb. Diese Energie hebe ich mir auf und investiere sie in meine neuen Videos.

Ich erinnere mich an den steinigen Anfang, die harte Arbeit, die Zweifel. Obwohl ich weiß, wie viel ich schon investiert habe, fühlt es sich immer noch unecht an. Klar bekomme ich die Reaktionen der

Zuschauer live mit, aber dass das jetzt meine neue Realität ist, daran habe ich mich echt noch nicht gewöhnt!

Die Hater-Kommentare von Mo, Simon und Matze werden seltener und verschwinden hinter all dem positiven Feedback. Ich bin mega erleichtert. Ich hatte immer Angst, dass sie auch meine neuen Videos sabotieren und meine Karriere als YouTuber zerstören würden.

Es ist ein einzigartiges Gefühl, dass andere Nerds und Gamer gerne meine Videos sehen, denen es womöglich genau wie mir am Anfang des Schuljahrs geht.

Es ist so ein besonderes Gefühl, dass ich Menschen auf der ganzen Welt unterhalten und glücklich machen kann.

Ich muss endlich meine Selbstzweifel hinter mir lassen. Ich bin BIG Luis und ich habe es geschafft. Ich bin so was von ready!

KAPITEL 18

DER VERRAT

Heute ist Schulbeginn der 6. Klasse und ich sitze schon früh morgens auf meinem Bett und starre auf mein Handy. Felix und ich haben fast den ganzen Sommer miteinander verbracht, Pläne geschmiedet und zusammen die Videos unserer liebsten YouTuber geschaut. Doch jetzt, da die Schule wieder beginnt, befürchte ich, dass sich das ändern wird. Wir sind wieder in getrennten Klassen unterwegs und werden weniger Zeit für unsere Accounts haben.

Luis

Hey Bro, bist du bereit für die Schule?

Felix

Nee, Diggah. Nicht einmal ich habe Bock auf Schule.
Ich würde viel lieber den ganzen Tag mit dir zocken

Ich muss grinsen, obwohl ich weiß, dass er es ernst meint. Ich selbst habe auch nicht gerade Bock auf Schule, aber ich mache mir vor allem Gedanken darüber, was dort auf mich wartet. Ich erinnere mich an die Wölfe, die mir im letzten Schuljahr das Leben schwer gemacht haben.

Luis

Denkst du, die Wölfe werden mich weiter haten?
War zwar ruhiger in letzter Zeit, aber
Waffenstillstand geht anders

Felix

Keine Sorge, Mann, du bist jetzt ein Star! Wette
auf alles, die werden dich safe in Ruhe lassen

Ich schmunzle ein wenig, aber meine Sorge bleibt. Was, wenn die Wölfe noch immer wütend auf mich sind und alles dransetzen werden, mir so viele Steine wie möglich in den Weg zu legen? Ich denke an die Anfänge meines Accounts und daran, wie sehr ich mich in den letzten Wochen verändert habe. Von einem verschüchterten Jungen bin ich zu einem erfolgreichen YouTuber geworden. Ich denke an meine Fans und daran, wie wichtig es ist, sie nicht zu enttäuschen.

»Luis, komm jetzt! Ich warte nicht den ganzen Tag auf dich!«, ruft plötzlich eine Stimme von unten und holt mich aus meinem Tagtraum.

Meine Mutter wartet bereits ungeduldig, dass ich den Weg zu ihr nach unten finde. Widerwillig mache ich mich auf die Socken.

»Geht ja schon gut los«, murmle ich leise vor mich hin.

Am Schulgelände angekommen, fühlt sich erst einmal alles wie immer an. Felix und die Nerds warten bereits gespannt auf mich. Fabi und Basti habe ich lange nicht gesehen und freue mich schon darauf, dass wir wieder gemeinsam abhängen können.

»Hammer, was du über den Sommer aufgebaut hast! Feier ich, Alter!«, ruft mir Basti zu. Ich freue mich mega über den Support und bin zugleich unruhig beim Gedanken daran, was mich noch erwarten könnte.

Als ich das Schulgebäude zum ersten Mal seit sechs Wochen betrete, herrscht auf dem Gang dichtes Gedränge. Alle sind damit beschäftigt, ihre neuen Klassenräume zu finden. Nach einigen Augenblicken kommen tatsächlich einige Schüler auf mich zu, um mir zu meinem Erfolg zu gratulieren. Wow, echt Hammer! Damit habe ich nicht gerechnet.

Andere wiederum scheinen skeptisch zu sein und halten lieber Abstand. Plötzlich sehe ich die Wölfe. Ich halte meinen Atem an, als ich an ihnen vorbeigehe. Sie unterhalten sich mit einigen anderen aus ihrer Klasse und beobachten mich.

Als ich an ihnen vorbeilaufe, tun sie ... nichts. Sie ignorieren mich einfach, als wäre ich gar nicht anwesend. Ich atme erleichtert auf und gehe zu meinem neuen Klassenzimmer im zweiten Stock. Damit kann ich leben.

»Wir seh'n uns, Leute«, verabschiede ich mich von Felix, Basti und Fabi.

»Mach's gut, Bro. Du schaffst das«, bestärkt mich mein bester Kumpel noch einmal.

In der Klasse angekommen, sehe ich, dass für einen kurzen Moment alle Augen auf mich gerichtet sind. Ich weiß, dass inzwischen bestimmt die meisten mitbekommen habe, wer ich bin und was ich tue.

Von meinem »Lieblingstrio« werde ich direkt begrüßt, die Zwillinge flöten mir im Gleichklang ein aufgesetzt nettes »Heeeey Luis« entgegen. Aber das war noch nicht alles! Sie wollen, dass ich mich zu ihnen setze. Jana tut besonders süß und setzt sich sofort neben mich. Was geht denn nun ab? Wahrscheinlich liegt es daran, dass sie in den Ferien meine Videos gesehen hat, aber ich frage mich, ob ihr dabei wirklich meine Persönlichkeit aufgefallen ist oder nur die Anzahl meiner Follower.

Gelangweilt sitze ich in der Klasse und warte auf Herrn Doktor Hillebrandt, der auch dieses Jahr mein Klassenlehrer sein wird. Na super. Um die Zeit totzuschlagen, schreibe ich Felix.

Luis

Ich denke, ich habe nichts zu befürchten, Bro. Die Wölfe haben mich heute in Ruhe gelassen. Sogar Simon hat sich seine blöden Sprüche verkniffen 😂

Felix

Richtig gut! Hab dir doch gesagt, dass du ein Star bist! 😍

Mich überkommt ein breites Grinsen, als ich seine Nachricht lese. Ich weiß, dass es noch viele Challenges geben wird, aber ich bin bereit, sie alle anzunehmen. Jana hat meinen YouTube-Kanal auf ihrem Handy geöffnet und will direkt mehr über meine Klickzahlen erfahren.

»Ich muss unbedingt mal in eines deiner Videos! Dafür pushe ich dich auch auf meinem TikTok-Account«, verspricht mir Jana.

Zugegeben, ein bisschen komisch fühle ich mich bei der Vorstellung daran schon. Allerdings wäre Support auf ihrem Profil krasse Werbung für mich. Das würde mich safe noch weiter nach oben katapultieren.

Ich bin froh, nach einem langen und mühevollen ersten Schultag endlich nach Hause zu fahren. Das Schuljahr wird wieder mal hart für mich werden. Die Fächer sind langweilig, die Lehrer mies und der alte Hillebrandt hat es noch immer auf mich abgesehen. Mathegenie werde ich wohl keines mehr. Oh, Mann ...

Müde und etwas gestresst komme ich vom ersten Fußballtraining in diesem Schuljahr heim. Ich möchte eigentlich nur noch hoch in mein Zimmer, meine neuen Follower und Aufrufe checken.

Als ich nichts ahnend die Tür öffne, begrüßen mich jedoch die vorwurfsvollen Gesichter meiner Eltern und ihre vor der Brust verschränkten Arme. Irgendwas stimmt hier überhaupt nicht. Sie sehen mich wütend an und es würde mich nicht wundern, wenn sie selbst von außen den Kloß sehen könnten, der sich in meinem Hals bildet.

»Hast du uns was zu sagen, junger Mann?«, fragt meine Mutter streng.

Ich fühle mich elend und habe keine Ahnung, was ich sagen soll. Betreten schaue ich zu Boden. Ich habe meinen Eltern nie etwas von meinem YouTube-Kanal erzählt. Offensichtlich haben sie es nun auf anderem Wege herausgefunden. Es tut mir mit einem Mal wieder wahnsinnig leid, sie enttäuscht zu haben.

Eigentlich finde ich, dass ich mich nicht für das, was ich erreicht habe, schämen sollte. Ich habe hart dafür gearbeitet und meinen Traum verfolgt.

Aber jetzt gerade fühle ich mich einfach nur mies.

»Wir hatten dir YouTube strengstens verboten.« Meine Mutter seufzt. »Wir haben von Frau Serya erfahren, dass du auf YouTube Videos hochlädst …«

Was sie danach sagt, höre ich nicht mehr. *Frau Serya, das ist Mos Mutter! Hat er mich echt verpetzt?!*

»… Das hättest du nicht tun dürfen, Luis! Was hast du dir dabei gedacht?«

Ich bin schockiert und kann es kaum fassen. Ich schlucke und spüre, wie sich Tränen in meinen Augen bilden.

»Seid doch lieber froh, dass ich nicht irgendeinen Mist baue, andere Kinder verprügle oder Drogen nehme!«

Mein Vater schüttelt den Kopf.

»Das geht zu weit, Luis«, sagt er mit einem finsteren Blick. »Wir sind sehr enttäuscht von dir.«

Meine Eltern sind gekränkt und unterstellen mir, ich hätte im letzten Jahr die Schule vernachlässigt, um meine Videos zu drehen, und nur deshalb so schlechte Noten. Sie denken, dass ich meine Zukunft aufs Spiel setze und dass meine YouTube-Karriere nichts wert ist.

»YouTube ist für dich gestrichen, dein Handy und deinen Laptop kannst du direkt an uns abgeben!«, fährt mich mein Vater zornig an.

»Das ist nicht fair! Ihr seid nie zu Hause und ständig am Arbeiten. Ihr habt so viel zu tun, dass wir nie etwas gemeinsam unternehmen. Anstatt mich zu unterstützen, habt ihr mir immer nur alles verboten!« Langsam wandelt sich der Schock in Wut. »Ihr wolltet doch immer, dass ich mir ein Ziel setze und darauf hinarbeite! Wisst ihr, wie krank das ist, das von einem Zehnjährigen zu fordern?! Aber jetzt habe ich eins, ob ihr das wollt oder nicht! Ich habe extra mit Felix nach der Schule gelernt, damit ich in allen Fächern durchkomme! Ich habe sogar noch eine Empfehlung fürs Gymnasium bekommen, obwohl ich eine für die Realschule kriegen sollte! Ich habe so hart gearbeitet, das könnt ihr mir doch nicht einfach wegnehmen!«, schreie ich meine Eltern an, während mir die erste Träne über die Wange rollt.

Meine Eltern scheinen völlig überrascht. Sie ziehen zeitgleich die Augenbrauen hoch und schauen einander stumm an. Endlich konnte ich ihnen mal sagen, was *ich* über die Situation denke! Diese Ansage hat wohl gesessen.

Sie einigen sich darauf, sich noch einmal über die weiteren Konsequenzen zu beraten. In der Zwischenzeit muss ich Handy und Laptop trotzdem abgeben und werde zurück auf mein Zimmer geschickt.

Ich sehne mich nach Mitgefühl und Verständnis. Stattdessen raffen meine Eltern echt gar nichts und ich weiß nicht, was ich noch tun soll. Ich habe so viel Arbeit in meine Videos gesteckt und es hat mich so glücklich gemacht, dass so viele Menschen sie ansehen und mögen. Ob ich jemals wieder die Chance haben werde, meine Leidenschaft zu verfolgen? Oder war's das jetzt?

Todtraurig warte ich, bis sie mich nach unten rufen. Auf der Suche nach einer Lösung überschlagen sich meine Gedanken.

KAPITEL 19

DER KOMPROMISS

»Ich habe einen Vorschlag«, stammle ich, bevor meine Eltern ein Wort herausbekommen. »Wenn ich in diesem Jahr meine Noten verbessere und die Schule mit YouTube unter einen Hut bringe, darf ich doch weitermachen, oder? Ich werde mich auch mega anstrengen. Bitte! Ihr müsst mich einfach weitermachen lassen!«
Eigentlich hasse ich es ja, zu betteln, aber in dieser Situation bleibt mir jetzt nichts anderes übrig.

Meine Eltern seufzen. Dann nicken sie und ich spüre, wie sich die Anspannung in meinem Körper langsam löst.

»Vielleicht hast du Recht, Luis ... Wir sind wirklich nicht viel da. Wir hätten nicht erwarten sollen, dass du verstehst, warum wir nicht wollen, dass du diesen Weg einschlägst, ohne es zu erklären. Wir dachten, du wärst einfach noch zu jung dafür, aber du bist wohl nicht mehr der kleine Junge, den wir in Erinnerung haben.« Meine Mutter reibt sich die Augen. »Wir haben so viel verpasst, obwohl wir nur gut für dich sorgen wollten! Aber dass Geld allein nicht reicht, das haben wir wohl vergessen...«

»Aber es war trotzdem nicht in Ordnung, dass du uns nicht die Wahrheit gesagt hast! Über ein Jahr lang! Ich kann es immer noch nicht fassen!«, wirft mein Vater ein.

»Ich weiß ... es tut mir auch leid. Ich wollte euch nicht anlügen. Ich wollte es euch ja sagen! Ich hatte nur Angst, dass ihr mich nicht versteht und nicht mit mir redet, sondern wieder einfach alles verbietet, so wie damals, als ich das Mikrofon gefunden habe.«

»Aber ich habe dir die Geschichte meiner Karriere doch erzählt! Du weißt doch, warum wir dagegen waren!«

»Ja, schon, aber ich habe es doch im letzten Jahr geschafft, oder? Ich war beim Sport, bin versetzt worden und habe mich mit Freunden getroffen. Nur ihr wart nie da!«

Meine Mutter schaut meinen Vater traurig an.

»Das ist wohl wahr... Das Ganze lag wohl auch an uns. Mittlerweile haben wir uns deinen Kanal angeschaut und wir sind einverstanden: Du darfst mit YouTube weitermachen.« Überrascht schaue ich sie an, dann falle ich ihr um den Hals. »Wir hätten nicht gedacht, dass man so schnell so erfolgreich sein kann. Du scheinst ein Händchen dafür zu haben. Und Talente soll man fördern, hat meine Mutter früher immer gesagt.«

Ich kann kaum glauben, was ich da höre!

»Aber es gibt eine Bedingung, Luis«, ermahnt mich mein Vater. »Wir müssen darüber reden, wie du das mit der Schule und deinen Verpflichtungen vereinbaren willst. Wie es nach der Schule weitergeht, sehen wir dann, wenn es so weit ist. YouTube ist also vorerst nur ein Hobby, auch wenn du schon damit Geld verdienen kannst. Die Einnahmen verwalten ab sofort wir, du bekommst dann davon ein Taschengeld. Alles darüber hinaus wird beiseitegelegt, bis du volljährig bist. Ab sofort keine Alleingänge mehr! Und die Zeit, die du dafür verwendest, wird auf zwei Stunden am Tag begrenzt!« Dann wird seine Stimme weicher. »Wenn es etwas Wichtiges gibt, sprichst du mit uns, ja?«

»Genau, wenn dich etwas bedrückt, kannst du immer zu uns kommen! Ganz egal, wie beschäftigt wir wirken, für dich nehmen wir uns Zeit. Ich hoffe, du weißt das jetzt«, bestätigt auch meine Mutter.

»Versprochen!«, rufe ich erleichtert. Klar, ich hätte mir gewünscht, dass die zeitliche Begrenzung nicht so knapp ist, aber bin wahnsinnig dankbar, dass ich überhaupt weitermachen darf. Außerdem bin ich auch stolz auf mich, dass ich meinen Eltern endlich verständlich machen konnte, wie wichtig mir mein Traum ist. Wer weiß, wie es sonst ausgegangen wäre?

In meinem Zimmer hole ich mein Handy aus der Hosentasche, das meine Eltern mir zurückgegeben haben. Das muss ich erst mal meinem Bro berichten!

Luis

Alter, meine Eltern wissen von YouTube! Mos Mutter hat es ihnen erzählt.

Felix

Nicht dein Ernst?

Luis

Doch! Mo hat das garantiert mit Absicht gemacht! 😬

Felix

Krass, hätte nie gedacht, dass er so weit geht.
Was haben sie gesagt? 😨

Luis

Ich darf zum Glück weitermachen, aber nur als Hobby.
Ich muss jetzt dringend besser werden in der Schule, damit ich ihnen zeigen kann, dass ich beides schaffe.
Vielleicht kannst du mir in Deutsch und Englisch helfen?
Und Basti und Fabi in den ganzen Naturwissenschaften.
Muss die zwei mal fragen. Minuspunkt: Ich darf nur noch 2 Stunden am Tag an den Laptop!

Felix

WTF! Wie sollst du denn dann den Kanal weiterbringen?
Deine Alten sind echt auf die Mauer gelaufen. Aber gut, bringt jetzt eh nichts. Wir treffen uns morgen nach der 6. beim Haus am Bach mit den anderen 👍

Kurz grinse ich, weil Felix schon wieder ein Sprichwort verdreht hat. Aber ich muss ihm Recht geben. Meine Eltern sind echt gegen die Wand gelaufen, wenn sie nach den nächsten Monaten tatsächlich noch glauben, dass YouTube schlecht für mich ist. Ich werde ihnen zeigen, zu welchen Leistungen mein Traum mich anspornt!

Am nächsten Tag erklären sich die Nerds gerne bereit, mir mit der Schule zu helfen. Schließlich haben sie nicht nur Minecraft-Tricks drauf. Das gibt mir ein bisschen Hoffnung und ich spüre, dass meine Stimmung steigt. Ab sofort wollen wir uns regelmäßig nach der Schule an unserem geheimen Ort treffen.

»Komm Luis, lass uns das neue Mathekapitel durchackern und danach direkt die nächsten Strategien für deinen YouTube-Kanal besprechen!«, schlägt Fabi aufgeregt vor.

»Ich hab echt gar keinen Bock auf Mathe, Jungs, aber hilft nichts«, antworte ich, während ich konzentriert mein Mathezeug aus dem Schulrucksack krame.

Auch wenn es mir keinen Spaß macht, bin ich bereit, alles zu tun, um mein Ziel zu erreichen. Wenn ich es schaffe, meine Noten zu verbessern, kann ich auch meinen Traum vom Profi-YouTuber weiterverfolgen!

Einige Wochen nach meinem überraschenden Beichtgespräch mit meinen Eltern schaffe ich es endlich, meine Noten zu verbessern. Die Hilfe der Nerds war einfach mega. Ich habe mit ihnen gelernt, so oft es ging, und mich intensiv auf die Schule konzentriert. Dafür durfte ich in der wenigen Freizeit, die mir noch blieb, fleißig neue Videos und Livestreams produzieren. Auch meine Spieltechniken konnte ich weiter verfeinern.

Mittlerweile habe ich mir zu Hause sogar ein eigenes Gaming-Zimmer einrichten dürfen. Echt cool! Es ist zwar nur der kleine Abstellraum, der meinem Zimmer gegenüber liegt, aber es ist ein Anfang. Dort drehe ich ab sofort meine Videos und nicht mehr bei Felix. Meinen Eltern war wichtig, dass sie kontrollieren können, ob ich Hausaufgaben mache oder YouTube-Videos aufnehme.

Durch die getrennten Räume ist das jetzt einfach möglich und ich kann mich in meinem Gaming-Zimmer voll auf YouTube konzentrieren. Ein bisschen Equipment hatte ich ja schon, das habe ich von Felix mitgenommen und direkt in mein neues Zimmer integriert. Doch um meine Follower bei Laune zu halten, muss ich weiter abliefern und mir bald besseres Technikzeugs zulegen.

Ich habe somit keine Zeit für Ablenkungen, ansonsten klappt das mit der Schule und dem Kanal nicht und der Deal mit meinen Eltern platzt. Leider habe ich dadurch für Felix nicht mehr so viel Zeit und wir schreiben kaum noch miteinander, wenn es nicht um meinen Kanal geht. Aber Felix wird das bestimmt verstehen.

An meinem 13. Geburtstag passiert es dann: Ich knacke die 150.000-Follower-Marke. Das ist der Shit! Ich kann es kaum glauben und bin überglücklich.

Meine Eltern haben eine kleine Party organisiert und Felix und die Nerds zu uns eingeladen. Sie grinsen mich an und ich merke, wie sehr sie mir gefehlt haben. Besonders Felix habe ich die letzten Wochen echt vermisst. Aber ein riesiger Stein fällt mir vom Herzen – wir vier sind immer noch Freunde!

Ich gebe es ungern zu, doch nach meinen neuesten Erfolgen fühle ich mich ihnen etwas überlegen. Schließlich habe ich, der kleine, schüchterne Luis, es geschafft, mit den ganz Großen mitzuspielen und mich sogar mit dem TikTok-Trio anzufreunden. Hin und wieder lasse ich sie das an diesem besonderen Tag spüren, richtig gut fühlt sich das aber nicht an.

In einem Special-Livestream nehme ich meine Fans mit auf meine Party und präsentiere ihnen meine Geschenke. Als meine Geburtstagsfeier zu Ende geht, bin ich richtig zufrieden mit mir und der Welt. Alles um mich fühlt sich leicht und unbeschwert an.

Endlich habe ich die Chance, das zu tun, was ich liebe, und später einmal Geld damit zu verdienen. Es fühlt sich surreal an, meine eigenen Videos zu sehen. Zu sehen, wie sie immer mehr Aufrufe und positive Kommentare erhalten. Ich arbeite hart daran, meine Videos zu verbessern und meinen Kanal zu erweitern. Aber manchmal ist es schwierig, alles selbst zu machen.

KAPITEL 20

DER PREIS

Am nächsten Tag in der Schule wird mir auf einen Schlag bewusst, wie anders meine Klassenkameraden und auch die Wölfe auf mich reagieren. Mos Gang kommt mit dem Trio im Schlepptau auf mich zu. Sie wollen, dass ich mich in den Pausen zu ihnen setze.
Anfangs bin ich unsicher, ob ich darauf eingehen soll, aber dann komme ich mir das erste Mal in meinem Leben auch in der Schule richtig groß und selbstbewusst vor. Es ist ein unglaubliches Gefühl, endlich akzeptiert und respektiert zu werden. Ich hätte nie gedacht, dass meine Videos so viel Einfluss auf mein Leben haben würden. Plötzlich bin ich nicht mehr der Außenseiter, sondern habe das Gefühl, dazuzugehören.

Doch sind meine neuen Freunde, die Follower und Likes, das Einzige, was zählt? Ganz so sicher bin ich mir dabei nicht. Deswegen schiebe ich diesen Gedanken schnell beiseite und lasse mich stattdessen von meinem Erfolg tragen.

Felix und die Nerds machen große Augen, als ich an ihnen vorbeigehe.

»Setzt sich der ernsthaft zu Mo und den TikTok-Tussis?!«, raunt Felix empört Fabi zu. Dabei spricht er wohl absichtlich so laut, dass ich es auch höre.

Felix soll sich mal keine Sorgen machen. Er ist und bleibt mein Bro. Dass ich jetzt noch mit Anderen abhänge, wird an unserer Freundschaft doch nichts ändern!

Es vergehen einige Monate. In einer Woche beginnen die Sommerferien.

»Hey Felix! Gutes Wochenende gehabt? Sag mal, kannst du mir die Woche noch mal beim Schneiden helfen? Das Video für Freitag ist noch nicht so weit, ich muss da dringend noch mal ran und meine Eltern erlauben mir immer noch nur zwei Stunden am Tag.«

Statt zu helfen, motzt er mich an.

»Weißt du, Luis, du hast keine Ahnung, wie viel Arbeit ich für dich erledige. Ich denke, du solltest in Zukunft mehr davon selbst machen.«

Was sollte das denn? Klar weiß ich, dass ich ihm viel abverlange. Aber ich opfere doch auch alles für meinen Kanal – kann ich ja nichts dafür, dass seiner längst nicht so beliebt ist! Und jetzt scheint mein bester Freund nicht mal mehr zu verstehen, was das für mich bedeutet.

In mir macht sich ein ungutes Gefühl breit. In letzter Zeit habe ich den Eindruck, dass Felix und ich noch weniger miteinander machen als sowieso schon. Ich habe es anfangs nicht wirklich ernst genommen, aber langsam mache ich mir Sorgen.

Habe ich ihn vor den Kopf gestoßen, ohne es zu merken? Wir haben uns immer gegenseitig unterstützt und ich bin mega dankbar für seine Hilfe, aber vielleicht fühlt er sich vernachlässigt, weil ich so sehr in meine Arbeit vertieft bin.

»Alles in Ordnung?«, frage ich Felix, doch er schweigt nur und geht in seine Klasse.

»Lass den Nerd doch, BIG Luis. Komm lieber zu uns!«, ruft Mo am Gang. Mein Alias, das früher immer mit einem hämischen Unterton versehen war, gleicht nun einer Auszeichnung.

Dass Felix so auf Abstand geht, fühlt sich nicht richtig an. Trotzdem gehe ich zu den Wölfen und versuche, mich den angesagten Kids anzupassen.

Wieso sieht er nicht, dass es auch für ihn und die Nerds etwas Gutes bedeutet, wenn ich mich mit den Wölfen anfreunde? Immerhin lassen sie damit nicht nur die Sticheleien mir gegenüber sein, sondern sind auch zu Felix und den Nerds netter. Also, vielleicht nicht direkt *nett*, aber immerhin beschränken sich die Wölfe jetzt meistens darauf, sich zu verhalten, als gäbe es die drei nicht. Ich bin mir nicht sicher, was ich tun kann, um beide Freundschaften aufrechtzuerhalten.

Fürs Erste beschließe ich, mich weiter auf die Arbeit an meinem Kanal zu fokussieren. Damit habe ich es schon so weit gebracht, ich darf mich jetzt nicht ablenken lassen. Ich habe das erste Taschengeld, das mir meine Eltern von meinen Einnahmen ausgehändigt haben, gespart und konnte mir so vor Kurzem einen Gaming-PC und einen neuen Stuhl kaufen. Ich kann es kaum erwarten, mein neues Equipment auszuprobieren und meine Videos damit noch weiter zu verbessern. Wenn Felix das nur sehen könnte – der würde mein neues Set-up sicher hart feiern.

Hammer Rechner, Bro!, höre ich ihn in Gedanken sagen.

Am Abend beschließe ich, live zu gehen und meinen Followern bei einer Minecraft-Session von meinem neuen Equipment zu berichten.

»Hey Leute, ich bin's wieder, BIG Luis. Ihr werdet es mir nicht glauben, Freunde,

aber ich habe mir einen krass guten Gaming-PC gekauft und lehne mich gerade in meinem brandneuen Gamingsessel zurück. Lasst uns direkt ins Spiel einsteigen und checken, was die Kiste so draufhat!«

Zwar stressen mich der Druck in der Schule und die Sache mit Felix, doch meine Fans feiern mich für meine Videos. Ich frage mich, ob der Erfolg noch weiter wachsen kann. Wie wäre es wohl, ein richtiger Star zu sein? Werde ich jemals die Million knacken und mir den goldenen Play Button an die Wand hängen können?

Doktor Hillebrandt drückt mir mit einem knappen Nicken das Zeugnis in die Hand. Von ihm grenzt das an eine Lobeshymne und auch ich freue mich übelst über einen Notendurchschnitt von 2,3. Ich bin echt erleichtert, endlich wieder mehr Zeit fürs Zocken und auch meine Freunde zu haben.

Nachdem Hillebrandt uns endlich in die Ferien entlassen hat, stürme ich nach draußen, um Felix, Basti und Fabi die guten Neuigkeiten zu berichten. Egal, ob sie sauer sind. Sie sind immer noch meine Freunde und das gute Zeugnis ist auch ihr Verdienst!

Auf dem Gang kommt mir Felix mit seinem Zeugnis in der Hand entgegen. Er steuert direkt auf mich zu, doch als ich sein angespanntes Gesicht sehe, drehe ich mich von ihm weg und starre stattdessen die Wand an. *Luis, du Idiot!*, denke ich mir gleichzeitig und möchte am liebsten im Erdboden versinken.

Ich schiele vorsichtig in seine Richtung. Felix wirft mir einen angepissten Blick zu und geht direkt zu den Nerds.

Keine Sekunde später kommt Jana mit ihrem strahlenden Lächeln auf mich zu, packt mich und zerrt mich zu ihren Zwillingen, um ein TikTok-Video vom letzten Schultag für ihren Kanal aufzunehmen.

Als sie meinen Arm nimmt, spüre ich, wie mein Herz kurz aufflattert. Da ist etwas zwischen uns. Und sie ist wirklich hübsch.

Hin und wieder schweifen meine Gedanken aber immer noch zu Sally. Sie hätte mich bestimmt dafür zurechtgewiesen, dass ich Felix eben einfach ignoriert habe. Doch nach all den Jahren muss ich wohl einfach damit abschließen, dass ich sie nie wieder sehen werde.

Sowieso würde das den Frieden zwischen mir und Mo gefährden. Kontakt mit Sally würde er niemals dulden! Dabei möchte ich unbedingt meine neuen Freunde behalten. Die Anerkennung in der Schule fühlt sich einfach gut an und hält mir den Rücken frei, sodass ich mich voll auf meine Videos konzentrieren kann.

Zu Hause werde ich freudig empfangen.

»Wir sind so stolz auf dich, Luis!«, sagt mir meine Mutter mit feuchten Augen. »Wie du dich in den letzten Wochen angestrengt hast, vor allem in der Schule, hat uns überzeugt. Wir wissen jetzt, dass das der richtige Weg für dich ist. Du hast unsere volle Unterstützung, versprochen!«

Das ist wohl das schönste Geschenk, das mir meine Eltern machen konnten. Durch meine guten Noten habe ich endlich freie Bahn für meinen YouTube-Kanal.

Trotzdem liege ich abends wach im Bett und kann einfach nicht einschlafen.

Ich sollte eigentlich stolz darauf sein, was ich in den letzten Monaten erreicht habe, doch ich kann das Hochgefühl nicht genießen. Stattdessen überwältigt mich die Einsamkeit, meine Freude fühlt sich dumpf und hohl an. Begleitet wird die neue Emotion von Gedanken, die sich immer tiefer in mein Gehirn bohren. *Bin ich wirklich glücklich? Ist es all das wert?* So schön die Arbeit am Kanal auch ist, ich vermisse es, mit Felix einfach nur herumzublödeln.

Ist das der Preis des Ruhms, von dem mein Vater damals auf dem Dachboden gesprochen hat? Es fühlt sich an, als wäre es schon ewig her, dabei ist seitdem nicht mal ein Jahr vergangen.

Wenn ich so darüber nachdenke, macht mich die Freundschaft mit den TikTok-Mädels schon ein bisschen stutzig. Hin und wieder habe ich den Eindruck, dass sie sich nur melden, wenn sie etwas von mir brauchen oder mit mir angeben wollen. Mögen sie wirklich *mich*? Oder mögen sie nur meinen Kanal, meinen Erfolg – BIG Luis halt?

Auch Mo macht mir Sorgen. Es kommt mir manchmal so vor, als würde er nur darauf warten, dass ich einen Fehler mache, damit er mich bloßstellen kann. Immer wieder stellt er mir Fangfragen, die er hinterher als Scherz abtut. Es ist schwierig für mich, mich auf die Gruppe wirklich einzulassen. Wie sie am Anfang der Schulzeit zu mir waren, habe ich nicht vergessen.

Ich überlege, ob ich nicht einfach alle Freundschaften über Bord werfen und mich nur noch auf meine Community stützen sollte. Andererseits fühlt es sich auch nicht nice an, niemanden zu haben, mit dem ich all die Erfolge teilen kann. Felix hat sich immer aufrichtig mit mir gefreut.

Es ist ein ständiger Kampf in meinem Kopf und ich weiß nicht, wie ich damit umgehen soll. Vielleicht einfach abwarten und sehen, was passiert? Möglicherweise werde ich überrascht, wenn ich ihnen nur eine richtige Chance gebe, und Mo, Simon und Matze entpuppen sich als echte Freunde im Wolfspelz, auf die ich mich verlassen kann.

Bis dahin liegt mein Fokus auf mir und meinem Kanal. Mal sehen, was in den Ferien passiert und was das nächste Schuljahr für mich bereithält. Womöglich bin ich ja schon bald ein echter Star und fahre mit meinem Lambo vor die Schule. Wie krass wäre das denn?

TEIL 3

CLICKS

KAPITEL 21

DAS WIEDERSEHEN

Die Sommerferien sind vorbei und ich mache mich auf den Weg in die 7. Klasse. Diesen Weg habe ich sonst immer mit Felix genommen, doch heute fahre ich ihn allein.

Ich stehe vor meiner Schule und es ergreift mich die übliche Nervosität. Mein Atem wird schneller, mein Herz pocht. Wird sich wieder etwas verändert haben?

Die Ferien über hatte ich mir fest vorgenommen, mich auf meine Karriere zu konzentrieren und tatsächlich haben sich meine Mühe, mein Fleiß und mein brennender Ehrgeiz endlich ausgezahlt. Inzwischen konnte ich über 300.000 Fans für meinen Kanal gewinnen. Es ist der Hammer, wie meine Zahlen in die Höhe schießen!

Ich betrete langsam das Schulgebäude. Etwas ist anders. Es fühlt sich merkwürdig an. Als ich durch den Gang laufe, geht mir auf, was: Viele meiner Mitschüler begrüßen mich freundlich, einige der Mädchen winken mir zu und lächeln mich nett an. Hat das etwa mit meinem Erfolg zu tun oder damit, dass Mos Clique mich endlich akzeptiert hat?

»Hey BIG Luis! Krass was auf deinem Kanal abgeht!«, brüllt mir Simon von den Wölfen durch den Gang entgegen. Ich sehe Mos Gang zum ersten Mal seit Beginn der Ferien. Er, Simon und Matze stehen lässig in der Ecke und grinsen mich an.

Sie winken mich zu sich. Ich atme tief ein und stelle mich zu ihnen vor die neue Klasse, die sich in diesem Schuljahr ein Stockwerk höher und auf einer Ebene mit ihrem befindet.

Die Wölfe sind übelst gut gelaunt, denn für sie ist es das letzte Jahr an der Schule. Sie wechseln danach auf eine Fachoberschule und Simon beginnt als Azubi in der Autobranche.

Kurz denke ich daran, wie es wohl sein wird, wenn sie nicht mehr hier sind. *Wird es eine neue Gang geben? Und falls ja: Werde ich dann Teil dieser Gang sein*?

Mein Blick fällt auf die TikTok-Mädchen. Mia kaut lautstark auf einem Kaugummi, während sie ein Selfie mit Jana macht. Daneben sitzt Lisa, die sich gerade an den Haaren rumfummelt und genervt versucht, sich einen Zopf zu flechten. Oder ist es andersherum?

Meine Gedanken werden unsanft unterbrochen, als Mo direkt vor meinem Gesicht in die Hände klatscht. Ich bemerke plötzlich, dass mich die Wölfe erwartungsvoll anstarren.

»Erde an Luis! Hast du mir zugehört, Diggah?«, fragt Mo.

Ich versuche, seinem Blick auszuweichen. Ich fühle mich wieder an alte Zeiten erinnert. Mein Herz pocht schneller und ich kann meinen kurzen Atem spüren. Am besten, ich versuche so normal wie möglich zu wirken und so zu tun, als wäre nichts. Alles cool.

»Eh, ja, sorry. Was hast du gesagt?«

»Was geht so bei dir? Wie war dein Sommer?« Er gibt sich betont lässig und wirkt gar nicht so, als hätten wir uns sechs Wochen lang kaum gesprochen. Jetzt, wo wir wieder in der Schule sind, bin ich wohl doch nicht mehr nur Luft für ihn.

»War krass, habe viel Zeit mit YouTube verbracht«, antworte ich etwas unsicher.

»Nice, Bro. Wie viele Abonnenten hast du jetzt?«

»Etwas über 300.000«, antworte ich leise. Meine Stimme klingt kratzig.

»300.000?! Der Hammer, Bro, das ist unglaublich! Lass mal zusammen ein Video machen!«, entgegnet Mo enthusiastisch.

Ich nicke schwach und lächle, doch es kommt nicht wirklich von Herzen. Auch wenn er jetzt begeistert tut, war er am Anfang mein größter Widersacher. Außerdem haben sich in den vergangenen sechs Wochen weder die Wölfe noch das Trio von sich aus gemeldet und viel unternommen haben wir erst recht nicht.

Ich war mir fast sicher, dass sie nicht wirklich meine neuen Freunde sind, aber angesichts dieser Begrüßung habe ich mich vielleicht doch getäuscht. Vielleicht waren sie im Urlaub oder unterwegs und hatten deshalb keine Zeit für mich? Eine logische Erklärung gibt es dafür bestimmt.

Ich versuche, mich nicht weiter damit auseinanderzusetzen, und lasse mir nichts anmerken. Schließlich hat das Schuljahr gerade erst begonnen und ich will endlich richtig dazugehören. Das gelingt mir bestimmt nicht, wenn ich jetzt den Eingeschnappten spiele.

Die erste große Pause verbringe ich deshalb mit den Wölfen. Jana und ihre Zwillinge haben sich ebenfalls angeschlossen. Hätte mir vor zwei Jahren jemand erzählt, dass Mo und das TikTok-Trio einmal Feuer und Flamme für meinen Kanal und mich sein würden, hätte ich denjenigen wohl für verrückt erklärt.

Sie reden allerdings so gut wie ausschließlich darüber, wie ich am schnellsten viel Geld mit YouTube verdienen kann.

»Alter, wenn das so weitergeht, kannst du easy zum Millionär werden, Luis. Dafür brauchst du nur ein paar Bots installieren, die dir regelmäßig gute Bewertungen bringen«, rät mir Mo.

»Kommt schon, Mo. Das mit den Bots kannst du vergessen. Platzier lieber ein paar Affiliate-Links in deinen Videos, Luis. Wenn deine Abonnenten da draufklicken und bestellen, verdienst du jedes Mal mit!«, schaltet Jana sich ein.

»Ich würde mir einen fetten Benz mit dem ganzen Geld kaufen. Den lasse ich mir auf eine einsame Insel verschiffen und würde mich dann dorthin vertschüssen. Auf nimmer Wiedersehen, Schule!«, meint Simon und unterstreicht seine letzte Aussage, indem er sich mit zwei Fingern gegen die Stirn tippt, als würde er lässig salutieren.

Die drei kichern und amüsieren sich.

Eine Frage nagt dennoch unablässig an mir: Hätten sie mich je als No-Name akzeptiert, geschweige denn respektiert? Auch wenn er es über die ganze Zeit nie zugegeben hat, bin ich mir sehr wohl bewusst, dass Mo damals für den ganzen Hate gegen mich und meine Videos verantwortlich war. Einen Augenblick lang macht es mich traurig. Interessieren sich Mo und seine Gang echt nur für meinen Erfolg und nicht für mich als Person?

Mich löchern sie ununterbrochen: *Luis, wie viel Geld hast du schon reingeholt mit YouTube? Sag mal, wie viel? Hol dir mal nice Sachen von der Kohle, was ist los mit dir?*

Nun ja ... Irgendwie haben sie damit schon recht. Bislang habe ich kaum Wert auf mein Äußeres gelegt und mein Taschengeld immer in neues Equipment investiert. Vielleicht wäre es an der Zeit, endlich mal eine andere Seite von mir zu zeigen? Schließlich bin ich jetzt ein erfolgreicher YouTuber und das sollte ich auch zeigen dürfen, oder?

KAPITEL 22

DIE ZWICKMÜHLE

Es läutet zur zweiten großen Pause. Auf dem Schulhof verkrieche ich mich in eine abgelegene Ecke hinter einer Steinmauer. Es tut gut, einen Moment der Ruhe für mich zu haben und abzuschalten. Den Anderen habe ich gesagt, dass ich mich um meinen YouTube-Kanal kümmern muss, damit sie mich in Ruhe lassen.
Ganz geflunkert habe ich damit nicht. Bevor ich ein altes Game starte, checke ich schließlich erst noch meine Statistik auf YouTube. Dass ich mich lieber hinter einer Mauer verschanze, als mit ihnen abzuhängen, ist allerdings nicht das beste Zeichen.

Gerade möchte ich weiterlesen, da sehe ich, wie jemand mit großen Schritten auf mich zukommt. Es ist Felix. Kurz erstarre ich. Am liebsten würde ich mich hier und jetzt in Luft auflösen. Wir haben uns so lange nicht mehr gesehen und am letzten Schultag sind wir nicht gerade brüderlich auseinandergegangen.

»Wieso hast du dich in den Ferien nicht gemeldet? Hängst du jetzt nur noch mit den Gangs ab?«, fragt Felix mich. In seiner Stimme schwingen gleichzeitig Sorge und Ärger mit.

»Ich weiß nicht ... hatte viel zu tun«, druckse ich herum.

»Diggah, was ist denn los mit dir? Du bist nicht mehr derselbe wie früher. Du bist ein richtiger Klaus geworden«, stellt Felix beklommen fest.

»Klaus? Bitte was?«

»Du weißt schon. Hosenträger, kariertes Hemd, Pats Mitläufer?«

Ich setze gerade an, um ihm zu widersprechen, doch dann zögere einen Moment. Was, wenn er Recht hat? Es ist schwer, mit meinem

Erfolg umzugehen. Ich habe mir viel drauf eingebildet, doch die ganzen Follower nützen mir gar nichts, wenn ich im echten Leben mit niemandem richtig reden kann. *Irgendwann hilft nur noch die Wahrheit* – noch so ein Spruch meiner Mutter.

»Nach unserem Streit vor den Ferien weiß ich gar nicht mehr, ob ihr mich noch als Freund seht. Klar, ich wollte beliebt sein, und irgendwie bin ich das auch, aber ich wollte vor allem, dass Mo und Konsorten mich in Ruhe lassen. Aber so toll, wie ich mir das immer vorgestellt habe, ist es gar nicht.«

»Bro, du bist unser Freund, auch wenn ich echt nicht begeistert bin, dass du uns für den Fame links liegen gelassen hast. Also überleg dir das mit den Wölfen und den TikTok-Tussis lieber noch mal«, entgegnet Felix, während er seine runde Brille richtet. »Nenn mich paranoid, aber ich kann mir nicht vorstellen, dass sie dabei keine Hintergedanken haben.«

Obwohl wir uns so lange nicht gesehen haben, spricht er sofort aus, als wüsste er genau, was ich denke. Es tut gut, zu hören, dass er und die Nerds mich nicht völlig abgeschrieben haben, doch leider bestätigt er damit auch meine Zweifel.

»Hey, hast du Lust, heute Abend mit den Nerds und mir zu zocken?«, fragt er mich anschließend.

»Ja Bro, das klingt gut. Ich brauche dringend etwas Ablenkung.« Ich seufze erleichtert auf.

Nach der Schule verbringen wir den Rest des Tages mit Zocken in seinem Zimmer und ich merke, wie sehr mir das gefehlt hat. Für YouTube habe ich heute nichts mehr gemacht. Ein Tag Auszeit kann ja wohl nicht so schlimm sein. Es tut gut, mal etwas abzuschalten. In diesem Moment scheint wieder alles in Ordnung zu sein.

In der Schule wird die Stimmung zwischen mir und den Wölfen hingegen angespannter, seitdem ich wieder mit Felix abhänge. Wir haben so viel miteinander erlebt und ich kann doch nicht einfach vergessen, wie viel er für mich getan hat. Die Wölfe und die »TikTok-Tussis«, wie Felix das Dreiergespann nennt, sehen das gar nicht gern.

»Was willst du bloß von diesem Freak?«, fragt mich Matze.

»Genau! Wir können dir doch viel bessere Tipps geben, wie du noch mehr Geld verdienen kannst,« bestätigt ihn Jana.

In den Pausen merke ich, dass sie Felix gegenüber immer aggressiver werden und ihn fast täglich schikanieren. Ich bin zwischen die Fronten geraten und weiß einfach nicht, wie ich darauf reagieren soll.

Ich will mich nicht wieder mit den Wölfen und den Mädels anlegen. Dadurch, dass sie meinen Kanal nun supporten, trauen sich auch die anderen Schüler wieder, nett zu mir zu sein. Auf der anderen Seite steht Felix, der immer zu mir gehalten hat. Wie sie ihn behandeln, ist richtig bodenlos. Doch immer, wenn ich einschreiten will, fallen sie mir ins Wort und werfen mir warnende Blicke zu, sodass ich mich nicht traue, ihn weiter zu verteidigen.

In Gedanken vertieft starre ich Löcher in die Luft, als plötzlich die Tür zu meinem Zimmer aufgeht.

»Happy Birthday to you. Happy Birthday to you ...!«

Meine Eltern stehen singend und grinsend in der Tür. In ihren Händen halten sie einen Geburtstagskuchen, bestückt mit 14 Kerzen.

WTF, ist es schon der 1. Oktober? Ich habe tatsächlich meinen eigenen Geburtstag vergessen! Zwischen Gedankenchaos und meinem Upload-Plan sind die letzten Wochen wie im Flug an mir vorbeigezogen.

Ich bin wieder ein Jahr älter, ein Jahr näher an meinem Ziel, ein großer Star zu werden – und ein Jahr näher am Schulabschluss, an der Freiheit. Ich kann es kaum erwarten, all die neuen Erfahrungen zu machen, die meine Karriere noch für mich bereithält!

Endlich sehen sie, wie sehr ich in den vergangenen Monaten für meinem Erfolg gehustlet habe und dass sich jede Minute davon gelohnt hat. Es ist toll, ihren Support zu spüren und dass sie sich endlich für meinen YouTube-Kanal interessieren. Außerdem lenkt es mich für kurze Zeit von meiner misslichen Lage mit Felix und den Wölfen ab.

Dann vibriert auch schon mein Handy und der Name meines besten Kumpels leuchtet auf:

Felix

Alles Gute, Diggah! Lass es krachen! 🥳

Luis

Danke, Bro!! 🖤

Als kurz darauf mein Handy erneut vibriert, erwarte ich eine Nachricht von Fabi oder Basti. Stattdessen sehe ich Janas Namen auf meinem Display.

Jana

Happy Birthday!!!! 🥳

Luis

🖤

Jana

Feierst du? Hab keine Einladung gekriegt, also eher nicht, oder? Solange du deine Zeit bloß nicht mit den Losern vom Dienst verschwendest … Du hast doch jetzt uns! 😍

Luis

Nee, glaub nicht …

Jana

Das, was du hast, ist besonders! Lass uns mal ein Treffen mit Mo ausmachen. Wir wollten doch schon immer gemeinsam ein Video für TikTok drehen. Das wird dich noch mehr pushen 💯

Was will Jana eigentlich von mir? Woher kommt ihr plötzliches Interesse an mir? Nach Sally ist sie das erste Mädchen, das scheinbar mehr mit mir zu tun haben möchte. *Ach, Sally.* Kurz schweifen meine Gedanken ab. Die Grundschule ist schon so lange her. Trotzdem habe ich immer noch ihr Bild vor Augen.

Doch trotz des Seitenhiebs hat Jana Recht. Ich muss den Blick nach vorn richten und mich um meine Karriere kümmern. Ist Felix vielleicht doch mehr Ablenkung als Hilfe? Verbringe ich wirklich zu viel Zeit mit ihm? Ich denke an früher zurück.

Ich vermisse die Momente, als ich noch unbeschwert mit Felix und den Nerds abhängen konnte, ohne mich um meine Karriere sorgen und zwischen den Stühlen sitzen zu müssen. Nicht einmal meinen Geburtstag kann ich genießen, weil ich schon wieder zwischen die Fronten geraten bin. Das nervt extrem.

Doch ein erfolgreicher YouTube-Kanal war immer mein größter Wunsch. Soll ich den jetzt einfach so aufgeben? Ich bin echt lost gerade. Richtig super. Ich versuche, mein Gedankenchaos zu sortieren und raffe mich auf. Ich weiß, wenn ich weiterkämpfe, kann ich es bis an die Spitze schaffen. Ich muss nur weiter an mich glauben. Schließlich bin ich doch BIG Luis – und der gibt nicht so einfach auf. Nicht im Spiel und auch nicht im echten Leben!

KAPITEL 23

DAS IMAGE

Ich beschließe, auf die Wölfe und Jana zu hören – was die Klamotten angeht. Sie sticheln schon länger, warum ich mir noch nie etwas Teures mit meinem Geld gekauft habe. Also ziehe ich das Ding jetzt einfach durch. Nach einiger Recherche, was aktuell angesagt ist, bestelle ich mir einige teure Uhren, Sneaker und Markenklamotten.
Als die Sachen endlich ankommen, bin ich richtig geflasht. Ich hätte nie gedacht, dass ich mir jemals so nices Zeug leisten könnte. Stolz ziehe ich die Sachen an und zum ersten Mal fühle ich mich, als könnte ich mit den angesagten Leuten aus meiner Schule mithalten.

Vor dem Spiegel übe ich meine Gesichtsausdrücke: lässig, arrogant ... Ich lasse mein neues Aussehen auf mich wirken. *Könnte klappen*, denke ich mir. Ein wenig unsicher bin ich trotzdem, denn ich will ja nicht, dass die Anderen nur mit mir abhängen, weil ich jetzt krassere Outfits trage. Schließlich macht der teure Kram aus mir keinen besseren oder berühmteren Luis. Darunter bin ich immer noch derselbe Junge, nur etwas selbstbewusster.

Am nächsten Schultag nehme ich all meinen Mut zusammen. In der Schule angekommen richten sich alle Blicke auf mein neues Ich. Dabei fällt mir auf, dass mir einige nicht nur bewundernde, sondern fast schon neidische Blicke zuwerfen – darunter Simon und Matze in ihren abgewetzten Lederjacken. Das Gefühl ist überragend.

Die Nerds stehen auf der anderen Seite des Gangs und sehen mich verwundert an. Sie begrüßen mich kühl und etwas zurückhaltend. Doch das stört mich nicht. Ich bin mir sicher, dass das auch nur

Neid ist. Sie werden schon sehen, dass ich immer noch der Alte bin. Bestimmt.

Felix sehe ich auch und wir begrüßen uns wie üblich. Doch an meiner übertriebenen Lässigkeit und dem aufgesetzten Lächeln merkt er als einziger sofort, dass ich mich noch nicht an meinen neuen Style gewöhnt habe.

»Diggah, hast dir richtig gegönnt, was? Sweet, wurde auch Zeit!«, versucht er, meine Anspannung aufzulockern.

Ich spüre trotzdem, dass auch Felix in diesem Moment unsicher mir gegenüber ist. Er hat bisher keinen großen Wert auf Markenklamotten gelegt. Alles Geld, das er hatte, hat er immer in neues Equipment oder seine Avenger-Figurensammlung gesteckt. Mir war das immer egal. Schließlich ist Felix auch ohne teure Outfits mein Bro.

Doch seit ich das brandneue Zeug trage, merke ich, wie eine ganz unbekannte Einstellung von mir Besitz ergreift. Es ist ein unvertrautes, aber zugleich herrliches Gefühl von Ansehen, das ich so noch nie zuvor empfunden habe. Kurz komme ich mir vor, als wäre ich besser, ja mächtiger als Felix und der Rest der »Normalos«. Als wäre ich dabei, die Regeln in der Schule neu zu schreiben.

Felix hat die Veränderung in meinem Gesicht anscheinend bemerkt. Als ich ihn neben den Nerds so betrachte, mustert er mich skeptisch. Er sieht mich vielleicht jetzt doch nur noch als erfolgreichen YouTuber mit Markenklamotten, aber nicht mehr als seinen besten Kumpel, seinen Bro. So kommt es jeden-

falls bei mir an. Es macht mir Angst, doch das ist es, was ich jetzt bin. Glaube ich.

Insgeheim macht es mich jedoch traurig, dass er mir diese abschätzigen Blicke zuwirft und mich irgendwie weniger beachtet. Aber nach dem Chat mit Jana habe ich beschlossen, mich nicht mehr von meinem Plan abbringen zu lassen. Für mich zählt jetzt nur noch mein Erfolg auf YouTube.

Er muss doch einfach verstehen, wie wichtig das für mich ist. *Da gehören angesagte Klamotten halt einfach mal dazu*, denke ich mir. Ich fühle mich wie ein echter Star und bin mir absolut sicher, dass ich alles erreichen kann, was ich will.

Beim Fußballtraining der AG treffen Felix und ich uns wieder. Sport ist noch immer ein gutes Ventil für mich, eine Möglichkeit, mal so richtig Dampf abzulassen und alle Probleme außerhalb des Spiels eine Zeit lang zu vergessen. Als Stürmer fühle ich mich stark und kann meine Gegner auf dem Spielfeld ungehindert ausmanövrieren. Natürlich trage ich auch dort neue Klamotten und die sauteuren Air Jordans, die ich mir gegönnt habe. Bei Jana bleibt das nicht unbemerkt.

Sie und ihre Anhängsel Mia und Lisa beobachten uns regelmäßig von den Zuschauerbänken, wenn wir wieder mal ein Spiel im Freien haben. Außerdem schreibt sie mir inzwischen immer öfter auf WhatsApp. Ob sie mich vielleicht doch wirklich mag? Ob das auch so wäre, wenn ich nicht so erfolgreich wäre?

Ein paar Tage später renne ich wieder über den Fußball-Platz und meint Herz pocht wie wild. Aber nicht wegen des Spiels und nicht mal wegen des krassen Tores, das ich gerade geschossen habe. Heute nach dem Spiel bin ich zum ersten Mal mit Jana verabredet!

Felix habe ich das allerdings nicht erzählt. Er würde eh nicht verstehen, warum ich mich für eine der »TikTok-Tussis« interessiere. Zwar verstehen Felix und ich uns nach unserer Aussprache zu Schulbeginn wieder besser, dennoch merke ich, dass wir nicht mehr richtig connecten, seit ich mich anders anziehe und gebe, und uns gerade nur noch der Sport zusammenhält.

Ich wünschte, er würde sich mehr für mich und meinen Erfolg freuen. Stattdessen hängt er lieber mit den Nerds ab und kümmert sich nur wenig um meinen krassen Aufstieg in der YouTube-Szene. Die Wölfe hingegen sprechen andauernd davon und feiern mich übelst dafür, was mich echt nachdenklich macht.

Seit ich weniger mit Felix, Basti und Fabi zu tun habe, hänge ich fraglos in der Schule erneut hinterher. Meine Eltern erwarten gute Noten, aber ohne die regelmäßigen Lernsessions läuft es nicht mehr ganz so easy.

Mo und seine Gang interessiert das kaum. Sie sind das letzte Jahr an der Schule und haben nur noch Party im Kopf. Sie wollen ständig, dass ich mit dazu komme und Felix endlich den Rücken kehre. Bis es schließlich während der Pause zu einer unerwarteten Situation mit den Wölfen kommt.

»Komm schon, BIG Luis, du weißt doch, dass er es nicht draufhat. Du bist doch bei uns viel besser aufgehoben«, stichelt Matze.

»Aber ich kann doch nicht einfach so mit Felix brechen. Er ist mein Bro!«

»Bad take. Das ist doch kein Bro. Ein echter Bro unterstützt dich, motiviert dich, macht dich stark. Und was macht Felix? Er zieht dich runter, verurteilt dich, nur weil du jetzt endlich nicht mehr aussiehst, als wärst du so broke wie er«, unterbricht mich Mo und fixiert mich mit seinen dunklen Augen.

Ich weiß nicht, was ich tun soll. Einerseits will ich nicht, dass sich meine neuen Freunde wieder gegen mich wenden, andererseits will ich Felix nicht verlieren. Doch die drei lassen nicht locker.

»Entweder du bist bei uns oder bei ihm. Du musst dich entscheiden, BIG Luis. Wenn du ihn nicht endlich abschießt, dann kümmern wir uns persönlich darum«, droht mir Mo.

»Es ist das Beste für dich und deine Karriere, vertrau uns mal«, fährt Matze fort, während er sich lässig mit der Hand durch seine roten Locken fährt.

Ich bin fassungslos. Um meine Karriere mache ich mir weniger Sorgen. Mein Kanal ist mittlerweile groß genug, dass ich auch ohne Unterstützung Anderer täglich zusehen kann, wie er wächst. Aber wenn alles schiefläuft, stehe ich am Ende allein da.

Ich stehe schon wieder vor einer Lose-lose-Situation: Entweder ich verliere meine neuen Freunde und mein neugewonnenes Ansehen an der Schule oder ich gebe meine alten Freunde auf, mit denen ich schon so viel erlebt habe. Warum muss ich überhaupt so eine Entscheidung treffen?

Ich bin frustriert und verzweifelt. Mich so unter Druck zu setzen, ist übelst unfair. Ich bin mir ja nicht mal sicher, dass die mich wirklich um meinetwillen mögen.

Während ich mir noch überlege, ob es nicht doch einen Weg gibt, beide Freundschaften zu retten und meine Karriere zu behalten, vibriert mein Handy in meiner neuen Levis-Jeans. Es ist Felix. Jetzt bloß nicht das Handy in Mos Richtung halten. Wenn er sieht, dass die Nachricht von Felix kommt, regt er sich nur noch mehr auf.

Felix

Tut mir leid, Diggah, dass ich so mies wegen deiner Klamotten reagiert habe. Steht dir richtig gut, das Zeug! Lass uns morgen nach dem Fußballtraining eine Runde zocken. Wie in alten Zeiten! 😁

Das macht es nicht gerade einfacher. Was soll ich Felix antworten? Gerne würde ich mit ihm abhängen, doch wenn ich das tue, lassen mich die Wölfe die Konsequenzen meiner Entscheidung direkt spüren. Mo, der sich in der Zwischenzeit direkt hinter mich gestellt hat, schaut mir über die Schulter und liest mit. Ungeduldig wartet er auf meine Antwort.

Luis

Sorry, keine Zeit, Bro … 🙄

Oh Mann, das fühlt sich gar nicht gut an, Felix derart abzuwimmeln. Ich weiß, dass ich ihm womöglich unrecht tue, aber gerade bleibt mir nichts anderes übrig. Schließlich möchte ich vermeiden, dass die Wölfe ihm noch mehr zu Leibe rücken als ohnehin schon.

Bedrückt verabschiede ich mich von Mo und seiner Crew, die mich übelst dafür feiern, dass ich Felix versetzt habe. Mir macht die Situation dafür echt zu schaffen. Ich will einfach nur noch nach Hause.

Wieso verstehen sie denn nicht, warum mir die Freundschaft mit Felix so wichtig ist? Niemand scheint zu begreifen, wie schwer es für mich ist, mein YouTuber-Leben, meine Freundschaften und die Schule zu jonglieren. Ich weiß nicht mehr, wie ich das alles schaffen soll.

KAPITEL 24

DIE FREUNDIN

Um mich von meinen Sorgen abzulenken, wäre YouTube gerade meine einzige Rettung. Zu Hause angekommen, versuche ich mich aber erst einmal an meinen Mathe-Hausaufgaben und bemühe mich, mir den neuen Stoff einzuhämmern. Die ganzen Formeln und Zahlen sind echt maximal kompliziert und ich könnte Bastis Erklärtalent gerade echt gebrauchen. Wenn ich in den Endgegner-Fächern wie Mathe oder Physik nicht die Kurve kriege, dann war's das mit YouTube! Das ist keine Option! Ich muss mich einfach noch mehr anstrengen und versuche, mich zu motivieren.
BIG Luis, du kriegst das hin! Du hast es schon einmal geschafft und wirst es wieder schaffen. Es ist wie mit deinem YouTube-Erfolg. Du musst nur an dich glauben und immer weiter daran arbeiten, dann wird das schon klappen!

Nachdem ich einige Stunden gelernt habe, beschließe ich, ein neues Video aufzunehmen. Dadurch, dass ich allein viel länger brauche, um den Schulstoff zu verstehen, stehe ich mittlerweile ziemlich unter Zeitdruck. Ich musste sogar hin und wieder Uploads ausfallen lassen, was bisher so gar nicht meine Art war. Trotzdem lieben mich meine Fans für meine spontane Art, sodass ich inzwischen mit fast 365.000 Abonnenten aufwarten kann. Das macht mich richtig stolz und das Letzte, was ich will, ist, sie zu enttäuschen.

Ich schlucke also die Sache mit Felix erst einmal herunter, um mich auf meinen Kanal zu konzentrieren. Um ihn weiter zu pushen, solange ich die Möglichkeit habe, kommt mir eine spontane Idee: Ich könnte Jana schreiben. Das Date mit ihr lief ganz gut und sie wünscht sich ohnehin schon länger, in einem der Videos dabei zu sein, also warum nicht einfach sie fragen?

Wir waren damals zusammen im Kino und haben uns einen neuen Marvel-Film angeguckt. Ich muss zugeben, es hat mich fasziniert, dass Jana eine Vorliebe für Marvel-Filme hat. Das machte unser Treffen umso interessanter. Ihre nerdige Seite lässt sie in der Schule nie durchscheinen. Mir gegenüber zuzugeben, dass sie auch auf Marvel und andere Superheldenfilme abfährt, ist schon eine ziemlich coole Sache.

Danach hat sie mich allerdings häufig versetzt, wenn ich mich nur so mit ihr treffen wollte. Meinte, sie hätte zu viel zu tun oder müsse sich um ihren TikTok-Content kümmern. Deswegen bin ich nicht sicher, ob sie sich nicht doch vor allem wegen meiner vielen Abonnenten für mich interessiert. Aber vielleicht bin ich auch nur paranoid. Wenn ich sie zu mir einlade, bietet sich bestimmt die Gelegenheit, herauszufinden, wie es nun wirklich zwischen uns steht. Einen Videodreh wird sie mir unmöglich ausschlagen.

Luis

Ich dreh ein neues Video, kommst du vorbei? 😏

Jana

Frag nicht so blöd! Bin schon omw! 😍

Eine halbe Stunde vergeht. Als ich die Klingel unten höre, laufe ich die Treppe hinunter und hole sie an der Tür ab. Offenbar hat sie sich für das Treffen besonders aufgedonnert. Das erklärt, warum sie so lange gebraucht hat, obwohl sie nur zwei Straßen weiter wohnt.

Heute ist sie zum ersten Mal bei mir. Zugegeben, das macht mich ein wenig nervös.

»Wusste doch, dass du an mich denkst!«, begrüßt sie mich freudestrahlend, bevor ich zu einem Hallo auch nur ansetzen kann.

»Äh, ja klar ... Lass uns gleich hoch in meinen Aufnahmeraum gehen«, sage ich zu ihr und bitte sie einen Stock höher in die heiligen Hallen gegenüber meines Zimmers.

Jana scheint krass beeindruckt von meinem Equipment. Zwei Stunden vergehen und wir planen gemeinsam ein neues Live. Ein paar Mal nimmt sie TikToks in meinem Zimmer auf und prahlt mit meinem Erfolg. Vielleicht war das Ganze doch keine so gute Idee? Jetzt gibt es allerdings kein Zurück mehr. Das Video wird mich weiter pushen, also worauf warte ich noch?

Ich setzte mich in meinen Gaming-Stuhl. Jana quetscht sich direkt neben mich und sitzt schon fast auf meinem Schoß. Dann beugt sie sich auch noch nach vorne, sodass man mich kaum noch sehen kann – und das in meinem eigenen Video!

Ich starte die Aufnahme.

»Hey Leute, ich bin's wieder, euer BIG, BIG Luis! Krass, dass ihr eingeschaltet habt, Freunde. Heute habe ich einen Special Guest für euch mitgebracht und möchte euch Jana, meine Freundin, vorstellen.« WTF!!! NO!!! ... Habe ich gerade tatsächlich *»meine* Freundin« gesagt?! Ich hoffe, dass sie das nicht falsch versteht! Doch Jana schmunzelt.

»Dann ist es jetzt wohl offiziell, liebe Community«, unterbricht sie meine Starre.

Ein Schock. So richtig wollte ich das gerade gar nicht. Aber ich kann sie ja jetzt auch nicht bloßstellen, indem ich erkläre, dass alles nur ein Missverständnis war. Wie konnte Jana das bloß so falsch verstehen und noch dazu vor all meinen Followern rausposaunen?

Die restliche Zeit kommt mir vor wie eine Ewigkeit. Die Hoffnung, dass es niemandem aufgefallen ist, wird mit einem Blick auf die Kommentare zunichte gemacht.

Unzählige Nachrichten dieser Art sammeln sich unter dem Video, während ich versuche, meinen Fehltritt zu überspielen.

Nach dem Live schiebe ich Jana erst einmal mit beiden Händen zur Seite und checke direkt meine Zahlen. Krass, über 1.500 Kommentare! Meine Follower steigen ebenfalls sprunghaft an.

Habe ich doch das Richtige gemacht? Insgeheim hoffe ich, dass Sally davon nichts mitbekommt. Nach all den Jahren ist sie immer noch in meinem Kopf und ich kann die Hoffnung, dass wir uns eines Tages wiedersehen werden, einfach nicht loslassen. Wenn da jetzt nicht Jana wäre ...

In den nächsten Wochen ist Jana immer dicht an meiner Seite, auch wenn sie nicht gerade gesprächig ist. Felix ist total schockiert, als er von mir und Jana Wind bekommt, und versteht die Welt nicht mehr.

»Die hat sich doch nie wirklich für dich interessiert, Diggah! Die ist echt kein Girlfriend-Material«, wirft Felix mir eines Tages auf dem Schulhof an den Kopf.

»Lass sie in Ruhe, Bro! Du kennst sie doch gar nicht richtig«, nehme ich sie in Schutz.

»Aber du schon? Na, wenn du meinst. Aber ist schon weird, dass die dich erst jetzt gut findet, wo du krass berühmt bist. Also komm nicht angerannt, wenn du merkst, dass sie dich auch nur ausgenutzt hat«, hält mir Felix erneut vor.

Alle anderen, insbesondere Mo und Mia, finden, wir würden ein krasses Influencer-Paar abgeben und werden von vielen bewundert. Meine Followerzahl steigt dadurch weiter, doch richtig happy bin ich mit dieser Entwicklung noch immer nicht. Privat haben Jana und ich nur die Vorliebe für Marvel-Filme gemeinsam und ähnlich wie die Wölfe meldet sie sich hauptsächlich dann bei mir, wenn sie etwas braucht oder ich in einem ihrer TikTok-Videos auftreten soll.

Doch ich versuche, mich davon nicht ablenken zu lassen. Mir ist es wichtiger, denn je, bessere Noten in der Schule zu bekommen, meine Strategien zu verfeinern und endlich die 1.000.000-Abonnenten-Marke zu knacken.

KAPITEL 25

DIE PARTY

Das Schuljahr ist mittlerweile fast rum. In Mathe und auch in Physik ging es in den letzten Wochen endlich wieder etwas bergauf und ich scheine das Schuljahr relativ gut hinzubekommen. Ich wusste doch, dass ich es schaffen kann. Ich habe an mich geglaubt und es allen gezeigt. Ich, BIG Luis, bringe den Horror-Schulalltag und meinen krassen YouTube-Erfolg unter einen Hut. Das macht mich überglücklich!
Seit Jana und ich ein Paar sind, treffen Felix und ich uns kaum noch. *Egal*, denke ich mir, *ich habe ohnehin genug mit meinem Kanal und allem anderen zu tun*. Plötzlich vibriert mein Handy.

Mo

Yo Abschiedsparty heute Abend bei Matze!! Letzte Eskalazion bevor wir die Schule wechseln. Komm rum es wird legendär! Denk gar nicht dran schon wieder abzusagen. Matzes Eltern sind weck und es wird richtig übertrieben!!!

Die Wölfe sind bekannt für Events dieser Art und ich fühle mich geschmeichelt, dass sie mich noch einmal eingeladen haben, obwohl ich schon so oft abgesagt habe. Ich überlege kurz, ob ich überhaupt hingehen soll. Felix würde mir bestimmt davon abraten, aber ich möchte unbedingt dabei sein, wenn sie ihren Abschied feiern.

Ich sage zu.

Ich bin schon mies gespannt. Bislang war ich noch auf keiner Party, die über einen Kindergeburtstag hinausgeht – und schon gar nicht auf einer mit älteren Jungs und Mädchen.

Ich muss zugeben, dass ich etwas nervös bin, aber auch voller Vorfreude. Ich hoffe sehr, dass ich auch dort gut ankomme.

Ich sollte eigentlich meine Eltern um Erlaubnis zu fragen, um das neu gewonnene Vertrauen nicht direkt wieder zu verlieren – aber was ist, wenn sie Nein sagen? Dann stünde ich vor der Wahl, die fetteste Party des Jahres zu verpassen oder aktiv gegen ein Verbot meiner Eltern zu verstoßen.

Und hinzugehen würden sie mir vermutlich nie erlauben. Schon gar nicht, wenn die Partygäste um einige Jahre älter sind! Eine Weile denke ich darüber nach und bekomme schon wieder Gewissensbisse. Ich habe sie gerade erst von meinen Plänen überzeugen können, habe endlich ihre Unterstützung und jetzt soll ich erneut hinter ihrem Rücken mein eigenes Ding durchziehen?

Aber ich muss da einfach hin! Diese Chance darf ich nicht verpassen, also ich muss mir schleunigst einen Plan zurechtlegen. Selbst wenn heute Donnerstag ist, egal. *Morgen ist ohnehin Schulschluss, also was soll's.*

Der Tag plätschert so dahin und ich habe meinen Eltern inzwischen weisgemacht, dass ich mich später endlich mal wieder mit Felix treffen und voraussichtlich auch bei ihm übernachten werde, was sie sofort abgenickt haben.

Als es endlich Abend wird, schleiche ich mich dann aus dem Haus und mache mich auf die Socken. Ich warte ab, bis meine Eltern zu Bett gehen, damit sie nicht sehen, dass ich mich extra gut angezogen habe. Schnell die Sneaker anziehen, den Schlüssel vom Schlüsselbrett nehmen. Los geht's!

Jana hat mir versprochen, mich zu begleiten. Wie vereinbart, wartet sie an der nächsten Straßenkreuzung auf mich. Ihre Eltern wissen, dass sie heute noch mit mir trifft. Von der Party ahnen sie aber nichts. Sie hat knappe Hotpants, ein bauchfreies Top und eine weite Jeansjacke darüber an.

»Hab extra Wechselsachen in meinem Rucksack mitgenommen«, grinst sie mich an und wirft mir den Rucksack zu. »Wenn ich denen erzählt hätte, dass ich so zu Mia und Lisa gehe, hätten sie wahrscheinlich drauf bestanden, mich direkt bis zur Haustür zu fahren.«

Der Hauch des Verbotenen haftet ihr und der ganzen Situation an. Auf der Party werden die Meisten bereits 16, 17 oder sogar 18 sein – was dort wohl alles auf mich wartet? Ich fühle mich schon ein bisschen strange. Es ist aufregend und nervenzerreißend zugleich.

Als wir ankommen, ist es, als würde ich eine andere Welt betreten. Die Musik ist laut, die Luft ist schwer und der Geruch von Schweiß dringt mir in die Nase.

Zuerst bemerke ich die vielen Blicke, die gespannt auf mich gerichtet sind, gar nicht. Zu beeindruckt bin ich von dem pompösen Haus von Matzes Eltern. Es ist riesig und an einigen Stellen sogar mit Marmor verkleidet. *Die Bude war bestimmt teuer.*

Plötzlich lautes Geschrei.

»BIG Luis is in da house!« Mo kommt um die Ecke gewankt

und stimmt mit seinen Freunden einen Sprechchor an und immer mehr der Umstehenden fallen mit ein.

Ich kann es kaum fassen, sie rufen meinen Namen! Endlich gehöre ich dazu! Natürlich sage ich nicht Nein, als mir jemand einen Becher mit unbekanntem Inhalt in die Hand drückt, aus dem es stark nach Alkohol riecht. Beim ersten Schluck muss ich husten. *Shit, das brennt im Hals!*

Es wird von Stunde zu Stunde wilder. Eigentlich hätte ich gern zwischendurch mal ein Glas Wasser, aber Mo schiebt mir einen Drink nach dem anderen zu. Um mich nicht zu blamieren, trinke ich mit. Die angebotene Tüte lehne ich dann aber doch ab. Man muss ja beim ersten Mal nicht gleich übertreiben.

Unter den wummernden Bässen verliere ich jegliches Zeitgefühl. Meine Körper wird leicht und bewegt sich im Takt zur Musik. Es tut so gut, endlich einmal abzuschalten und an nichts zu denken.

Während ich beginne, mich richtig zu amüsieren, wird Jana immer unruhiger. Sie drängt mich, endlich mit ihr zu verschwinden. Um 23 Uhr müsse sie zu Hause sein, das hätte sie mit ihren Eltern so abgemacht. Mit einem Blick auf eine der kolossalen Standuhren sehe ich, dass es fast Mitternacht ist. Dann ist es doch jetzt auch egal, oder nicht?

Neben mir sind ein paar Jungs, die gerade einige Mutproben durchziehen. Ich erkenne, dass Simon unter ihnen ist. Er bemerkt mich ebenfalls und ruft mich zu sich.

Auf keinen Fall mache ich jetzt einen auf kleinen, schwachen Luis, der immer nur Angst hat, aufzufallen oder sich zu blamieren! Entschlossen nehme ich die Herausforderungen an. Etwas berauscht vom Alkohol fällt mir gar nicht auf, dass die Aktionen von Mal zu Mal krasser werden.

Erst soll ich bloß ein lustiges und spontanes Live von mir auf der Party drehen. Kein Ding für BIG Luis.

Dann muss ich mehrere Drinks zusammenmischen und auf ex trinken. Boah, kurz wird mir davon echt flau.

Jana will dazwischen gehen, aber ich kenne kein Halten mehr. Als ich die Drinks erfolgreich hinuntergekippt habe, überspiele ich die Übelkeit und fühle mich danach mächtiger denn je. Mein Puls rast, mein Energielcvel steigt. Mir wird heiß und ich spüre den Adrenalinrausch in meinem ganzen Körper. Zugleich merke ich, als würde ich von außen auf mich schauen, wie ich meine innere Kontrolle immer mehr verliere und der Alkohol überhandnimmt.

Aber das ist mir egal. Ich würde mittlerweile fast alles tun, um von den Umstehenden weiter umjubelt zu werden. Sie grölen mit jeder bestandenen Aufgabe lauter, sie rufen meinen Namen und feuern mich an. So ist es also, bewundert zu werden. Ein Gefühl, das süchtig macht! Matze filmt mich mit seinem Handy und stellt die nächste Aufgabe.

»Jetzt drehst du ein neues Live und sagst der ganzen Welt, was für ein Loser Felix ist!«, fordert er mich auf. »Mach ihm ein für alle Mal klar, dass du zu uns gehörst und er sich verpissen kann.«

Ganz umnebelt dringen die Worte nur verzögert zu mir durch. Doch mit einem Mal wird mir klar, was das bedeuten würde. Ich weiß nicht, was ich tun soll, und blicke Jana verzweifelt an.

»Ich bin gleich wieder da, Mann!«, rufe ich noch, dann dränge ich mich durch die Menge und laufe zur Toilette. Jana kommt hinterher.

»Das war vielleicht doch ein Drink zu viel für den armen Jungen!«, feixt Mo, als ich an ihm vorübereile.

Auf der Toilette angekommen hole ich tief Luft. Eigentlich wollte ich nur der unangenehmen Situation entkommen, doch ich merke auf einmal, dass mir wirklich kotzübel ist.

Aber wenn ich eins eklig finde, dann sich zu übergeben. Ich hasse das Gefühl, das wäre jetzt echt das Letzte!

Während ich also dagegen ankämpfe, überlege ich, wie ich am besten von der Party fliehen kann. Mir reicht's!

Ich entdecke ein kleines Fenster über der Toilette. Das WC ist im Erdgeschoss, also könnte ich von dort aus ins Freie gelangen. Ich versuche gerade abzuschätzen, ob ich da durchpassen würde, da klopft Jana mehrmals an die Tür hinter mir.

»Mach endlich auf, Luis! Ich habe Felix angerufen, er ist schon auf dem Weg hierher!«

WTF? NO! Warum ruft sie denn Felix?! Die beiden verstehen sich doch überhaupt nicht.

Mann, ich habe wirklich keinen Bock mehr auf das Ganze. Mein einziger Ausweg ist das kleine Toilettenfenster vor mir. Ich steige auf den Klodeckel, öffne das Fenster und versuche, mich durch die kleine Öffnung zu quetschen.

»Mist, das tat weh!« Ich fluche laut, als ich draußen in einem Busch lande.

Kurze Bestandsaufnahme: Meine schönen weißen Nikes sind voller Dreck von dem Sturz in das Blumenbeet und meine neue Lederjacke hat fiese Kratzer von dem Rosenbusch darin. Immerhin ist meine Haut heil geblieben. Schwindelig ist mir aber immer noch.

»Diggah, bist du es?«, höre ich plötzlich eine vertraute Stimme in der Dunkelheit.

Es ist Felix, der sich gerade durch die Hecke wühlt und jetzt Anstalten macht, mir aufzuhelfen.

»Habe ich Hallus oder bist du wirklich hier?«, frage ich Felix ganz überrascht und noch ein wenig verwirrt.

»Ja, ich bin hier und jetzt sollten wir zusehen, dass wir Boden gewinnen! Diggah, das hier ist nicht richtig. Wir müssen gehen!«

Wütend stoße ich Felix weg.

»Sieh zu, dass du Land gewinnst! Was ist, wenn dich Mo oder einer der Anderen hier sieht? Die machen dich fertig!« Ich muss Felix dazu bringen, von hier zu verschwinden. Zu seinem eigenen Besten.

Doch Felix kümmert das nur wenig. Inzwischen ist auch Jana im Garten zu uns gestoßen. Ich will sie wegschicken, doch der Alkohol macht mir ganz schön zu schaffen. Alles dreht sich und verschwimmt vor meinen Augen. Wenn ich versuche, mich auf eines der Gesichter zu konzentrieren, bekomme ich Kopfschmerzen. *Vielleicht sollte ich hier auf dem Rasen einfach ein Nickerchen machen...*

Felix und Jana sind da allerdings anderer Meinung. Sie haken mich links und rechts unter und stützen mich, damit ich nicht umfalle. Ich mache einen schwachen Versuch, mich zu wehren, doch gegen die beiden habe ich keine Chance. *Wenn sich so ein Rausch anfühlt, brauche ich nie wieder einen Drink!*

Ich erstarre, als ich sehe, dass auf dem Gehsteig Felix' Mutter Sabine auf uns wartet.

»Du hast deine Alten gerufen? Was läuft falsch bei dir?«, nuschele ich bestürzt.

»Es ging nicht anders, Diggah. Tut mir leid! Nur so kann ich dich vor Schlimmerem bewahren! Irgendwann wirst du mir noch mal dankbar dafür sein.«

Felix bedankt sich ausnahmsweise bei Jana und wir steigen zu dritt in das Auto. Sabine ist wie üblich verständnisvoll und fürsorglich. Ohne mit der Wimper zu zucken, drückt sie mir einen Eimer in die Hand.

»Nur für den Fall«, kommentiert sie, ganz ohne judgy zu sein. »Ich musste leider deine Eltern anrufen, damit sie auf dich aufpassen können, wenn du nach Hause kommst. Ihr könnt ja morgen in Ruhe über alles sprechen.«

Sie ist das krasse Gegenteil zu meinen Eltern, die mir hierfür lebenslang Hausarrest geben werden.

Während der Fahrt spreche ich kein einziges Wort. Was für ein Verrat! Gerade von Felix hätte ich so eine Aktion nie erwartet. *Für wen halten die sich eigentlich?* Für mich war es das mit unserer Freundschaft und auch auf Jana bin ich wütender denn je.

Zu Hause angekommen stehen meine Eltern in der Tür. Meine Mutter wirft mir nur einen enttäuschten Blick zu.

»Du hast Hausarrest. Zähneputzen und auf dein Zimmer. Aber wird's bald!« Die Stimme meines Vaters ist kalt, fast eisig. Und überraschend leise. So habe ich ihn noch nie erlebt. Sonst schreit er, wenn ihm was nicht passt, das kenne ich schon, aber jetzt scheint nicht einmal das genug.

Ich bin am Boden zerstört. Der Tag hatte so gut begonnen und jetzt scheint alles ruiniert zu sein. Wutentbrannt stampfe ich heulend und leicht wankend hoch in mein Zimmer und schließe mich ein. So ein Shit! Ich habe nicht nur meine Eltern enttäuscht, sondern mich vor all den Leuten auf der Party blamiert, nachdem ich einfach vor der letzten Mutprobe abgehauen bin. Ich, der BIG Luis!

Zittrig nehme ich mein Handy in die Hand. Meine Follower-Zahlen sind mittlerweile auf über 415.000 angestiegen und durch die Party kommen nun noch mehr hinzu. Hier scheint alles in bester Ordnung zu sein. Nicht einmal das peinliche Live von der Party scheint sich auf meine Klicks auszuwirken. Meine Fans feiern mich sogar dafür, dass ich sie live auf die Party mitgenommen habe und ihnen im Video meine aufgeschlossene Seite zeige.

In dieser Nacht brauche ich ewig, um einzuschlafen, obwohl ich völlig fertig bin. Ich verbringe die nächsten Stunden damit, über mein Leben und meine Karriere nachzudenken, bis ich kurz vor vier Uhr vor Erschöpfung einschlafe. Diese Art von Erfolg bringt mehr Probleme, als ich gedacht hatte. Es ist unfassbar, wie viel ich dafür geopfert habe, um den anderen zu gefallen. Ich kann mir nicht vorstellen, dass das in einer guten Freundschaft so sein sollte. Es war doch alles Schein, das sehe ich erst jetzt.

KAPITEL 26

DIE FOLGEN

Heute ist Freitag und der letzte Schultag steht bevor. Es geht mir richtig mies, wenn ich an gestern denke, von den elefantösen Kopfschmerzen ganz zu schweigen.
Meine Eltern meiden mich und so gehe ich schweigend aus dem Haus.

Als ich Felix auf dem Schulhof sehe, wird mir klar, wie wütend er mich mit seiner Aktion gemacht hat. Er scheint niedergeschlagen, doch ich brodle innerlich. Vorher habe ich mir vor allem Sorgen wegen meiner Eltern gemacht. Ich will eigentlich an ihm vorbei gehen, doch etwas lässt mich anhalten. Ich spüre eine Welle der Enttäuschung und des Zorns.

»Felix, wie konntest du mich so verraten?«, frage ich ihn mit zitternder Stimme. »Weißt du, was du angerichtet hast? Was meinst du, was jetzt aus meiner Karriere wird? Ich dachte, wir wären Bros!«

»Diggah, ich weiß, dass es sich nicht so anfühlt, aber ich habe das nur getan, weil ich das Beste für dich wollte. Du verbringst so viel Zeit mit deinem YouTube-Kanal und den ganzen Fake-Friends, dass du gar nicht mehr siehst, wer deine wahren Freunde sind! Als mich Jana verzweifelt angerufen hat, musste ich einfach kommen und dir helfen. Egal, in welchem Konflikt wir grade stecken, ich würde dich nie einfach deinem Schicksal überlassen. Ich dachte wirklich, du würdest das verstehen.«

Ich kann seine Worte hören, aber ich kann immer noch nicht glauben, dass er einfach so über mein Leben bestimmt hat.

»Ich kann selbst entscheiden, was das Beste für mich ist«, erwidere ich mit einem bitteren Unterton. »Ich dachte, du würdest mich unterstützen, aber ich sehe jetzt, dass ich mich geirrt habe und die Wölfe und das Trio wohl Recht mit dir hatten. Du bist meine Zeit nicht wert.«

»Es tut mir leid, Diggah. Ich wollte dich nicht in Schwierigkeiten bringen. Ich wollte dir doch nur helfen.« Felix sieht mich traurig an.

»Tja, das hättest du dir vielleicht vorher überlegen sollen.« Ich atme tief durch und versuche, mich zu beruhigen. Ich bin immer noch viel zu wütend und verletzt von seinem Verhalten, um die Entschuldigung sofort anzunehmen. Am schlimmsten ist, dass er einfach nicht checkt, was er mir angetan hat!

Keine Ahnung, ob ich ihm das jemals verzeihen kann. Jetzt gerade safe nicht. Es ist schon hart genug für mich, Jana zu verzeihen. Sie ist schließlich meine Freundin und ich will nicht einfach so mit ihr Schluss machen.

Ich sehe, wie sich Matze, Simon und Mo von Jana und den Zwillingen verabschieden und verstecke mich hinter einer Klassentür. Ich schäme mich viel zu krass für meinen Rückzieher.

Die letzten Wochen waren für mich eine emotionale Achterbahnfahrt und plötzlich wird mir klar, dass ich im nächsten Jahr echt allein dastehen werde, wenn sie nicht mehr an der Schule sind und ich auch Beef mit Felix und den Nerds habe.

Nach der Zeugnisausgabe gratulieren mir einige der Schüler auf dem Pausenhof zu meinem grandiosen Auftritt auf der Party und feiern mich für das heftige Video.

Jana ist dicht bei mir, auch wenn ich immer noch sauer auf sie bin. Sie hingegen supportet mehr sich selbst, indem sie ein TikTok-Video nach dem anderen für ihren Kanal aufnimmt. Um mich kümmert sie sich kaum und ist mir gegenüber noch stiller als sonst.

Dabei könnte ich jemanden zum Reden gerade echt gut gebrauchen. Ich bin unsicher, was die Zukunft für mich bereithält, aber mir bleibt nichts übrig, als meine Entscheidungen künftig selbst zu treffen – allein. Trotz allem hoffe ich irgendwie, dass Felix und ich unseren Streit bald hinter uns lassen können, habe allerdings das Gefühl, dass das noch eine Weile dauern wird.

Was, wenn unsere Freundschaft tatsächlich endgültig vorbei ist? Doch gerade jetzt, wo es aussieht, als sei ich ganz auf mich allein gestellt, muss ich optimistisch bleiben. *Ich gebe nicht auf*, sage ich mir. Nein, BIG Luis gibt niemals auf! BIG Luis wird ganz groß rauskommen! Schließlich habe ich eine große Community, die zu mir steht.

Bonus

Du willst noch mehr?
Schau hier rein für kostenlosen
Content zum Buch oder besuche
https://brainbook-verlag.de/bonus

TEIL 4

GAMECHANGER

KAPITEL 27

DER BESUCH

Es ist eine Woche nach Beginn der Sommerferien und ich arbeite gerade an einem neuen Video. Mit Felix habe ich seit dem letzten Schultag kein Wort gesprochen. Ich traue mich einfach nicht, ans Telefon zu gehen, obwohl er mehrfach versucht hat, mich zu erreichen. Mir ist mittlerweile aufgegangen, dass er sich echt nur Sorgen gemacht hat, und ich habe mich ihm gegenüber so mega unfair verhalten.
Dadurch muss ich nun allerdings meinen ganzen YouTube-Kram endgültig selbst managen. Das bringt mich echt an meine Grenzen. Gerade zu Beginn hat mir Felix wahnsinnig geholfen, beim Schneiden meiner Videos oder bei neuen Ideen. Es fällt mir einmal mehr auf, wie sehr er mir fehlt ... *Ich sollte mir mal dringend einen Cutter holen, damit ich wenigstens meine Videos nicht mehr selbst schneiden muss*, denke ich mir.

Als ich gedankenverloren vor meinem Computer sitze, ploppt plötzlich das Benachrichtigungsfenster auf und kündigt mir eine neue Mail an. Es ist eine Nachricht von einem meiner Fans. Inzwischen sind es so viele Anfragen von Fans und Event-Veranstaltern, dass ich meine Termine kaum noch bewältigen kann.

Neue Nachricht

Von: chris_peanut2011@gmx.de

An: luis@big_adventures.com

Betreff: Ich bin dein größter Fan

Hi, BIG Luis! Ich gucke deine Videos auf YouTube schon so lange und finde sie übertrieben cool. Du bist der Größte für mich, deshalb möchte ich dich gerne zu mir nach Hause einladen. Es wäre der absolute Mega-Hammer, wenn du einmal bei mir vorbeischaust. Bald ist mein 12. Geburtstag und ich habe eigentlich keine Freunde, die ich einladen könnte. Es wäre einfach der Wahnsinn, an diesem besonderen Tag ein bisschen Zeit mit dir zu verbringen. Mein Geburtstag ist heute, Samstag, in einer Woche. Ich wohne direkt in Berlin-Mitte.
Hau rein und hoffentlich bis bald,

Chris

Etwas überrascht bin ich schon. Zugleich bin ich total gerührt. Er erinnert mich daran, wie ich früher war, und so möchte ich meinem Fan Chris diesen Wunsch unbedingt erfüllen. Ich kann so gut nachvollziehen, wie es ihm geht, unbeliebt und ohne Freunde.

Ich überlege, wie ich ihm am besten helfen kann und entschließe mich, seine Einladung anzunehmen. Chris schickt mir daraufhin seinen genauen Standort und seine Handynummer.

Ich frage ihn, ob es okay ist, wenn ich direkt bei meiner Ankunft ein Video über den Besuch drehe. Hoffentlich kann ich Chris damit einen kleinen Beliebtheits-Boost verpassen. Und wer weiß, vielleicht kann ich meine Fans auch darauf aufmerksam machen, dass es absolut lame ist, jemanden auszugrenzen. Es wäre wirklich schön, wenn ich ihm helfen könnte.

Eine Woche später besuche ihn an einem sonnigen Nachmittag in Berlin-Mitte, das nur etwa eineinhalb Stunden mit dem Bus entfernt liegt. Ich werde herzlich von ihm und seiner Familie empfangen und kann seine Nervosität direkt spüren. Er erinnert mich an mich früher und auch ein bisschen an Felix. Schmächtig, ein bisschen nerdig und schüchtern. Seine einfachen Klamotten und der Standardhaarschnitt machen ihn noch unscheinbarer.

Der Wohnkomplex, in dem Chris mit seinen Eltern und zwei weiteren Geschwistern lebt, liegt in einer ärmlicheren Gegend und man merkt ihm an der Art und Weise, wie er auf seinen Lippen herumkaut, an, dass er sich unwohl fühlt, als er mich kurz durch die kleine Wohnung führt. Dabei muss ihm gar nichts peinlich sein! Er kann ja nichts für seine Lebensumstände.

Das spontane Video mit meinem Superfan Chris bekommt direkt tausende Aufrufe und wird ihm in der Schule bestimmt einen Bonus raushauen. Wir unterhalten uns über Minecraft, über meine Erfolge und was für Videos ich als nächstes produzieren möchte.

Als ich mich auf den Heimweg mache, kann ich nicht aufhören, über diesen besonderen Moment nachzudenken. Es ist unglaublich, zu sehen, wie sehr ich den kleinen Jungen mit meiner Arbeit inspiriert habe. Er möchte einmal ein großer Künstler werden und ich habe ihn darin bestärkt, seine Träume zu verfolgen.

Es erinnert mich daran, warum ich begonnen habe, Videos zu machen: Um andere kleine, unscheinbare Jungs und Mädchen zu unterhalten und ihnen etwas zu geben, worüber sie lachen und woran sie glauben können!

Ich bin immer noch begeistert von dem tollen Tag und beschließe, zukünftig mehr Zeit mit meinen Fans zu verbringen. Es ist eine großartige Erfahrung, jemanden so nah kennenzulernen und Einblick in sein Leben zu bekommen.

Gleichzeitig merke ich, wie aufwendig die Organisation eines solchen Besuchs ist. Es ist so schwierig, alles unter einen Hut zu bekommen und trotzdem noch ein bisschen Privatleben zu genießen. An manchen Tagen spüre ich, wie der Druck steigt und ich am liebsten alles hinwerfen möchte. Es ist krass, an den vielen Gaming-Events und Interview-Terminen teilzunehmen und auch an den Wochenenden zu arbeiten.

Zugegeben bedrückt mich das ganz schon und lässt mich wieder einmal zweifeln. Schließlich möchte ich guten Content produzieren und nicht nur von einem Termin zum nächsten hetzen. Eine Lösung muss her, und zwar schnell. Auf meiner Heimfahrt schreibe ich Jana, mit der ich mich mittlerweile ausgesprochen und vertragen habe.

Luis

Lass uns bitte morgen treffen. Ich bin echt überfordert mit allem. Wir brauchen einen Plan 🥴

Jana

Schon gut. Wir kriegen das hin! 😘

Am nächsten Tag treffen wir uns bei ihr zu Hause. Ihre Eltern arbeiten in derselben Firma und mussten gemeinsam zu irgendeinem Geschäftstermin. Somit können wir uns richtig ausbreiten. Wir sitzen im Wohnzimmer und überlegen, wie ich meine Karriere als YouTuber weiter vorantreiben kann, ohne mich dabei völlig zu verausgaben. Dann kommt Jana die zündende Idee.

»Du brauchst ein Management! Das übernimmt die komplette Organisation und kümmert sich um alle wichtigen Angelegenheiten. So könntest du dich wieder zu 100 Prozent auf deine Videos konzentrieren«, erklärt sie und fügt nach einer kurzen Pause energisch hinzu: »Und auf mich!«

»Oh mein Gott, ja, klar! Das ist ein großartiger Plan!«, sage ich begeistert und gebe ihr einen kleinen Kuss auf die Stirn. »Aber wie sollen wir das angehen? Ich habe keine Ahnung, wo ich nach einem geeigneten Management suchen soll.« Oder was es überhaupt können und bieten soll.

»Keine Sorge. Ich stelle gleich ein paar Recherchen an und mache einige Kandidaten ausfindig. Ich denke, es wäre sinnvoll, einige Treffen zu vereinbaren und zu sehen, wer sich am besten eignet«, antwortet Jana, jetzt voll im Profi-Modus.

»Das klingt gut«, stimme ich zu. »Aber ich bin mir nicht sicher, ob ich das Geld dafür schon zusammen habe.«

»Keine Sorge«, sagt Jana mit einem breiten Grinsen. »Wir könnten ein Sponsoring-Video drehen und uns von einem Unternehmen unterstützen lassen, das zu dir passt.«

»Wow, du hast echt die besten Ideen. Lass uns das so machen!«

Ich bin begeistert, dass Jana sich so aufopferungsvoll um mich kümmert.

KAPITEL 28

DAS MANAGEMENT

Wir machen uns auf die Suche nach einem geeigneten Management sowie einem passenden Sponsor, wägen verschiedene Optionen ab, drehen das Video und senden einige Anfragen an Agenturen und Manager. Das klingt jetzt leicht, aber wir sind über eine Woche damit beschäftigt.

Es vergeht eine weitere Woche ohne Rückmeldung, doch dann bekommen wir eine Antwort von einer angesehenen Agentur, die an mir interessiert ist. Sie schlagen ein Treffen vor, um alles zu besprechen, allerdings sehr kurzfristig: Der Termin ist schon morgen Vormittag.

Noch am selben Tag kläre ich letzte Fragen mit meinen Eltern, die mein Vorhaben zum Glück begrüßen, und packe aufgeregt meine Sachen. Ich bin mega nervös und mache in dieser Nacht kaum ein Auge zu, obwohl ich früh raus muss, um den richtigen Bus zu erwischen. Was wird wohl beim Treffen passieren?

Die Fahrt in die nächstgrößere Stadt, in der das Agenturbüro liegt, dauert etwa eine halbe Stunde. Ich habe zwar Ferien, aber meine Eltern müssen trotzdem normal arbeiten. Der Bus knarrt und riecht echt übel. Als ich meine Tasche auf den Sitz fallen lasse, kommt mir eine riesige Staubwolke entgegen. Na super!

Die Pendler auf ihrem Weg zur Arbeit sind schlecht gelaunt und wirken genervt. Luxus sieht anders aus. *Eines Tages fahre ich mit meinem Lambo zu solchen Meetings*, denke ich verträumt, während ich zur Ablenkung ein paar Minecraft-Zeichnungen in meinen Notizblock kritzle.

Als ich ankomme, sehe ich einen großen Gebäudekomplex vor mir. Ich bin echt überwältigt. Hier soll mein Management sein?

Ich bin nervös, als ich das Büro betrete. So richtig wohl ist mir nicht in meiner Haut. Alles viel zu edel hier.

Die Empfangstische sind aus Marmor, der Boden ist gefliest und überall laufen zielstrebig Menschen in Anzügen und Bleistiftröcken hin und her.

Die Mitarbeiter, die mich in Konferenzraum 22A empfangen, wirken auf mich etwas abgehoben und werfen mir undeutbare Blicke zu, als ich den Raum betrete. Mit meinem entspannten Outfit wirke ich irgendwie fehl am Platz. Ich sehe Anzüge, glänzende Uhren und teure Designer-Schuhe.

»Ihre Videos haben wir bereits geprüft und wir sind ganz begeistert! So kreativ, wirklich sehr talentiert, der junge Mann. Wir denken, dass Ihr Profil sehr gut zu uns passt. Mit uns an Ihrer Seite steht einer glänzenden Karriere nichts mehr im Weg«, versucht mich einer der überpomadierten Manager mit Haifischgrinsen zu bezirzen.

Ich bin kurz davor, den Vertrag zu unterzeichnen, die Vollmacht meiner Eltern habe ich bereits am Anfang vorzeigen müssen, da fällt mein Blick auf den Paragrafen, in dem die Vergütung festgelegt wird.

»Der Agentur ist p. q. eine Umsatzprovision in Höhe von 35 Prozent auszuzahlen«, steht dort. Im ersten Moment denke ich, ich sehe nicht recht. 35 Prozent aller Umsätze?! Richtig dreist! 15 Prozent seien üblich, hat Jana mir gesagt. Und die übertrieben charmanten Herren vor mir haben bisher nicht einmal erwähnt, wie teuer ihre Dienste mich wirklich zu stehen kommen würden!

Meine Hände sind feucht und ich mache mir Gedanken über meine Zukunft. Die Zeit scheint stillzustehen. Auf der anderen Seite des monströsen Tisches sind alle Augen auf mich gerichtet. Auf den Gesichtern der schmierigen Anzugträger sehe ich Anflüge eines Grinsens.

Es ist, als wäre meine gesamte Zukunft auf diesem einen Blatt

Papier festgeschrieben. Soll ich trotzdem unterschreiben? Bin ich bereit, nur eine Nummer zu sein? Mich so abzocken zu lassen? Bin ich es nicht wert, wie ein vollwertiger Mensch behandelt zu werden?

Ich sehe in die erwartungsvollen Gesichter des Managements. So ganz in Schwarz gekleidet sehen sie aus wie eine Trauergesellschaft – oder eine Mafiafamilie. Ein paar Mal drücke ich den Kugelschreiber nach oben und wieder nach unten. Nur das Klicken ist zu hören. Niemand sagt etwas. Niemand bewegt sich.

Dann lege ich vorsichtig den Stift auf den Tisch und schiebe den Vertrag langsam zurück über die Marmorplatte.

»Danke, aber nein, danke«, sagt ich zu dem Manager, der direkt vor mir sitzt. Dessen Stirn runzelt sich und seine dicken Augenbrauen treffen sich beinahe in der Mitte seines Gesichts. Dann blickt er auf die goldene Rolex und checkt die Uhrzeit, als wäre es ihm völlig gleichgültig, dass ich den Deal gerade abgelehnt habe. Keine Fragen, keine Nachverhandlungen.

Das ist mir nur recht. Ich bin mir sicher, dass es die richtige Entscheidung war. Diese Art Management passt nicht zu mir. Es ist nicht richtig, sich mit solchen Menschen einzulassen. Schon gar nicht, wenn sie mich gar nicht wirklich als Person wahrnehmen, sondern nur als eine weitere Einnahmequelle.

Die Blicke, die ich im Anschluss ernte, bestärken mich. Das Management wendet sich direkt von mir ab, ohne auch nur ein Wort des Bedauerns zu äußern. Von einem Assistenten werde ich direkt zum Ausgang geleitet.

Enttäuscht verlasse ich das Gebäude, steige in den nächsten Bus nach Hause und erzähle Jana am Handy von der Aktion. Sie spricht mir Mut zu und bestärkt mich, weitere Anfragen abzuschicken.

Ich stimmte ihr zu, aber diesmal will ich es auf meine eigene Art versuchen.

»Ich könnte auch für die Suche nach einem Management einen Video-Aufruf starten, statt hochgestochene E-Mails zu verschicken. Ich will gar nicht zu so einem riesigen Konzern. Ich will Leute, die mich als Menschen sehen.« Das ist es!

»Aber bei einer großen Agentur hast du doch viel bessere Chancen. Die haben doch viel mehr Budget und Kontakte!« Jana klingt nicht gerade begeistert. Ein wenig stutzig macht mich das schon. Eigentlich kann ihr doch egal sein, von welchem Management ich mich betreuen lasse. Oder hat sie vor, über mich auch an einen Deal für ihren TikTok-Kanal zu kommen?

Zuhause verkrieche ich mich in meinem Gaming-Zimmer. Mir egal, was Jana sagt. Meine Idee fühlt sich gut an und ich möchte sie unbedingt in die Tat umsetzen. Felix hätte das sicher verstanden, er stand schließlich immer hinter mir. Einige Stunden vergehen und ich tüftle bis spät in die Nacht an meinem Aufruf für ein Management.

Am nächsten Tag nehme ich ein neues Video auf.

»Hey Leute, ich bin's wieder, euer BIG Luis. Krass, dass ihr wieder eingeschaltet habt, Freunde, denn heute habe ich ein Special mit euch geplant. Ich bin nämlich auf der Suche nach einem Management und habe echt gar keinen Bock auf diese 08/15-Lackaffen. Wenn du also jemanden kennst oder vielleicht selbst ein krasser Typ bist, der sich gerne um meine Termine und den ganzen Trubel drumherum kümmern möchte, schreib mir eine E-Mail oder direkt unter die Kommentare. Vielleicht bist du schon bald an meiner Seite! ... Haut rein, Leute!«

Ich gebe alle wichtigen Details in meinem Video bekannt und warte nach dem Upload gespannt darauf, was passiert. Im Minutentakt bekommt das Video unzählige Kommentare mit Verlinkungen zu anderen Accounts und es trudeln bereits die ersten E-Mails ein. Eine davon sticht besonders hervor.

Neue Nachricht

Von: sven_bergen@gmail.com

An: luis@big_adventures.com

Betreff: Alles, nur kein 08/15-Lackaffe

Hey Luis,

ich habe vorhin dein Video gesehen und bin krass begeistert.
Ich mache das jetzt schon ein paar Jahre, kenne mich in der Szene der YouTuber aus und habe ehrlich Bock darauf, dich auf deinem Weg zu unterstützen. Wenn du Lust hast, lass uns mal über Teams sprechen und gucken, wie wir zusammenpassen.
Hau rein!

Sven

Ich bin direkt begeistert von der Nachricht und finde ihn jetzt schon mega sympathisch. Sie ist kurz, aber spricht genau das an, wonach ich suche. Ich sende ihm noch am selben Tag den Link für das digitale Treffen zu und bin extrem gespannt.

14:01 Uhr öffne ich den Link zum Meetingraum. Sven wartet schon auf mich.

Er ist 21 und ich merke sofort, dass er echt Ahnung von der Branche hat. Er ist lässig angezogen, hat seine blonden Haare gestylt – aber gerade so, dass es mühelos cool aussieht – und im Hintergrund sehe ich einige Games und Kameras rumliegen. Er spricht sofort auf Augenhöhe mit mir und geht auf alle meine Fragen und Anliegen ein. Er sieht mich als Luis und nicht als eine Gelddruckmaschine, die nur seine eigene Karriere vorantreiben soll.

Trotzdem bin ich hin- und hergerissen. Einerseits klingt es aufregend, mit Sven ein professionelles Management an meiner Seite zu haben, das mir hilft, meine Karriere voranzutreiben. Andererseits habe ich Angst, dass ich zu viel Kontrolle abgebe und nicht mehr authentisch sein kann.

Nach dem unterhaltsamen Gespräch mit Sven, ein paar weiteren Calls mit anderen Managern und der ein oder anderen durchgrübelten Nacht unterschreibe ich ein paar Tage später schließlich den Vertrag. Nach dem Fiasko mit der großen Agentur habe ich mir vorgenommen, mir doch mehr Zeit bei wichtigen Entscheidungen zu nehmen. Meine Eltern stehen dabei total hinter mir und zeigen sich stolz, dass ich nun in eine neue Phase meiner Karriere als YouTuber eintrete.

Sven kümmert sich ab jetzt um mein Management, unterstützt mich bei der Produktion neuer Videos und der Planung von Live-Auftritten. Er kümmert sich um die Vermarktung, checkt und organisiert alles im Background.

Einen Sponsor, der mich finanziell unterstützt, habe ich jetzt auch. Es ist ein Gaming-Equipment-Hersteller, der mich mit dem neuesten Stuff versorgen will. Sven hat ihn für mich ausfindig gemacht. Ich weiß gar nicht, wie ich vorher ohne ihn zurechtgekommen bin!

Obwohl ich immer noch ein wenig nervös bin, kann ich es kaum erwarten, zu sehen, was die Zukunft bringt. Mit meinem neuen Management an meiner Seite fühle ich mich sicherer und kann mich uneingeschränkt auf das konzentrieren, was ich liebe: das Produzieren unterhaltsamer und kreativer Inhalte für meine Fans.

Die Erfahrung mit den schnöseligen Hochglanz-Managern hat mich daran erinnert, dass es nicht nur um Geld geht, sondern vor allem um eine stimmige Beziehung zu den richtigen Menschen. So wie zu Sven.

Gemeinsam kann man so unendlich viel mehr schaffen – jetzt muss es mir nur gelingen, auch in meinem Privatleben wieder alles auf Reihe zu kriegen.

KAPITEL 29

DAS SPONSORING

Eines Abends sitze ich vor meinem Computer und lese eine E-Mail, die mir Sven weitergeleitet hat. Ich kann es kaum glauben: Eine Nachricht eines großen Gaming-PC-Herstellers, der mit mir kooperieren und meinen Kanal promoten will! Das ist ein großer Schritt in meiner Karriere und ich weiß, dass ich es Sven und vor allem meinen Fans verdanke. Sofort schreibe ich Jana.

Luis

Babe, du wirst es nicht glauben. Einer der größten Gaming-PC-Hersteller weltweit bietet mir ein Sponsoring an! Das ist richtiger High-End-Stuff!

Jana

Oha! Krass, was wirst du denen sagen?

Luis

Ey, ich habe Sven gesagt, dass er direkt zusagen soll. So eine mega Chance kommt vielleicht so schnell nicht wieder

Echt der Wahnsinn. Ich bin komplett überwältigt und spüre, wie sich ein warmes und wohliges Gefühl in mir ausbreitet. Zwar habe ich inzwischen einige Kooperationen am Laufen, aber keine war bislang so groß wie diese. Das pusht mich enorm und gibt mir einen neuen Energie-Boost.

Der Ruhm kann einen ab und an echt überfordern und auslaugen. Immerhin muss ich meine Fans stets aufs Neue bei Laune halten. Da kommt diese Chance gerade recht! Wenn das so weitergeht, werde ich mich vor Equipment und angesagten Gadgets kaum noch retten können und noch viel mehr und noch größere Kooperationsanfragen bekommen. Was für ein Traum! So berühmt zu sein, dass mein Management kaum noch mit den Anfragen und neuen Deals hinterherkommt, das wäre der absolute Mega-Hammer!

Ich will mehr, mehr von dem Ruhm, mehr von dem Erfolg, denke ich, während ich gedankenverloren in den Online-Shops von Nike und Adidas rumstöbere, um mich für die gute Nachricht zu belohnen.

Bei meinem Kanal hat sich seit den zahlreichen Anfragen für Events und Kooperationen im Übrigen auch einiges getan. Um ein bisschen Abwechslung hineinzubringen und meinen Followern neue Inhalte zu geben, mache ich Vlogs, zeige meine Schule und berichte darüber, was bei meinen Streams hinter den Kulissen so abgeht.

Es macht einfach Spaß, meinen Abonnenten einen Einblick in mein Leben zu geben und ihre positiven Reaktionen bestärken mich darin. Sie lieben BIG Luis im Real Life. Die Kommentare unter meinen Videos geben mir noch mal zusätzlichen Auftrieb. Besonders die letzten waren echte Highlights.

> @bobby2010 vor 40 Minuten
> Ich feiere dich, Bro! Richtig ehre, wie du in der Schule rüberkommst. Bester Mann!
> 125 Antworten

> @sally_fee vor 1 Stunde
> Real BIG Luis ist echt der Hammer! Krass, wie du dich entwickelt hast!
> 163 Antworten

sally_fee kommentiert häufiger unter meinen Videos und lässt mich immer wieder an Sally aus der Grundschule zurückdenken. Diese Kommentare sind aber fast das Einzige, was mich noch an unsere gemeinsame Zeit in der Grundschule erinnert. Echt krass, dass schon über vier Jahre vergangen sind, seit wir uns das letzte Mal gesehen haben.

Kurz überkommt mich ein vertrautes Gefühl, als wäre sie ganz in der Nähe. Vielleicht sollte ich versuchen, Kontakt zu ihr aufzunehmen? Ist *sally_fee* womöglich die eine, die einzige Sally?

Ich denke an den Tag zurück, als ich mit Felix und ihr abgehangen habe. Den Tag, an dem sie mir Mos Brief gab. Der sanfte Blick in ihren Augen und das besondere Zwinkern. Sie hat mich motiviert, an meine Träume zu glauben und weiterzumachen.

Seitdem ist so viel Zeit vergangen. Es fühlt sich an, als wäre es gestern gewesen, dass mich meine Eltern dazu gedrängt haben, bessere Noten zu bekommen, und mir YouTube verboten haben. Jetzt, wo ich meine Leidenschaft gefunden habe und gute Noten in der Schule schreibe, unterstützen sie mich in jeder Hinsicht. Es fühlt sich so gut an, dass sie endlich stolz auf mich sind.

Nur Felix fehlt mir. Die Erinnerung an unsere gemeinsame YouTube-Zeit und die vielen lustigen Zockerabende machen mich immer wieder traurig. Doch BIG Luis kann sich davon nicht mehr ablenken lassen. Ich bin so kurz vor meinem Ziel, endlich ein krasser YouTube-Star zu werden!

Mitten in den Ferien klingelt es morgens an der Tür. Keuchend steht ein Paketbote vor mir, zu seinen Füßen ein großes Paket. *Muss wohl richtig schwer sein, das Teil.* Sofort kommt mir der einzig logische Gedanke.

»Krass, das muss der neue Gaming-PC sein!«, rufe ich ihm zu.

Er sieht mich nur sparsam an und überreicht mir mühevoll die große Kiste. Aufgeregt wuchte ich den schweren Karton die Treppe hinauf und packe den Karton gespannt in meinem Studio-Raum aus.

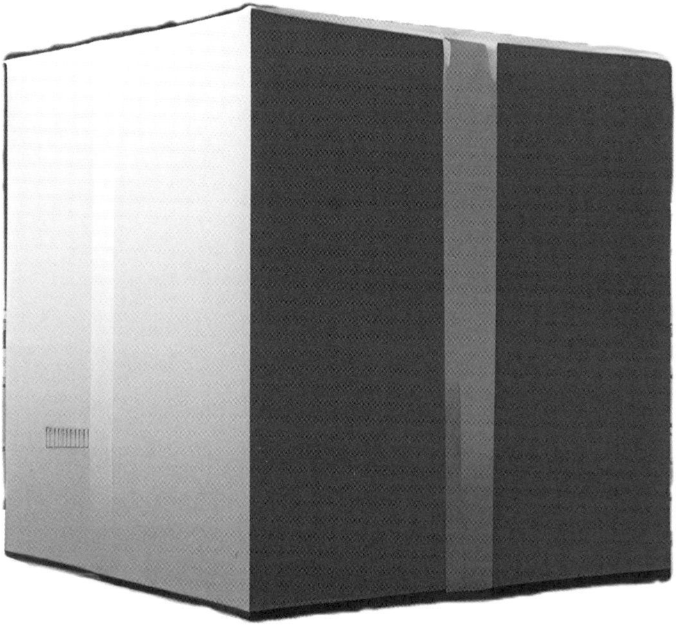

Tatsächlich, es ist ein brandneuer Rechner – das neueste und beste Modell auf dem Markt! Vorsichtig, fast ehrfürchtig, ziehe ich die Verpackungen und Folien ab. Nachdem ich die ganzen Kabel angeschlossen habe, schalte ich ihn zum ersten Mal an.

Ich richte erst das Notwendigste ein und gucke mir dann direkt die technischen Daten genauer an. Einfach der Hammer, wie schnell der Prozessor läuft und wie gut alles miteinander harmoniert. Die Reaktionszeiten sind der Wahnsinn, das Bild absolut flüssig! Ich beschließe, direkt ein neues Video für YouTube aufzunehmen und in einem Special über den Gaming-PC zu berichten.

»Hey Leute, BIG Luis is in da house! Oh mein Gott, Freunde, ihr werdet nie erraten, was ich euch heute Krasses vorstelle!«

Nachdem ich Näheres über die Features des Computers erzählt habe, starte ich Minecraft, damit meine Viewer ihn auch in Aktion sehen können.

Zusammen mit Sven habe ich mir inzwischen auch einen Cutter ausgesucht, der sich um den Videoschnitt und die visuelle Aufbereitung kümmert. Er schickt es mir nach seiner Bearbeitung zu. Ich kümmere mich noch um den Titel, die Beschreibung und den Rest.

Alles ist bereit für den Upload und ich bin schon gespannt, was meine Fans dazu sagen werden.

Innerhalb kürzester Zeit erreicht das Video krasse Aufrufzahlen. Es bekommt tausende Klicks, Aufrufe und lauter positive Kommentare. Meine Fans feiern den das neue Teil übelst, damit habe ich wirklich nicht gerechnet. Viele fragen mich, ob sie einen Rabattcode von mir bekommen und wo sie das neueste Modell kaufen können. Andere sind begeistert von der Auflösung und Qualität. Die Kommentare werden immer mehr, mein Herz pocht.

Nach einer Stunde: 300 Kommentare.

Nach zwei Stunden: 700 Kommentare.

Nach drei Stunden: 1.600 Kommentare ... bei 448.000 Followern!

Wow, das Video ist eingeschlagen wie eine Bombe! Ich habe versucht, authentisch zu sein, der echte Luis, wie er im Spiel den neuen Computer auf Herz und Nieren testet, anstatt ein langweiliges Werbevideo zu produzieren.

KAPITEL 30

DIE CHANCE

Ich feiere mein Leben. Es ist ein sonniger Tag im August, es sind immer noch Ferien und seit dem krassen Video über den neuen Gaming-PC kommt es nicht selten vor, dass ich von dem ein oder anderen Fan auf der Straße angesprochen werde.

Gerade in meiner Umgebung gibt es viele jüngere Kids, die gerne einmal den gleichen Erfolg haben möchten wie ich. Sie sind mir dankbar für meine Videos und dass ich sie bestärke, immer an sich selbst zu glauben.

Dieser Weg war für mich genau der richtige, denke ich mir jedes Mal, wenn ich eines dieser Kids sehe. Ihnen zu zeigen, dass sie sich niemals von anderen unterkriegen lassen dürfen und ein Vorbild für sie zu sein, erfüllt mich zutiefst.

Gerade als ich vor meinem brandneuen PC sitze und das Thumbnail für ein neues Real-Life-Video erstelle, leuchtet eine Nachricht in meinem Posteingang auf. Es ist eine E-Mail, die Sven mir weitergeleitet hat. Als ich im Betreff das Wort »Gamescom« lese, ist es vorbei mit mir. Meine Hände zittern vor Aufregung. Ich meine… DIE GAMESCOM! … Ist ja bloß eine der weltweit größten Gaming-Veranstaltungen EVER!

Neue Nachricht

Von: management@big_adventures.com

An: luis@big_adventures.com

Betreff: WG: Gamescom Speaker gesucht

Moin Luis,
liege immer noch flach, aber habe da nen Hammer für dich! Lies unbedingt mal rein! Sven

-- Weitergeleitete Nachricht --
Sehr geehrter Herr Haase, sehr geehrter Herr Bergen,
Sie sind schon seit geraumer Zeit auf unserer Speaker-Liste für die Gamescom des kommenden Jahres. Nun ist jedoch kurzfristig ein Creator krankheitsbedingt ausgefallen, weshalb wir Ihnen noch in diesem Jahr einen Platz am Podium anbieten möchten. Wir würden uns sehr darüber freuen, wenn Sie Teil der diesjährigen Veranstaltung werden und auf der Bühne von ihrer Karriere erzählen würden.
Es bestünde grundsätzlich die Möglichkeit, live eine Minecraft-Session vor Publikum zu spielen.

Wir bitten das Management, uns zeitnah über die Teilnahme zu informieren, um alle relevanten Details und Termine zu besprechen.

Mit freundlichen Grüßen
Organisation Gamescom

Ich bin baff. Ich lese die Mail wieder und wieder, bis mir Wasser in die Augen schießt. Dieses Gefühl ist überwältigend und lässt mich emotionaler werden denn je. Eine dicke Freudenträne rinnt mir über die Wange, als ich die Nachricht direkt meinen Eltern erzähle. Ich, der kleine Luis von damals, werde als BIG Luis auf die Gamescom eingeladen. Das ist einfach über, mega, hammermäßig, krasser

Wahnsinn! Diese Chance darf ich mir auf keinen Fall entgehen lassen.

Aber Moment: Das Event ist doch schon nächste Woche! Eine Karte hatte ich mir sowieso besorgt, allerdings stehe ich jetzt vor der Herausforderung, mein ganzes Equipment mitzuschleppen und meine Session vorzubereiten. Sven liegt gerade mit einer fiesen Grippe flach – der ist also raus.

Allein packe ich das nicht, deshalb erzähle ich direkt meinen Eltern von dem Event, in der Hoffnung, dass wir eine Lösung finden werden.

Nach dem Partyvorfall wollen sie mich allerdings nicht allein fahren lassen. Deshalb schlagen sie vor, dass sie mich anstelle von Sven begleiten und wir uns die Messe gemeinsam ansehen können.

»Du hast zwar Mist gebaut, aber diese Chance ist wirklich einmalig, Luis! Es wäre wirklich verwerflich, wenn wir dich jetzt daran hindern würden, hinzufahren«, hat mein Vater zu mir gesagt.

Ich freue mich trotzdem riesig auf den ersten gemeinsamen Ausflug seit Langem und wir legen direkt mit der Planung los. Mein Auftritt wird am zweiten Tag, an dem die Messe für alle geöffnet ist, also Freitag, sein.

Als wir das Gelände betreten, bin ich überwältigt von der Größe des Events und der Menge an Leuten, die sich dort aufhalten. Wir gehen durch die verschiedenen Hallen und ich kann es kaum erwarten, auf der Bühne zu stehen und meine Skills zu präsentieren. Links und rechts tummeln sich neugierige Menschen, Nerds, Technik-Freaks, Cosplayer in den aufwendigsten Kostümen und Influencer aller Plattformen.

Die Stimmung ist ausgelassen und ich fühle mich wie auf einem Rummel. Ich treffe auf andere YouTuber – einige kenne ich bisher nur aus dem Internet, andere habe ich schon auf anderen Events getroffen. Es ist ein unglaubliches Gefühl, sich zu vernetzen und neue Kontakte zu knüpfen. Für eine kurze Zeit lassen mich die neuen Leute alle meine Sorgen und Gedanken rund um Felix und unsere Freundschaft vergessen.

Nach einigen hektischen Vorbereitungen ist es so weit. Ich, BIG Luis, höre meinen Namen und werde von einer hübschen Moderatorin in Tetris-T-Shirt angekündigt. »BIG Luis, BIG Luis, BIG Luis!«, höre ich die Menge toben. Ein ekstatisches Gefühl!

Ich stehe auf der großen Bühne, vor Hunderten meiner Fans. Ich habe so lange von diesem besonderen Moment geträumt und trotzdem ist es unfassbar, dass er nun tatsächlich Realität wird!

Ich sehe viele junge Fans, etwas jünger als ich zu Beginn meiner Karriere. Ich bin gerührt, dass ich bisher auch so viele Kids für mich begeistern konnte. Ein wenig macht es mir Angst, zu wissen, wie viel Einfluss ich mit meinem Kanal auf so junge Zuschauer haben könnte. Es ist mir noch immer wichtig, ein Vorbild für sie zu sein und ihnen zu zeigen, was wirklich im Leben zählt.

Auf der Bühne ist bereits mein komplettes Gaming-Set-up aufgebaut. Dort setze ich mich hin und spiele gekonnt Minecraft, so wie ich es

sonst in meinem Gaming-Zimmer mache, wenn ich filme. Jeder meines Moves im Spiel wird auf eine riesige Leinwand hinter mir übertragen. Dazu kommentiere ich, wie in meinen YouTube-Videos, was ich mache.

Mit funkelnden Augen blicke ich hoch auf das gigantische Bild und bin überwältigt. Ich höre die Begeisterung der Kinder und Jugendlichen, die mir von unten zujubeln. Ich sehe das Strahlen in ihren Gesichtern.

Nach dem Spiel nehme ich das Mikro, das mir einer der Mitarbeiter zuvor in die Hand gedrückt hat. Alle Augen sind auf mich gerichtet.

Ich erzähle den Kids von meiner Karriere als YouTuber, wie ich angefangen habe und wie sich mein Kanal im Laufe der Zeit entwickelt hat. Dazu läuft im Hintergrund ein Zusammenschnitt meiner Videos – angefangen beim allerersten, das niemand sehen wollte.

Ich erzähle, dass es nicht immer leicht war, aber dass ich nie aufgegeben habe, meine Träume zu verfolgen. Ich spreche darüber, wie hart ich es in der Schule hatte und dass der Schein nach außen häufig trügt.

»Ich bin ein ganz normaler Junge, wie du und du und du«, sage ich zu meinen Fans und zeige dabei auf einige der Kids.

Die Menge lauscht gespannt meinen Worten. Ich kann spüren, wie sehr sie mich, meine Videos und meine Arbeit schätzen. Danach senke ich den Arm, in dem ich das Mikro halte und blicke in die Menge. Totenstille. Ich lasse diesen Moment ein wenig auf mich wirken, bis ich das Mikro erneut in Richtung meiner Lippen bewege.

»Macht's gut, Leute, haut rein!«, verabschiede ich mich mit fester Stimme.

Dann applaudieren die Kids. Sie rufen mir zu und ich spüre, wie mein Herz vor Freude schneller schlägt.

In der vorderen Reihe sehe ich einen Jungen, etwa in meinem Alter, der mich mit einem breiten Grinsen anblickt. Er steht auf, ruft meinen Namen und ich fühle mich fast ein wenig geehrt. Den Jungen kenne ich bereits aus einigen Videos. Er ist auch YouTuber.

Sein Name ist Tom und sein Kanal nennt sich *Tom Braincraft*. Er hat kurzes, schwarzes Haar und hellblaue Augen. Seine Gesichtszüge sind markant, mit einer ausgeprägten Kieferpartie. Er hat einen schlanken, durchtrainierten Körper und überzeugt mit seinen teuren Outfits, dem selbstbewussten Auftreten und seinem charmanten Blick. An der linken Hand trägt er eine Smartwatch von Apple, die karierte Shorts passt exakt zu den angesagten Jordans. Seine Hände steckt er nach dem Applaus lässig in die Hosentasche.

Tom dreht auch Videos über Minecraft und feiert bereits seine ersten großen Erfolge. Er hat so um die 350.000 Abonnenten. Er ist meinem neuen Ich sehr ähnlich und kommt mir deshalb jetzt schon vertraut vor.

Als ich schließlich von der Bühne gehe, werde ich von vielen Menschen umringt, die Fotos mit mir machen und mich umarmen wollen. Von all dem Zuspruch und der Anerkennung bin ich voller Freude und Hoffnung auf die Zukunft. Dieser Auftritt war ein unvergessliches Erlebnis und ich weiß, dass ich noch viele weitere solcher Momente erleben werde, wenn ich beständig am Ball bleibe und mich richtig reinhänge.

Nachdem ich mich an der Menge vorbeigekämpft und Selfies mit einigen Kids gemacht habe, kommt Tom geradewegs auf mich zu.

»Hey, ich bin Tom! Genialer Auftritt eben, Dude!«, spricht er mich an.

»Danke, hat auch mega Spaß gemacht! Ich bin Luis.« Ich strahle.

Wir sprechen noch ewig miteinander, tauschen unsere Erfahrungen aus und teilen unser Wissen über YouTube und Gaming. Ich fühle mich inspiriert und motiviert, noch stärker an meiner Karriere zu arbeiten und meine Videos auf die nächste Stufe zu bringen. Wir beschließen, Nummern auszutauschen, damit wir auch nach der Veranstaltung in Kontakt bleiben.

Es tut gut, jemanden wie Tom kennenzulernen. Er spricht dieselbe Sprache wie ich und feiert mich für das, was ich schon erreicht habe. Auf seinem Kanal berichtet er live von der Convention und bringt mich direkt ein.

Die nächsten Tage verbringen wir fast ausschließlich gemeinsam, supporten wir einander und freuen uns über unsere gemeinsamen Erfolge.

Das Event endet, ein unvergessliches Wochenende ist vorüber. Als ich im Auto zurück nach Hause sitze und mit meinen Eltern begeistert über die verrückten Erlebnisse spreche, erwacht die Hoffnung, dass wir die angespannte Stimmung, die seit dem Partyvorfall zwischen uns herrscht, endlich überwunden haben.

Ich bin stolz auf das, was ich bisher erreicht habe, aber ich weiß auch, dass noch viel vor mir liegt. Mit meinem neuen Freund Tom an meiner Seite bin ich bereit, jede Herausforderung anzunehmen. Er ist ein echter Pusher, wie Felix es immer war. Hoffentlich versteht mich Tom besser als mein ehemaliger bester Freund.

KAPITEL 31

DIE KRITIK

Es ist mittlerweile Anfang November, also einige Zeit nach meinem 15. Geburtstag. Wenn ich auf die letzten Monate zurückblicke, hat sich einfach übelst viel verändert!
Wer hätte gedacht, dass ich zum neuen Schuljahr mit einem Auftritt auf der Gamescom glänzen werde und ein eigenes Management habe? Dass ich so krass viele Fans besitze? Über 520.000 sind es jetzt, die Gamescom hat mir noch mal einen richtigen Push gegeben. Außerdem habe ich in Tom endlich einen Freund gefunden, der genau nachvollziehen kann, wie es mir geht.

In der Schule ist es allerdings ein bisschen lonely. Zwar feiern mich meine Mitschüler übertrieben für meinen Erfolg auf der Gamescom, doch in den Pausen hänge ich fast nur noch mit Jana, Mia und Lisa ab. Klar mit ein paar anderen Mitschülern unterhalte ich mich auch hin und wieder, aber ich habe den Eindruck, dass sie immer ein wenig auf Distanz bleiben. Dabei bin ich doch immer noch Luis!

Die Mädels nehmen mich aber auch ziemlich in Beschlag. Seit die Wölfe die Schule verlassen haben, sind sie noch beliebter und wollen mich unbedingt an ihrer Seite haben. Jana und ich haben uns zu einem guten Team entwickelt – zumindest, wenn es darum geht, unsere Accounts gegenseitig zu supporten. Nach meinem ersten Sponsoring-Deal hat sie mir sogar ein Video auf TikTok gewidmet, das direkt viral ging und noch mehr Follower auf meinen Kanal spülte.

Unsere Treffen abseits der Schule unterscheiden sich allerdings nicht sonderlich von den Gesprächen mit Sven. Bei Tom ist das ja okay, aber manchmal frage ich mich, ob Gespräche über Klickzahlen und das Mysterium des YouTube-Algorithmus alles sein soll, was ich von einer festen Freundin zu erwarten habe. War das wirklich die richtige Entscheidung?

Dass Felix mich darauf aufmerksam gemacht hat, dass auch sie mich erst nach meinen ersten großen Erfolgen beachtet hat, lässt mich nicht los. Nun ja, immerhin setzt sie zusammen mit Sven alles auf meine Karriere und gibt mir den notwendigen Support.

Felix, Basti und Fabi hingegen bleiben in den Pausen meist unter sich und ich sehe sie kaum noch. Was in ihrem Leben wohl gerade abgeht? Fußball und Kunst sind die einzigen Dinge, die wir abseits von YouTube zusammen haben, doch auch dort gehen Felix und ich uns aus dem Weg.

»Luis ist ein richtiger arroganter Poser geworden. Mit den TikTok-Tussis sollte deren Gangname die ›Karrieresüchtigen‹ lauten. Der ist schlimmer als die Macher und die Wölfe zusammen«, höre ich Felix einmal in der Pause zu Basti und Fabi sagen.

Zugegeben, etwas treffen mich seine Worte schon. »Die Macher« war die selbstvergebene Bezeichnung der despotischen Gang aus der Grundschule, von der ich mich immer um alles in der Welt fernhalten wollte. Und jetzt soll ich so sein wie sie oder die Wölfe? Er könnte sich auch einfach für mich freuen.

Außerdem, was wissen er und die Nerds schon groß von Erfolg? Immerhin hat es bei ihnen bislang nicht geklappt. Sie verstehen einfach nicht, dass ich jetzt erfolgreich bin und mich auf meine Karriere konzentrieren muss, wenn ich mir eines Tages den goldenen Play Button an die Wand hängen will.

Seit ich auch die Gamescom so gut gemeistert habe, unterstützen mich meine Eltern, wie versprochen, wieder voll und ganz bei meiner Arbeit als YouTuber. Ich habe mir sogar im ehemaligen Gästezimmer ein eigenes Studio einrichten dürfen und muss mich nicht mehr in die winzige Abstellkammer quetschen.

Die Wände sind weiß gestrichen, hinter mir hängt der silberne Play Button, der erst ewig, nachdem ich die 100.000 Abonnenten erreicht habe, bei mir angekommen war, und durch das neue Profilicht werde ich auf meinem Gamingsessel perfekt in Szene gesetzt.

Es fühlt sich großartig an, zu wissen, dass ich eine Leidenschaft gefunden habe, die ich auch noch zum Beruf machen kann, und durch Sven und meinen Cutter Henrik habe ich noch mehr Zeit, die Thumbnails und die Inhalte zu verbessern.

KAPITEL 32

DIE BAR

Abgesehen von einigen Höhen und Tiefen in Mathe geht das Schuljahr ohne weitere Vorkommnisse vorüber. Und ihr werdet es nicht glauben, Freunde, am Ende habe ich es tatsächlich geschafft, dem alten Hillebrandt eine Zwei in Mathe abzuluchsen, der wegen Lehrermangels leider noch immer in meinem Schulalltag präsent ist.

Seit ich Tom auf der Gamescom getroffen habe, sind wir unzertrennlich. Da er in einem Dorf nur wenige Kilometer von mir entfernt wohnt, konnten wir uns in den letzten Monaten fast jedes Wochenende treffen. Auch jetzt in den Ferien sehen wir uns andauernd, um Strategien für die nächste Gamescom und neue Videos zu besprechen – es ist so ganz anders mit ihm als mit den Wölfen, die mich in den Ferien immer haben hängen lassen.

Ich habe mein Aufnahmestudio etwas umgeräumt, um Platz für Tom und seine Ausrüstung zu schaffen. Toms Zimmer ist nämlich in etwas so klein wie meine Abstellkammer, da habe ich gar nicht lange gezögert, als er mich gefragt hat, ob es mir etwas ausmachen würde. Außerdem kann ich so immer für ihn da sein, wenn er ein neues Video produziert, und ihm als Allerserstes meine neuesten Minecraft-Hacks zeigen.

Wir haben so viel gemeinsam und es macht riesigen Spaß, mit ihm zu zocken und zu lachen. Wie ich zieht er sich auch dauernd Videos anderer YouTuber rein und wir finden es beide mies witzig, wenn die sich während des Spiels übertrieben über eine Niederlage aufregen.

Zwar frage ich mich manchmal immer noch, wie es wäre, wenn auch Felix mit dabei wäre, aber Tom ist immer da, um mich aufzumuntern und wir verstehen uns auf einer Ebene, die mit Felix nie möglich war.

Als Tom und ich gerade an einer neuen Strategie tüfteln, stupst er mich plötzlich an.

»Dude, wir sollten mal was mit meinen Freunden unternehmen, die würden dich bestimmt gerne kennenlernen. Du wirst doch nächste Woche 16! Lass uns an dem Abend zusammen losziehen!«

»Klar, ich bin dabei! Was hast du dir denn vorgestellt? Steht was an?«

»Zwei Freunde von mir spielen in einer Band und treten regelmäßig in einer kleinen Bar hier in der Stadt auf. Der Einlass ist erst ab 16, daran ist bei dem ätzenden Besitzer leider auch nicht zu rütteln, sonst hätte ich dich schon früher mitgenommen, aber nächste Woche ist ja endlich so weit. Nur Jana darf leider nicht mit rein. Aber die wird das schon verkraften, oder was meinst du?«

Ich bin nervös und gleichzeitig voller Vorfreude. Neue Freunde? Das klingt gut! Schließlich haben sich die Wölfe nach ihrem Abschluss vollständig verdünnisiert und somit sind Jana und Tom die einzigen, die ich außerhalb der Schule noch treffe. Dass ich ohne sie gehe, wird sie nicht stören, da sie das Wochenende sowieso mit den Zwillingen in Berlin verbringt – irgendein Instagram-Event findet da statt.

Es kann bestimmt nicht schaden, meinen Geburtstag mit neuen Freunden und in einer anderen Umgebung zu verbringen. Also sage ich zu und fiebere aufgeregt meinem ersten Barbesuch entgegen.

Als ich mich dann endlich am Abend meines Ehrentags gegen 18 Uhr für die Bar fertig mache, packt mich das Entsetzen. Meine Haare sind zerzaust, meine Klamotten nicht gerade der neueste Shit.

»Luis, so kannst du nicht losziehen!«, ermahne ich mein Spiegelbild. Ich will doch einen guten Eindruck bei Toms Freunden machen. Tom sieht, im Gegensatz zu mir, immer wie aus dem Ei gepellt aus und trägt nur die allerneuesten Sachen angesagter Marken.

Ein wenig gestresst von dem Markenwahn ziehe ich mich also noch mal um: neue Klamotten (noch nicht einmal gewaschen), ein Markencap (noch mit Preisschild) und neue Nike-Sneaker (noch nicht eingelaufen). Das wird ein richtig unbequemer Abend, aber was tut man nicht alles, um nicht direkt beim ersten Treffen unten durch zu sein.

Dann schreibe ich Tom eine kurze WhatsApp-Nachricht, dass ich mit dem Bus auf dem Weg zum vereinbarten Treffpunkt bin.

Tom wartet am Eingang auf mich, seine Freunde sitzen schon drinnen. Mit Tom selbst hänge ich die meiste Zeit vor dem PC ab, meistens quatschen wir über YouTube. Über andere Hobbys haben wir bislang nicht gesprochen und auf einmal frage ich mich, welche Interessen er mit seinen anderen Freunden teilt. *Was, wenn ich mit ihnen gar nicht connecten kann?*

»Dude, gratuliere! Das müssen wir anständig feiern«, begrüßt Tom mich. »Wieso zupfst du denn ständig an deiner Hose? Alles klar bei dir?«

»Ja, alles gut, Alter. Lass uns reingehen!«, antworte ich ihm, während ich meine rutschende Jeans mit einem schiefen Lächeln überspiele.

Er öffnet die Tür zum *Radio Rebell* und ich bin gespannt darauf, seine Freunde zu treffen. Der Ort sieht aus wie eine typische Musikbar. Die Räumlichkeiten sind klein und verwinkelt, überall gedimmtes Licht. In einer Ecke gegenüber der Theke ist eine kleine Fläche für die Band freigeräumt worden. Die Barsessel und Bänke sind schon in die Jahre gekommen und an den Wänden zeigen Poster alte Idole. Die Gitarren an der Wand erinnern mich an eines der bekannten Hardrock Cafés, die es in den meisten Großstädten gibt.

Tom und ich setzen uns und bestellen uns etwas zu trinken. Dann kommen seine Freunde und zwei weitere Bandmitglieder um die Ecke.

Jan und Mike begrüßen mich, als würden wir uns schon eine ganze Weile kennen. Die anderen Bandmitglieder, der Schlagzeuger und der Bassist, beachten mich kaum und scheinen auch nicht wirklich mit Tom befreundet zu sein. Das macht mir aber nichts aus, denn mit ihrem Möchtegern-Rocker-Gehabe beeindrucken sie mich eh nicht besonders.

Mit Tom, Jan und Mike hingegen mache ich direkt ein paar Selfies, bevor sie auf die Bühne müssen. Die beiden sind auch ziemlich edgy gekleidet, mit Lederjacken und zerfledderten Jeans, die von Nietengürteln gehalten werden. An ihnen sieht der Look viel besser aus als an den beiden anderen Bandmitgliedern, finde ich. Seine langen Haare hat Jan zu einem Pferdeschwanz zusammengebunden und Mike trägt ein Bandana um den Kopf.

Noch vor dem ersten Song erwähnt Jan, der Sänger, meinen Namen durch das Mikro, sodass sich einige Blicke gespannt auf mich richten. Ich muss schmunzeln. Mit Mike an der E-Gitarre spielt die Band eine Mischung aus eigenen Songs und Cover-Versionen. Sie sind rockig und eigentlich so gar nicht mein Stil. Wenn ich Musik höre, dann lieber ein bisschen Techno, aber ich bin trotzdem beeindruckt von ihrem Talent und dass sie sich schon nach einem Jahr eine kleine Fangemeinde aufbauen konnten, die sich mittlerweile stehend in der Bar drängt.

Ich erinnere mich an meine Anfänge und meine ersten Fans.

Während des Auftritts vibriert mein Handy wieder und wieder in meiner Hosentasche. Ein entgangener Anruf von Jana, zwei Nachrichten von Sven. Sven kümmert sich zwar um die Koordination meiner Auftritte, Events und Kooperationsgespräche, aber das heißt nicht, dass ich mich mit Terminen gar nicht mehr herumplagen muss. Doch heute will ich einfach mal abschalten. Ich stelle mein Handy auf stumm.

Die Band spielt noch eine Weile, dann setzen Jan und Mike sich zu uns. Wir stoßen gemeinsam auf meinen Geburtstag an. Die Atmosphäre ist angenehm. Tom erzählt mir von seinen Plänen, wie er seine YouTube-Karriere noch weiter vorantreiben möchte. Er ist fest entschlossen, einmal reich und berühmt zu werden. Ich bin begeistert von seiner Leidenschaft und spüre das Feuer in ihm. Da er noch etwas weniger Follower hat als ich, fragt er mich immer wieder mal um Rat.

Ich helfe ihm gerne und freue mich, wenn ich ihm Tipps geben kann. Schließlich war ich vor gar nicht allzu langer Zeit selbst dort, wo er heute ist, und weiß, wie es sich anfühlt, wenn Zahlen und Follower mal etwas rückläufig sind.

Tom ist aber echt ehrgeizig und seine Freunde supporten ihn total. *Wie schön wäre es, wenn auch ich von so vielen Freunden unterstützt würde?*

»Los Luis, lass uns mal ein TikTok drehen!«, fordert mich Jan auf.

»Klar, Mann!«, rufe ich zurück und bin direkt bei der Sache.

Ein paar Minuten vergehen.

»Ist echt gut geworden, das Video! Hört mal Jungs: Kommt doch mal zu einem Fußballspiel von mir. Das wäre der Hammer!«, lade ich Jan und Mike ein.

Sie unterhalten sich weiter mit Tom.

Vermutlich bilde ich es mir nur ein, dass sie mir aus den Augenwinkeln abschätzige Blicke zuwerfen. Dass die Wölfe mich so im Stich gelassen haben, hat mich anscheinend härter getroffen, als ich dachte. Aber bestimmt ist es diesmal anders und ich schiebe einfach nur Paras. Bestimmt bilde ich mir das alles nur ein. Ich kann ja nicht ein Fass aufmachen, nur weil sie mich bei dem Lärm hier drinnen nicht gehört haben.

Als ich nach ein paar Stunden nach Hause gehe, bin ich richtig aufgekratzt. Ich habe mit Tom wirklich einen großartigen neuen Freund gefunden. Seine Freunde kann ich zwar noch nicht so ganz einschätzen, aber der Abend verlief trotzdem gut.

KAPITEL 33

DAS BATTLE

In den folgenden Wochen und Monaten treffe ich mich regelmäßig mit Tom und gehe mit ihm zu den Auftritten seiner Freunde. Wir unterstützen einander in unseren Projekten und haben uns auch privat immer mehr angenähert. Felix läuft mir immer wieder einmal in der Schule über den Weg, doch richtig miteinander gesprochen haben wir schon lange nicht mehr.

Vermutlich hat er Wind von Tom bekommen und meidet mich deshalb noch mehr als ohnehin schon. Es ist erstaunlich, wie schnell sich alles verändert hat, seit Tom in mein Leben getreten ist. Ich habe einen neuen besten Bro gefunden, der meine Zukunftspläne, meine tiefsten Geheimnisse und Träume kennt. Es fühlt sich an, als ob alles möglich ist, wenn wir zusammen sind.

Meine Follower liegen seit der letzten Gamescom bei etwa 612.000. Der goldene Play Button rückt immer näher! Solange ich nicht an Felix, Sally oder die Nerds zurückdenke, ist alles gut. Ich muss jetzt nach vorn blicken und die anderen endlich vergessen. Tom sagt mir das auch immer und immer wieder.

Eines Nachmittags, kurz nach Neujahr, packt ihn erneut der Ehrgeiz.

»Dude, wir sollten ein Minecraft-Battle aufnehmen! Du und ich gegeneinander und wer die besseren Ergebnisse hat, gewinnt! Was hältst du davon?«

Sein Vorschlag überrascht mich mindestens genauso sehr wie das riesige Grinsen, das er dabei im Gesicht hat.

Ich bin zunächst skeptisch. Ich habe zwar schon mal gemeinsam mit anderen YouTubern gezockt, aber live habe ich das noch nie gemacht. Außerdem haben Tom und ich bislang keine gemeinsamen Videos gedreht. Wir sind zwar ein paar Mal live auf Events zu sehen gewesen, aber das hier ist etwas ganz Anderes. Doch er lässt nicht locker.

»Lass uns zeigen, was wir draufhaben, Dude. Wir könnten zusammen eine riesige Fangemeinde aufbauen, die unsere Videos liebt«, betont er.

Tom scheint es wirklich ernst zu meinen. Sein Ehrgeiz ist doch gerade das, was ich an ihm so bewundere, woher kommt also meine Skepsis?

Je häufiger er davon redet, desto mehr reizt mich die Herausforderung. Mitgerissen von seinen Ambitionen, werfe ich meine Zweifel über Bord und sage Tom zu. Wir beschließen, uns nächste Woche Donnerstag nach der Schule zu treffen.

Heute ist es so weit. Ich erledige noch schnell meine Hausaufgaben und lerne für die nächste Matheklausur, die am Dienstag ansteht. Dann klingelt es.

Meine Eltern sind noch arbeiten und so genießen Tom und ich die sturmfreie Bude. Unseren gemeinsamen Einstieg haben wir gestern schon besprochen. Während ich in meinem Studio alles für das gemeinsame Video vorbereite und Tom noch ein bisschen Equipment auspackt, erklärt er mir nun den genauen Schlachtplan.

Tom hat eine sehr genaue Vorstellung davon, wie das Battle selbst aussehen soll und welche Challenges wir absolvieren müssen. Ich bin beeindruckt, wie viel Arbeit er in das Projekt gesteckt hat. Er will sich sogar um den Schnitt kümmern, obwohl ich meinen Cutter beauftragen könnte, und organisiert alles Weitere im Hintergrund.

Tom hatte mich zwar gebeten, unser gemeinsames Projekt vorerst geheim zu halten, doch kurz vor dem Dreh werde ich nervös und rufe – unter dem Vorwand, noch einmal ins Bad zu müssen – Sven an, dem ich bisher auch noch nichts davon erzählt habe.

»Diese Battles können zwar gute Klickzahlen bringen, doch müssen sich die beiden Parteien bedingungslos aufeinander verlassen können, Luis. Normalerweise gibt es Verträge für solche Kooperationen, damit wirklich nichts schiefgehen kann. Der Spielverlauf mit einer zweiten Person ist absolut ungewiss und deswegen eine ganz andere Hausnummer«, erklärt mir ein besorgter Sven am Telefon. »Wir können gern bei unserem Weekly darüber sprechen, aber so kurzfristig rate ich dir dringend davon ab!«

Das war der Wake-up Call, den ich brauchte. Er hat Recht. Live mit Tom zu batteln wäre zu riskant. Lieber sollten wir das Duell einfach als gewöhnliches Video aufnehmen und später hochladen. So kann ich ungünstige Stellen noch von meinem Cutter rausschneiden lassen. *Oder soll ich die Sache besser ganz abblasen?*

Tom versucht, mich zu beruhigen, als ich mich kritisch äußere.

»Wir schaffen das, Dude! Wir haben schon so viel gemeinsam erlebt, das wird ein Kinderspiel!«

»Ich weiß nicht, Bro. Immerhin setzen wir damit einiges aufs Spiel. Was ist, wenn das Video nicht gut bei den Fans ankommt oder wenn unsere Communitys nichts mit dem neuen Format anfangen können?«, entgegne ich ihm. Es rumort in meinem Bauch.

»Los jetzt, Dude. Es gibt kein Zurück mehr!«, drängt Tom.

»Aber nur unter einer Bedingung: Wir drehen ein Video, das wir später schneiden können, und machen kein Live daraus«, verhandle ich.

»Hm, wenn du meinst, Dude. Wenn du das unbedingt willst«, entgegnet er mürrisch.

Für Tom habe ich extra einen brandneuen, gesponserten Gaming-Stuhl aufgebaut. Den habe ich neulich von einem großen Equipment-Produzenten bekommen. Er war bis heute noch gar nicht ausgepackt. *Für meinen Bro Tom ist das Beste gerade gut genug,* denke ich mir. Mittlerweile habe ich mich daran gewöhnt, dass er ohnehin alles, was keinen teuren Markennamen hat, ablehnt.

Wir setzen uns, schmeißen die Rechner an und gucken gespannt auf die Bildschirme. Mit schwitzigen Händen öffne ich YouTube. Leicht zittrig starte ich die Kamera, die uns vom Stativ auf dem Tisch beide nebeneinander filmt.

Mit meinem typischen »Hey Leute« will ich das Video gerade wie üblich beginnen, als mir Tom mit seiner vorschnellen Art ins Wort fällt.

»Hey Leute, ich bin's, euer Tom, der beste Bro von BIG Luis! Oh mein Gott, Freunde, heute starten BIG Luis und ich ein krasses Minecraft-Battle für euch. Möge der Bessere gewinnen!«

Ich bin verwirrt. So war das gar nicht abgesprochen. Was sollte das? Das ist mein Einstieg bei jedem Video, meine Fans wissen das. Ich spüre direkt, dass etwas nicht stimmt. Mir läuft es eiskalt über den Rücken. Was soll ich jetzt machen? Im Gedankenchaos versuche ich eine Lösung zu finden, bevor Tom etwas bemerkt.

Das Video abzubrechen, würde verdächtig wirken und Misstrauen bei ihm erwecken. Ich entschließe mich deswegen, meine Ungewissheit gekonnt zu überspielen. Vielleicht irre ich mich ja und Tom hat das ganz unabsichtlich so gemacht.

Knapp eine Stunde vergeht und wir batteln uns im Minigame Bedwars von Minecraft. Wir zocken online in insgesamt acht Teams. Tom und ich spielen gegeneinander, jeweils in einem anderen Team. Ziel des Spiels ist es, das eigene Bett zu schützen und gleichzeitig die Gegner auf ihren unterschiedlichen Inseln im Himmel auszuschalten und deren Betten zu zerstören – vor allem Toms Team, damit ich das Battle gewinne. Soweit läuft alles gut.

Ich sammle erst einmal Gegenstände ein und rüste meine Basis auf, um das Minigame für mich zu entscheiden. Vier Teams habe ich bereits eliminiert. Tom konnte die Betten zweier weiterer Teams zerstören. Er hämmert wie verrückt auf seiner Tastatur herum, seltsamerweise bewegt sich seine Figur dabei nicht immer.

Egal, dafür habe ich jetzt keinen Nerv. Es gibt nur noch ihn und mich. Schweiß rinnt mir über die Stirn und läuft mir ins Auge. Ich schaffe es kaum, mich auf das Spiel zu konzentrieren, da ich den grinsenden Tom immer aus dem Augenwinkel sehe. Ich fahre mir immer wieder nervös durch die Haare.

Wir batteln noch etwa zehn Minuten. *Es geht um deine Ehre, Big Luis.* Aber mein Konkurrent ist mir immer einen Klick voraus. Er spielt ungewöhnlich gut. Am Ende entscheidet Tom das Battle für sich und ich gratuliere ihm vor laufender Kamera zum Sieg, er hat halt besser gespielt.

Doch innerlich koche ich, das lief alles nicht so wie geplant.

Als der Dreh endlich vorüber ist, beende ich die Aufnahme.

»Das war übertrieben krass, Dude!« Tom springt euphorisch auf.

So schnell kann ich gar nicht reagieren, da speichert er sich das Video auf einer Festplatte, packt sein Zeug und macht sich wieder auf den Weg.

»Wir sehen uns dann zum nächsten Battle. Faust drauf!« Er stößt mit seiner Faust gegen meine und verlässt hastig den Raum.

Kurz überlege ich, ihn aufzuhalten und noch einmal zur Rede zu stellen, aber dann mache ich doch einen Rückzieher und bleibe noch eine ganze Weile in meinem Gaming-Zimmer. Allein versuche ich zu verstehen, was gerade abging. Ich sitze vor dem Computer und sehe mir das Video in unbearbeiteter Version an.

Ich bin noch immer völlig entgeistert darüber, was gerade passiert ist. Als Tom mir die Idee für das gemeinsame Video eröffnet hat, klang alles perfekt. Ein faires, freundschaftliches Spiel.

Doch jetzt, wo ich die Aufnahme sehe, erkenne ich, wie sehr er meinen typischen Kommentarstil kopiert. Nicht nur die gestellte Begrüßung auch seine Zwischenbemerkungen – alles, was ich ansonsten in meinen Videos sage oder tue, macht er gekonnt auf seine Weise nach.

»Hey Leute«

»BIG, BIG Tom is in da house!«

»Haut rein, Freunde«

...

Shit! Zu meinem Entsetzen komme ich echt weird in dem Video rüber. Meine Nervosität ist an meinen fahrigen Bewegungen zu erkennen und meine Blicke schweifen immer wieder zu Toms Bildschirm, um abzuchecken, welche Taktik er als nächstes versucht. Konzentration, Geschick und witzige Kommentare? Fehlanzeige! Neben Tom stehe ich als absoluter Verlierer da und ich habe es nicht einmal gemerkt.

Er verpasst mir außerdem immer wieder verbale Seitenhiebe, belächelt mein spielerisches Können und meine fehlende Schlagfertigkeit. Er hat absolut alles getan, um es mir zu zeigen. In diesem Moment realisiere ich, dass hier etwas gewaltig zum Himmel stinkt.

Ich muss mir die Bildschirmaufnahmen ansehen.

Mein Herz rast, als ich auf Play drücke. Die ersten Minuten passiert nichts Außergewöhnliches, bis... DA! Tom hat ein Chatfenster im Game geöffnet und tippt munter Cheatcodes ein.

Ich kann es nicht fassen! Während ich das restliche Material sichte, ploppt immer wieder das Dialogfenster auf und immer wieder füllt es sich mit den unterschiedlichsten Befehlen. Eiskalt.

Wäre es nicht so dreckig von ihm, ich müsste Tom echt zu seiner Gedächtnisleistung gratulieren, sich die ganzen Eingaben zu merken. Wie konnte ich nur so blind sein und nicht merken, was während des Videos abging? Ich weiß ja, dass Tom ehrgeizig ist, aber das geht nun wirklich zu weit!

Ich beschließe, die Aufnahmen erst einmal in mein Archiv zu schieben und alles sacken zu lassen. Ich kann mir kaum vorstellen, daraus noch ein Video zu machen. Seine Aktion war wirklich das Allerletzte!

Ich will etwas erschaffen, das unterhaltsam und originell ist. Ich würde nie eine beleidigende Lachnummer aus mir selbst oder jemand anderen machen. Das passt so gar nicht zu mir. Außerdem würde ich das Cheaten damit einfach hinnehmen, aber ich habe es satt, immer wieder verarscht zu werden!

Auch auf Tom könnte das ein echt schlechtes Licht werfen. Ich möchte ihn echt nicht dem Backlash meiner Community aussetzen, wenn die merken, dass er mich kopiert und dann auch noch geschummelt hat. Ich muss Tom sagen, dass er das Video nicht hochladen darf. Vielleicht kann ich die Situation damit retten. *Auch, wenn wir nicht immer einer Meinung waren, Felix hätte eine solche Aktion nie gebracht*, denke ich mir frustriert und schließe das Video.

Ich bin wütend. Wütend auf Tom, wütend auf mich selbst.

Luis

Alter, was sollte das? Ich sehe mir gerade die Aufnahme an, du hast gecheated! WTF! Ich komm richtig dumm rüber, das ist doch nicht dein Ernst! Wenn die Leute checken, dass du nicht fair gespielt hast, kriegst du miesen Backlash. Was hast du dir dabei gedacht???

Tom

Dude, beruhige dich. Das war doch nur Spaß. Komm runter! Wir schneiden das so, dass man die Hacks nicht mitbekommt. Alles easy 👍

Luis

Ich weiß nicht, Alter. Das war nicht in Ordnung. Du hast mich echt blöd dastehen lassen und meine Tricks als deine eigenen verkauft 😠

Tom

(schreibt …)

Luis

?

Tom

Hast recht, war nicht cool von mir! Ich werde alles rausschneiden, was blöd kommt und den Zuschauern sagen, dass es kein Fair-Play war. Schwöre, Dude! 😬 Dafür hast du dich aber trotzdem gut geschlagen 🤪

Kurz denke ich nach. Kann ich ihm nach der Aktion wirklich noch glauben? Wahrscheinlich wäre es besser, es an meinen Cutter zu übergeben. Meine Gedanken kreisen. Was würde Felix in so einem Moment tun? Er und auch Sally hätten mir wahrscheinlich davon abgeraten, Tom die Bearbeitung zu überlassen.

Doch Tom ist mein einziger Freund. Ich will nicht wieder riskieren, eine Freundschaft zu verlieren. Vielleicht wurde Tom wirklich von seinem Ehrgeiz übermannt und es war gar keine böse Absicht dahinter.

Er verspricht mir, dass ich mir die Aufnahme nach der Bearbeitung ansehen und über den Upload entscheiden darf. Also beschließe ich, Tom noch einmal zu vertrauen. Schließlich hat er schon so viel Energie in die Planung gesteckt und ich möchte keinen unnötigen Streit riskieren. Wie viel kann schon schiefgehen?

KAPITEL 34

DER BACKLASH

Ein paar Tage vergehen und ich habe seit dem Videodreh nichts mehr von Tom gehört. Gestern habe ich sicherheitshalber noch einmal seinen Account gecheckt und bisher hat er sich an sein Versprechen gehalten.

Doch als ich am nächsten Morgen die Schule betrete, ernte ich seltsame Blicke. Viele meiner Mitschüler sehen mich komisch an und begrüßen mich nicht wie üblich mit »BIG Luis«.

Mich beschleicht ein mulmiges Gefühl.

In der Klasse angekommen, setzt sich Jana aufgelöst neben mich.

»Was hast du dir bloß dabei gedacht?« Sie klingt richtig bestürzt.

»Was meinst du?«

»Ey, dein neues Video zusammen mit Tom löst gerade einen krassen Shitstorm gegen dich aus!«, fährt Jana fort.

WTF? Auch heute Morgen habe ich seinen YouTube-Kanal gecheckt! Hat er das Video etwa doch gepostet?

Ich bin völlig durch den Wind. Noch bevor die erste Stunde beginnt, verlasse ich den Klassenraum und verziehe mich in den IT-Raum, der jetzt leer sein müsste. Dort rufe ich sofort Toms Account auf.

Ich kann es nicht fassen! Er hat das Video tatsächlich auf seinem Kanal hochgeladen –natürlich hat er alle Stellen, die für ihn ungünstig sein könnten, rausgeschnitten und meine Patzer alle drinnen gelassen!

Ich bin verletzt und wütend. Meine Emotionen kochen in mir hoch und ich merke, wie kurz ich davor bin, in Tränen auszubrechen. Wie konnte er so egoistisch und hinterhältig sein?

Das Video schlägt bereits Wellen und die ersten Kommentare sind voller Spott – allerdings richtet sich die Community gegen mich, nicht Tom. Einige meiner Fans supporten mich zwar, doch viele stellen sich auf Toms Seite und machen sich über mich lustig. Im Minutentakt kommen neue Kommentare hinzu, der Wahnsinn scheint immer mehr Fahrt aufzunehmen.

Ich kann spüren, wie sich die Fangemeinde spaltet. Es ist nun kein Spiel mehr – und ich entpuppe mich gerade als haushoher Verlierer. Meine Hände sind eiskalt und ich merke, wie mir mehr und mehr die Luft wegbleibt. Plötzlich kommen alle negativen Ereignisse der letzten vier Jahre hoch und ich fühle mich richtig verloren.

»SHIT!«, höre ich mich im verstaubten IT-Raum brüllen. »Ich wollte das alles nicht!«

Ich will doch bloß gute Videos drehen und meine Fans damit begeistern. Dass Tom tatsächlich versucht, meine Karriere zu sabotieren, hätte ich nie für möglich gehalten.

»Wie kann er mir nur so in den Rücken fallen? Wie hinterhältig kann man sein? Ich dachte wirklich, er wäre mein Freund!« Es laut auszusprechen, macht es noch schlimmer.

Ich versuche, meine Gedanken zu sortieren. Es tut echt weh. Und noch eine unangenehme Sorge drängt sich in den Vordergrund: Habe ich nicht dasselbe mit Felix gemacht? Habe nicht auch ich unsere Freundschaft für meine Karriere geopfert?

Vielleicht hätte mir von Anfang an klar sein sollen, worauf so etwas hinauslaufen wird. Sven hat mich sogar noch vor der Unberechenbarkeit anderer Spieler gewarnt. Wenn ich so darüber nachdenke, habe ich mich einfach zu hart davon blenden lassen, dass er scheinbar genauso auf Minecraft abfährt wie ich.

Ich habe ihm alle möglichen Tipps gegeben, für Minecraft wie für YouTube. Das habe ich natürlich gern gemacht, schließlich hilft man seinen Freunden. Ich dachte deswegen, dass ich mich im Gegenzug auch auf ihn verlassen könnte.

Ich fand es zwar immer schade, dass ich mit Tom nie übers Fußballspielen sprechen konnte, dachte aber immer, er würde sich einfach nicht für Sport interessieren. Doch jetzt muss ich mir eingestehen, dass für ihn nur sein eigener Erfolg im Vordergrund stand.

Mit Tränen in den Augen sinke ich zu Boden. Ich weiß nicht weiter. Soll ich versuchen, mit Tom zu reden? Oder soll ich einfach weitermachen und hoffen, dass meine Fans mir treu bleiben? Ich bin so überfordert, dass ich im Moment keinen klaren Gedanken fassen kann.

Ich höre ein leises Tuscheln und Quietschen hinter mir und drehe mich erschrocken um. Basti und Fabi versuchen gerade, sich aus dem IT-Raum zu schleichen, gefolgt von Felix.

Ich hatte sie bis eben überhaupt nicht bemerkt.

Kurz werfe ich ihnen einen traurigen Blick zu, dann wende ich mich wieder meinem YouTube-Kanal zu. Nur noch um die 565.000 Abonnenten. Dabei hatte ich doch bereits die 600.000 überschritten. Wie konnte das nur passieren? Ich dachte, wir wären eine Community, doch anscheinend ist die Loyalität meiner Fans doch nicht so ausgeprägt, wie ich immer gedacht habe. Ich wende mich wieder meinem Elend zu.

Dann fasst mich jemand auf der linken Schulter an und ich zucke zusammen. Es ist Felix.

»Hey, was ist los?«, fragt er mich besorgt.

Wir haben seit Monaten kaum miteinander gesprochen, was will er jetzt bloß von mir? Wenn er mir eins reinwürgen will, kann er gleich wieder abhauen!

»Lass mich in Ruhe, es ist nichts!«, wehre ich ihn wütend ab und schiebe seinen Arm von meiner Schulter.

»Ich bin immer für dich da ... Wollte ich dir nur sagen, Bro«, fährt Felix fort und geht anschließend mit gesenktem Blick Basti und Felix nach.

In diesem Moment bin ich einfach zu mitgenommen, um zu checken, dass Felix nach all der Zeit noch immer zu mir steht. Tom war doch mein bester Freund! Ich kann einfach nicht glauben, dass unsere Freundschaft damit beendet sein soll – vielleicht niemals wirklich existiert hat.

Diesen Schlag ins Gesicht muss ich erst einmal verarbeiten. Ob ich meine Fans zurückgewinne, wenn ich meine Videos noch besser mache? Vielleicht kann ich ihnen so zeigen, dass ich immer noch derselbe BIG Luis bin. Ich darf mich davon jetzt nicht aus der Bahn werfen lassen, sonst war es das mit meiner Karriere.

Am selben Abend liege ich in meinem Bett und denke noch lange über Toms Verrat nach. Das Video ging bereits viral und löst auf einigen YouTube-Kanälen aus der Gaming-Szene heiße Diskussionen aus.

Auch an meinen Eltern sind mein Frust und meine Enttäuschung nicht unbemerkt vorbeigegangen. Sie überlegen schon, ob sie nicht rechtliche Schritte einleiten sollen, und auch mit Sven habe ich über mein weiteres Vorgehen gesprochen.

Von wem ich hingegen noch nichts gehört habe, ist Tom. Nicht einmal Jana konnte glauben, was da passiert ist, aber rückblickend betrachtet hat sie mich nach dem Vorfall auch nicht wirklich unterstützt. Sie meinte lediglich, ich müsste jetzt noch mehr Videos machen, um die Verluste auszugleichen und meine Karriere wieder auf Kurs zu bringen.

Das alles lässt mir einfach keine Ruhe.

Ich beschließe, Tom anzurufen.

Es klingelt.

Einige Male läutet es, doch Tom geht nicht ran. Ist wohl zu feige, um sich mir zu stellen.

Meine Eltern kommen an diesem Abend noch ein paar Mal in mein Zimmer, um zu sehen, wie es mir geht. Wenigstens kann ich mich darauf verlassen, dass sie hinter mir stehen.

Ich wälze mich noch einige Stunden hin und her. Natürlich kann ich schon wieder nicht schlafen. Grübelnd blicke ich an meine Zimmerdecke und überlege mir, wie ich Tom am besten zur Rede stellen kann.

Am nächsten Tag versuche ich es zuerst bei ihm zu Hause, doch es scheint niemand da zu sein. Ich will das ganze Desaster unbedingt mit ihm persönlich klären. Wenn er mir schon in den Rücken fällt, dann soll er mir auch ins Gesicht sagen, warum!

Also, was nun?

Dann fällt mir plötzlich das *Radio Rebell* ein, die Bar, in der Toms Freunde auftreten.

Ich muss allerdings sofort danach an die Situation an meinem ersten Abend in der Bar denken. Ich ging ganz naiv davon aus, Jan und Mike hätten mich einfach nicht gehört, als ich sie zum Fußballspiel eingeladen habe. Ob sie mich doch absichtlich ignoriert haben? Das scheint mir immer wahrscheinlicher.

Trotzdem. Möglicherweise ist er ja dort – und falls nicht, verraten mir vielleicht Jan und Mike, wo Tom steckt. Die Chance ist zwar nicht groß, aber es ist einen Versuch wert.

Heute ist Montag, Ruhetag, aber morgen muss ich unbedingt in diese Bar!

Ich lasse meinen Blick über die halbbesetzten Tische schweifen, als ich gegen 19 Uhr im *Rebell* ankomme. Wo sind sie nur?

»Was willst du, du Loser?«, werde ich unerwartet von der Seite angeschnauzt. Es ist Mike mit seinem unvermeidlichen Bandana.

»Ich will zu Tom. Ist er hier?«, frage ich entschlossen. Statt mir eine hilfreiche Antwort zu geben, zischt Jan mich an.

»Verschwinde aus unserer Bar! Du hast hier nichts mehr verloren.« Er schubst mich in Richtung Ausgang.

Sobald ich draußen bin, schlägt er mir die Tür vor der Nase zu. Was sollte denn das?

Inzwischen hat es zu regnen begonnen und ich bleibe unter dem Vordach der Musikbar stehen. Ich kann das alles immer noch nicht glauben!

Ich denke noch eine Weile über all das nach, was bisher geschehen ist – über die gute Zeit, die wir vier zusammen hatten, Toms üblen Verrat und was mir eben in der Bar widerfahren ist – bis mich jemand aus der Richtung des Bareingangs anbrüllt.

»Bist du taub? Verschwinde, habe ich gesagt!« Jan und Mike stehen mit verschränkten Armen in der Tür und schauen mich herausfordernd an.

Müde und ausgelaugt mache ich mich auf den Heimweg. Enttäuscht laufe ich die Straßen entlang. Wäre dies ein Roman, könnte man am Wetter wunderbar sehen, wie es der Hauptfigur gerade geht. Ich spüre, wie sich mein Lieblingspullover mit Wasser vollsaugt und mit jedem Schritt schwerer wird. Wasser schwappt in meinen Schuhen und ich gebe mir keine Mühe mehr, den sich bildenden Pfützen auszuweichen.

Meine Gedanken kreisen immer weiter um die Frage, wie ich mich so täuschen lassen konnte. Oder wollte ich es einfach nicht sehen? Hat mich mein Erfolg wirklich so geblendet? Dabei wollte ich doch nur meine Freude mit jemandem teilen.

Diese Überlegungen schmerzen und ich versuche, sie von mir wegzuschieben.

Tom war doch mein bester Freund, mein Bro, mein Dude! Zumindest dachte ich das und habe ihm einfach alles anvertraut. Zum Dank hat er mich eiskalt ausgenutzt, geopfert, um seine Karriere zu pushen.

Mit gesenktem Kopf laufe ich durch die Straßen und trete dabei in eine Pfütze nach der anderen. Die Regentropfen prasseln auf mein Cap und es ist so kalt, dass meine Finger anfangen, langsam taub zu werden. Ich beobachte, wie das Wasser auf der Straße in die Kanalisation fließt. So schnell könnte auch meine Karriere vorbei sein.

Meine Videos werden seit dem Vorfall deutlich seltener aufgerufen und viele meiner Fans scheinen plötzlich zu Toms Kanal überzulaufen. Es fühlt sich für mich im Moment so an, als ob ich nie eine

Community hatte, die wirklich hinter mir steht. Da bin nur noch ich, ganz allein.

Ich weiß, wenn ich jetzt nichts unternehme, wird mich mein Kampfgeist vollends verlassen. Es wäre fatal, meine harte Arbeit, all die Jahre der Mühe und Anstrengung in den Sand zu setzen.

Aber es ist schwer, in dieser schrecklichen Situation den Mut nicht zu verlieren. Ich würde am liebsten alles hinschmeißen, aber davon wird es ja auch nicht besser.

In meinem Kopf überschlagen sich die negativen Gedanken. Ich weiß nicht, wie ich aus diesem Tief herauskommen soll und ich frage mich, ob ich es überhaupt alleine schaffen kann.

KAPITEL 35

DIE LAGEBESPRECHUNG

Am nächsten Morgen werde ich vom Klingeln meines Handys geweckt. Sven ist dran. Er will wissen, wie es mir geht, und bespricht mit mir, wie wir weitermachen sollen. Ich habe seit Toms Upload kein Video mehr gedreht. Ich konnte mich einfach nicht überwinden, gute Miene zum bösen Spiel zu machen und so zu tun, als wenn nichts wäre.

Zum Glück versteht Sven das und hat eine kurze Statusmeldung vorbereitet, dass ich leider aus privaten Gründen vorerst keine Videos hochladen kann, um mir den Rücken freizuhalten. Er fängt auch den meisten Hate gegen mich ab. Ich glaube kaum, dass mir die Anzug-Heinis genauso viel Mitgefühl und Verständnis entgegengebracht hätten und bin wieder einmal heilfroh, Sven als meinen Manager ausgewählt zu haben.

Nach einem kurzen Hin und Her beschließen wir, Tom nochmals zur Rede zu stellen. Vielleicht kann ich ihn ja doch überzeugen, dem Albtraum ein Ende zu setzen und seinen Fans die Wahrheit zu sagen.

Auf meine WhatsApp-Nachrichten hat Tom nicht reagiert. Da er auch meine Anrufe bisher nicht angenommen hat, beschließe ich, ihn mit unterdrückter Nummer anzurufen.

Es klingelt.

»Hallo, wer ist da?«, höre ich eine mir unbekannte Stimme fragen.

»Tom, na endlich! Ich bin's, Luis! Was ist los mit dir, Mann?«, rufe ich aufgeregt ins Handy.

»Wer ist Tom? Hier ist kein Tom. Du hast dich wohl verwählt, Kleiner«, wimmelt die Stimme mich ab. Im Hintergrund kann ich noch johlendes Lachen hören, dann wird die Verbindung beendet.

Was sollte das denn? Hat Tom sich da gerade mit jemand anderem über mich lustig gemacht? Einfach richtig ehrenlos. Ich kann es fast nicht glauben, auch wenn ich langsam mit so was rechnen sollte.

Somit bin ich den Antworten auf meine Fragen keinen Schritt näher.

Warum dieser Verrat? War es von Anfang an geplant, sich von mir abzuwenden, sobald er erfolgreich ist? Hat ihm unsere Freundschaft überhaupt etwas bedeutet? Oder hat er sich nur deswegen mit mir angefreundet, um mich zu Fall zu bringen?

Ich muss unbedingt einen Weg finden, um mit ihm zu sprechen. Selbst wenn wir uns nicht versöhnen, brauche ich einfach Gewissheit. Ich will verstehen, wie es dazu kommen konnte. Aber wie soll ich das anstellen, wenn er nicht einmal übers Telefon mit mir spricht?

In meinem Zimmer grüble ich noch eine ganze Weile darüber, wie ich es schaffen kann, mit Tom in Kontakt zu treten, als es plötzlich an meiner Zimmertür klopft. Mein Blick fällt auf meinen Wecker. SHIT! Es ist 10:13 Uhr. Ich habe komplett verschlafen!

Die Tür öffnet sich. Es ist meine Mutter.

»Luis, ist alles in Ordnung?«, fragt sie mich besorgt.

»Ja. Nein. Nicht wirklich. Warum hast du mich nicht geweckt?«, rattere ich herunter.

»Du bist gestern Abend pitschnass nach Hause gekommen und hast dich direkt in deinem Zimmer verkrochen. Lief nicht so gut mit Tom gestern, oder?« In ihrer Stimme klingt Mitgefühl mit. »Ich dachte, du hast etwas Schlaf sicher nötig, deswegen habe ich heute Morgen in der Schule angerufen und dem Sekretariat mitgeteilt, dass du krank bist.« Das ist ... erstaunlich rücksichtsvoll.

»Und warum bist du zu Hause? Musst du nicht arbeiten?«

»Ich habe für heute Homeoffice angemeldet. Ich habe nachher noch einige Telefonate zu erledigen, aber nichts, was nicht warten kann. Ich wollte da sein, falls du reden möchtest. Du kannst mir alles sagen, das weißt du, oder?«

»Ja, das weiß ich«, seufze ich. »Es ist nur ... «

Kurz zögere ich.

Meine Eltern haben mich nicht immer verstanden, doch ich merke, wie sehr sich unsere Beziehung in den letzten Monaten verbessert hat. Ich erzähle meiner Mutter also von der Geschichte mit Tom und dem Vorfall vor der Bar. Mittendrin kommen mir dann doch die Tränen.

»Ich dachte, er wäre mein Freund! Und ich bin doch BIG Luis«, schluchze ich. »Ich muss doch stark sein und meinen Traum verfolgen. Was würden meine Fans denken, wenn die mich jetzt sehen könnten?«

»Auch Tiefpunkte zu erleben, ist vollkommen normal, Luis. So blöd das auch ist, es gehört zum Leben dazu. Selbst die größten Stars haben manchmal zu kämpfen. Aber das macht sie nahbar und menschlich.«

Sie nimmt mich in den Arm.

»Sei stets du selbst und lass dich nicht von anderen in eine Schublade stecken. Du hast deinen Erfolg vor allem dir zu verdanken. Natürlich hattest du auch Unterstützung, aber du bist derjenige, der seinen Traum unablässig verfolgt hat. Du hast sogar uns überzeugt. Nur durch deine unterhaltsame Art und deine Leidenschaft konntest du so das Herz so vieler Fans gewinnen. Die wenigen, die dir nicht treu geblieben sind, nur weil du ein Spiel verloren hast, sind keine echten Fans, auf die kannst du genauso gut verzichten.«

Ich schniefe. Nach dem Video habe ich insgesamt fast 50.000 Follower verloren und habe viele der unschönen Kommentare gelesen, bevor Sven sie löschen konnte.

»Aber die anderen schätzen dich dafür, wie du wirklich bist. Nicht für deine Klamotten, nicht für deinen Gaming-PC. Für DICH, Luis!«, sagt meine Mutter sanft und lächelt mich aufmunternd an. Doch sie ist noch nicht fertig.

»Und was diesen Tom angeht … Du hast dich ihm gegenüber immer fair verhalten. Der soll mir noch mal unter die Augen kommen, dann erzähle ich ihm aber mal ein paar Takte!« Wow. Ich habe meine Mutter selten so aufgebracht erlebt. »Wenn er so mit dir umgeht, hat er deine Freundschaft nicht verdient! Es ist natürlich furchtbar, dass es so weit gekommen ist, aber im Endeffekt ist es nicht schade um ihn. Lieber ein Ende mit Schrecken als Schrecken ohne Ende. Wer weiß, was er in noch ein, zwei Jahren hätte anrichten können.«

Langsam beruhige ich mich ein wenig. Was sie sagt, klingt einleuchtend. Wenn ihnen nicht mal auffällt, wie billig mich Tom kopiert, kann ich ihnen auch nicht helfen. Noch einer von Mamas Sprüchen fällt mir ein: »Nach dem Regen kommt der Sonnenschein!«

Vielleicht muss ich wirklich akzeptieren, dass Tom und ich keine Freunde mehr sind, und stattdessen nach vorne blicken. Das ist natürlich leichter gesagt als getan, aber ich muss es versuchen. Ich bin BIG Luis und der lässt sich nicht so einfach unterkriegen! Rückschläge werden immer wieder mal eintreten und dann lerne ich lieber jetzt, damit umzugehen. Also, ran an den Schreibtisch und neue Videos planen! Das lenkt mich wenigstens ab.

Eines Abends, als ich gerade darauf warte, dass mein neues Minecraft-Video fertig gerendert ist, klicke ich auf meinem Handy auf Toms Account und sehe ein neues Video. Das Thumbnail ähnelt denen, die ich für meine Videos verwende. Kurz denke ich darüber nach, ob ich mir das jetzt wirklich antun will, dann klicke ich auf das kleine bunte Bild.

»Hey Leute, ich bin's wieder! Euer BIG, BIG, BIG Tom! Oh mein Gott, Freunde, es gibt wieder etwas Unglaubliches aus meinem Real Life mit Tom zu erzählen. Das müsst ihr euch unbedingt reinziehen!«

Das ist doch nicht sein Ernst! Wutentbrannt schlage ich mit der Faust auf den Tisch, doch das lässt meinen Zorn nur für kurze Zeit abebben.

Tom hat inzwischen 578.000 Follower und damit mehr Follower als ich! Die letzten Wochen waren echt hart für mich und der Verlust sitzt immer noch tief.

»Luis, das sind doch nur Zahlen. Kümmere dich nicht so darum!«, spreche ich mir immer wieder Mut zu. Doch innerlich nagt es an mir. Schließlich war ich so überzeugt von mir gewesen, dass ich gar nicht gemerkt habe, wie Tom mich ausgenutzt hat. Wäre ich mal lieber von meinem hohen Ross heruntergestiegen und hätte Felix nicht eiskalt abserviert. Dann wäre meine Schieflage vermutlich nur halb so schlimm.

Nie wieder werde ich den Erfolg über alles stellen, denn wenn der plötzlich weg ist, sind auch die angeblichen Freunde dahin. Das wird mir erst jetzt von Tag zu Tag bewusster.

Trotz meines Vorsatzes, mit der Niederlage richtig umzugehen, habe ich mich bemüht, den Schmerz einfach in eine dunkle Ecke meines Hirns zu verbannen. Anstatt mich der Wahrheit zu stellen, habe ich versucht, einfach weiterzumachen, als wäre nichts gewesen.

Ich habe Real BIG Luis in letzter Zeit weniger gezeigt, um mir nach der Niederlage möglichst viel Hate zu ersparen. Dass Tom sich das zunutze macht und jetzt selbst Real-Life-Videos als BIG Tom dreht und mich dabei weiter kopiert, bringt das »Fass zum Überkochen« – würde Felix wohl sagen.

In diesem Moment bemerke ich, wie falsch sich all das anfühlt. Frustriert denke ich an das Gespräch mit meiner Mutter vor einiger Zeit.

»Selbst die größten Stars haben manchmal zu kämpfen. Aber das macht sie nahbar und menschlich.«

Ihre Worte stimmen mich nachdenklich. Ich wollte immer echt und authentisch bleiben. Doch der Ruhm und der Luxus, den ich mir geleistet habe, haben mich immer weiter von meinem Grundsatz abweichen lassen. Dabei machen mich weder teure Markenklamotten noch Tausende von Followern zu einem besseren Menschen.

Soll ich meinen Fans eine neue Seite von Real BIG Luis zeigen? Dass nicht immer alles gut und krass ist – selbst, wenn man ein bekannter YouTuber ist?

Nach einem langen und mühevollen Schultag, an dem mich meine Mitschüler kaum beachtet haben, komme ich genervt nach Hause. Mein Vater erkennt sofort, dass etwas nicht stimmt, und gibt mir auf dem Weg in mein Zimmer einen gut gemeinten Rat:

»Lege deinen Fokus auf deine wahren Freunde, deine echten Fans und darauf, was sie dir wirklich bedeuten. Du bist so viel mehr als nur ein nettes Lächeln und ein lässiger Spruch. Zeig ihnen das.«

Hat er sich mit meiner Mutter abgesprochen? Aber es hat gesessen. Berührt von seinen Worten beschließe ich, endlich etwas zu unternehmen. Ich werde meine Follower zurückzugewinnen und Tom endlich das Heft aus der Hand nehmen. Kurz muss ich schmunzeln. Als mein Vater »wahre Freunde« erwähnt hat, musste ich sofort an Felix denken. Er hat recht. Es bringt nichts, mich um irgendwelche belanglosen Zahlen zu kümmern.

Tom kann so viele Follower haben, wie er will. Soll er doch denken, dass er mich geschlagen hat. Dann wird das Erwachen umso schöner für ihn.

Meine Zeit wird kommen, da bin ich mir sicher.

Noch am selben Abend überlege ich mir, wie ich gegen Toms Machenschaften vorgehen kann. Ich werde ihm endgültig das Handwerk legen und dem Schrecken ein Ende bereiten. Aber im Gegensatz zu ihm auf die ehrliche und anständige Art.

KAPITEL 36

DIE WAHRHEIT

Luis

Hey Jana, ich habe mich entschieden. Ich muss meiner Community sagen, was passiert ist. Sie verdienen die Wahrheit.

Jana

Spinnst du! Du kannst Tom nicht so einfach vor allen bloßstellen! 🤬

Luis

Was ist bloß los mit dir? Meine Karriere geht dank Tom den Bach runter! 😩

Jana

Krieg dich wieder ein, ist doch alles halb so wild! 🙄

Fassungslos werfe ich das Handy aufs Bett. Ich dachte, Jana würde noch zu mir stehen, doch auch das scheint sich in Luft aufzulösen. War auch sie nur auf meinen Ruhm und meine Karriere aus? Mochte sie überhaupt jemals mich, den wahren Luis hinter der BIG-Luis-Fassade? Enttäuscht lasse ich mich zu Boden sinken.
Mit meinen kaum noch 550.000 Followern sitze ich nun hier in meinem Zimmer, umgeben von neuem Equipment und Markenklamotten und allem möglichen anderen Krempel, doch ich fühle mich kleiner als je zuvor. Ich würde all das sofort hergeben, wenn ich dadurch nur Felix zurückgewinnen könnte. Selbst in der Grundschule hatte ich mehr echte Freunde als jetzt.

Während ich bedrückt auf die Zahlen meines YouTube-Accounts starre, muss ich mir eingestehen, dass ich aber in der Zeit auch viel gewonnen habe. Schließlich habe ich jetzt Sven, auch meine Eltern stehen hinter mir und da sind auch noch die Fans, die mir nach der Misere mit Tom treu geblieben sind.

Von meinen Lieblings-YouTubern habe ich schon als kleiner Luis gelernt, dass es sich nach Rückschlägen lohnt, immer wieder aufzustehen und weiterzumachen. Genau das werde ich jetzt tun. Ich muss weiterhin positiv bleiben und endlich reinen Tisch machen, egal was Jana davon hält.

Ich denke daran, was Felix in dieser Situation wohl machen würde. Wahrscheinlich würde er nicht so einfach das Handtuch werfen, sondern sich als Superheld gegen die Ungerechtigkeit stellen. Wir haben uns früher wie die Avengers gefühlt, die besten Freunde im Kampf gegen das Böse. Er würde mir dazu raten, das Richtige zu tun – und die Wahrheit zu sagen.

Es ist die einzige Möglichkeit. Nur wenn Toms Community auch meine Sicht der Dinge kennt, kann sie entscheiden, wer im Recht ist, und ihre Loyalität verdient. Selbst, wenn mir niemand glaubt, habe ich mir danach nichts mehr vorzuwerfen. Ich habe mehrfach versucht, die Sache mit Tom zu besprechen, hätte ihm alles verziehen, wenn er sich nur gemeldet und sich entschuldigt hätte. Doch er hat seine Wahl getroffen.

Seit der vorigen Woche sind auch die letzten Klausuren vorüber und so konnte ich mich endlich vollkommen auf die nächste große Herausforderung konzentrieren. Ich habe in den vergangenen Tagen alle Einzelheiten mit Sven besprochen und mich auf mein – möglicherweise letztes – Video vorbereitet. Ich greife auf die Taktik zurück, mit der ich damals schon die Wölfe überlisten könnte: Ich starte einen Livestream.

»Hey Leute, ich bin's, Real BIG Luis. Ich weiß, dass ich in letzter Zeit nicht viel gepostet habe und es nur wenige Livestreams von mir und meinem Leben gab. Es gibt da einige Dinge, die passiert sind und ich möchte euch endlich die ganze Wahrheit darüber erzählen.«

Ich atme tief durch und erzähle meinen Fans die gesamte Geschichte von Tom und mir – ungestellt und echt, mit all meinen Emotionen, meiner Traurigkeit und der Hoffnung, dass meine Fans mich supporten werden. Ich bin nicht fake, ich bin Real BIG Luis!

Ich erzähle, wir uns auf der Convention kennengelernt und uns angefreundet haben, wie sehr ich ihn unterstützt habe. Ich richte die Kamera auf die Kiste, die immer noch in einer Ecke meines Studios verstaubt. Darin sind Toms Sachen, die er bei seinem überstürzten Aufbruch hier liegengelassen hat.

Ich erzähle, dass ich dachte, wir wären dafür bestimmt, gemeinsam erfolgreich zu werden. Dann verdüstert sich mein Tonfall.

Ich erzähle, wie er mich dazu gedrängt hat, ein gemeinsames Minecraft-Battle zu drehen, und wie er mich kopierte. Ich zeige ihnen einige Ausschnitte der Bildschirmaufnahmen, in denen Tom, ohne eine Miene zu verziehen, seine Cheatcodes eingibt.

Ich erzähle, dass ich immer wieder versucht habe, ihn zu erreichen, und er mich komplett geghostet hat. Wie ich mich bemüht habe, ihn zurückzugewinnen, weil ich glaubte, er sei mein bester Bro und es handle sich um ein fatales Missverständnis.

Ich erzähle ihnen auch, wie sehr ich vor alledem meinen richtigen besten Freund Felix verletzt habe und das nur, weil ich mich von meinem Erfolg habe blenden lassen.

»Leute, ich hätte Tom mein Leben anvertraut und einfach alles für ihn getan! Doch dann fiel mir auf, wie er wirklich war und dass ich Felix, meinen besten Bro seit der dritten Klasse, vernachlässigt und im Stich gelassen habe. Er hätte eine solche Aktion nie gebracht und das, obwohl er die Jahre über selbst einen YouTube-Kanal aufgebaut hat, noch vor mir!«

Ich bin überrascht, wie befreiend es sich anfühlt, meine Geschichte zu teilen.

»Klar, Leute, wer wünscht sich nicht auch einen Lamborghini und einen krassen Lifestyle! Es ist noch immer mein Traum, die Million zu knacken und ich würde auch irgendwann gern eine Wahnsinns-

Karre fahren. Aber ganz ehrlich, auf diese Weise macht das Ganze echt keinen Spaß mehr.«

Ich muss kurz schlucken, als ich davon berichte, wie allein und entmutigt ich mich immer wieder gefühlt habe.

»Ich weiß, dass ich in meinen Videos oft so wirke, als wäre alles super und als hätte ich 24/7 den Spaß meines Lebens. Natürlich will ich euch auch was bieten! Aber das heißt eben nicht, dass bei mir immer alles Friede, Freude, Sonnenschein ist, echt nicht. Wir haben alle schlechte Tage und es geht uns allen manchmal einfach dreckig. Das schließt mich mit ein, egal wie viele Abonnenten ich habe. Schließlich bin ich auch nur ein Mensch, der versucht, das Beste aus seinem Leben zu machen.«

Es ist mega wichtig, dass wir uns so verhalten, wie wir selbst behandelt werden wollen. Das habe ich mittlerweile gelernt. Und ich hoffe, dass meine Community das auch so sieht. Dann sehe ich noch einmal in die Kamera.

»Aber egal, was passiert. Ich werde immer zurückkommen. Real BIG Luis wird noch stärker sein als je zuvor. Ich werde hart arbeiten und euch, meine Freunde, nicht im Stich lassen. Auch wenn ich nicht auf alle Nachrichten und Kommentare antworten konnte, die mich in den letzten Wochen erreicht haben, ich bin mega dankbar für eure Unterstützung und euren Support. Ihr seid echt krass und ich liebe es, euch mit meinem Content zu unterhalten. Haut rein und bis bald, euer Real BIG Luis!«

Ich beende das Video und lehne mich völlig erledigt in meinen Gaming-Stuhl zurück. Mein Herz schlägt so schnell, als hätte ich gerade einen Sprint auf dem Fußballplatz hingelegt.

Zuerst schnaufe ich, dann atme ich tief durch. Ich bin erleichtert, aber auch ein wenig ängstlich. Was werden meine Fans sagen? Werden sie mich noch unterstützen? In Gedanken zieht eine Kurzfassung der letzten sechs Jahre an mir vorbei. Die Zeit verfliegt und doch kann ein kleiner Moment, eine einzige Handlung einfach alles im Leben verändern.

KAPITEL 37

DIE COMMUNITY

Ich schiele vorsichtig, aber hoffnungsvoll auf meinen Bildschirm. Krass! Das Live hat bereits über 500.000 Aufrufe und 500 Kommentare bekommen.

Ich bin überrascht, als ich sehe, wie positiv die Kommentare sind. Meine Fans supporten und feiern mich für meine Aufrichtigkeit. Sie ermutigen mich, weiterzumachen und versichern mir, dass ich sie niemals enttäuschen könnte, wenn ich so bleibe, wie ich bin.

@John50 vor 40 Minuten
Bruder, lass krachen. Echt der Hammer, wie offen du sprichst!
113 Antworten

@sally_fee vor 50 Minuten
Tolle Ansprache, Luis! Made my day!
122 Antworten

@timobash vor 1 Stunde
Danke, Bro, für deine Ehrlichkeit. Ein bisschen Real Talk war mal dringend nötig. Meinen Support hast du!
135 Antworten

Ich stoße die Luft aus und erst jetzt fällt mir auf, dass ich die Luft angehalten habe, als ich mir die Kommentare angeschaut habe. Gefühlt sind gerade 50 Kilo Ballast von mir abgefallen und der Kummer scheint wie weggeblasen! Langsam zieht sich ein breites Grinsen über mein Gesicht, bis ich vor Erleichterung laut auflache. So gut habe ich mich schon lange nicht mehr gefühlt.

Genau diesen Support habe ich die ganze Zeit über vermisst! Ich weiß, dass ich immer noch auf meine Fans zählen kann und sie mir den Rücken stärken. Außerdem: Ist das etwa wieder Sally, die da kommentiert hat?

Ich verspreche mir, dass ich in Zukunft daran arbeiten werde, meinen Fans gegenüber offener zu sein und den echten Luis öfter auf meinem Kanal durchscheinen zu lassen.

Zwar bin ich immer noch nervös, wie Tom reagieren wird, aber ich bin mir sicher, dass ich richtig gehandelt habe.

»Am Ende kommt die Wahrheit immer aus dem Wasser«, hat Felix mal gesagt, als ich ihm gestanden hab, dass mir sein Radiergummi auf dem Nachhauseweg in einen Gully gefallen ist. Er war schon echt weise mit seinen neun Jahren damals. Ich habe es erst jetzt verstanden: Es ist besser, gleich offen und ehrlich zu sein, als etwas zu verstecken und die Last ewig mit sich rumzutragen. Dieses Live war einfach nur befreiend, kann ich euch sagen.

In meine weiche Decke gekuschelt lese ich noch eine ganze Weile die Kommentare meiner Community. Irgendwann nicke ich ein. Ich habe zum ersten Mal seit Langem keinen Albtraum.

Am nächsten Morgen wache ich noch vor dem Weckerklingeln auf und schnappe mir sofort mein Handy, um die nächsten Reaktionen auf das Video zu checken. Zuerst lese ich die Nachrichten von Sven, der mir inzwischen mehrmals zu meinem Live geschrieben hat.

Krass. Das Video hat über Nacht mehr als 1,5 Millionen Aufrufe bekommen und fast 2.000 Kommentare. Unter dem Hashtag #realtalkluis gingen Ausschnitte sogar auf TikTok viral und bekommen krassen Zuspruch.

Ich kann es noch nicht glauben, wie viele Menschen mein Video erreicht hat. Es verbreitet sich wie ein Lauffeuer und hat dazu beigetragen, dass ich viele meiner alten Fans zurückgewonnen habe. Aber das ist noch nicht alles. Es kommen immer mehr neue Fans dazu, die sich meiner Community anschließen, sodass ich mittlerweile auf fast 700.000 komme. Diese spürbare Positivität und der Zusammenhalt sind unglaublich.

Ich bin absolut überwältigt und spüre wie meine Augen feucht werden. Es sind Tränen der Freude, die mir in diesem Moment über das Gesicht laufen. Heule ich viel? Vielleicht. Aber das ist okay, das habe ich jetzt gelernt. Ich bin, wie ich bin. Für meine Gefühle muss ich mich nicht schämen.

Tom hingegen muss seit gestern krass viel Kritik einstecken. Eine Menge seiner Fans hat erkannt, dass er nicht der ist, der er vorgibt zu sein. Sie zweifeln an seiner Glaubwürdigkeit und geben ihm das mit jedem Kommentar zu seinen neuesten Videos zu spüren. Zum Glück kommentieren auch viele darunter, die mein letztes Live gesehen und es sich zu Herzen genommen haben, dass Beleidigungen und Hate nicht okay sind. Die meisten schreiben einfach von ihrer Enttäuschung, werden aber nicht ausfallend.

Es tut mir schon ein bisschen leid, weil ich weiß, wie schlimm sich das anfühlt, aber vielleicht kann er es ja als Weckruf sehen. Er hat ja wohl kaum von mir erwartet, dass ich bis ans Ende meiner Tage Stillschweigen über seinen Vertrauensbruch bewahre, während er sich in seinem ungerechtfertigten Erfolg sonnt.

Die Erkenntnis, dass ich von Tom und den anderen belogen und betrogen wurde, schmerzt zwar immer noch, aber gleichzeitig macht mich diese Erfahrung stärker und selbstbewusster denn je. Ich werde zu mir stehen, ehrlich und aufrichtig bleiben. Ich lasse mich nicht länger von gemeinen Typen herunterziehen.

Stattdessen werde ich mich auf meine Erfolge als YouTuber konzentrieren und auf das, was mir wirklich wichtig ist – meine echten Freunde und meine Leidenschaft für das Spielen und das Teilen meiner Erfahrungen mit meinen Fans auf YouTube.

Ich gehe meinen eigenen Weg und lasse mich nicht länger von anderen beeinflussen. Meine Inhalte sollen authentisch sein und mich als Real BIG Luis widerspiegeln.

Ich will meinen Fans zeigen, dass sie alles schaffen können, was sie sich im Leben wünschen. Egal wie viel harte Arbeit und schwere Stunden es mit sich bringt, sie müssen nur daran glauben und ihr Ziel verfolgen. Ich bin erleichtert und fühle mich endlich wieder wie der alte Luis, bevor Tom in mein Leben getreten ist.

Jetzt ist es an der Zeit, etwas Wichtiges zu tun, das ich schon zu lange vor mir hergeschoben habe. Ich muss mich endlich bei Felix entschuldigen. Ob er mein Live gesehen hat? Vielleicht hat unsere Freundschaft ja doch noch eine Chance. Ich fahre mir durch die Haare, schnaufe und überlege, wie ich Felix zurückgewinnen kann.

Eifrig tippe ich ein paar Wortfetzen in mein Handy, dann lösche ich die Nachricht wieder. Ich fange von vorn an: »Hey Bro …« – und lösche die Worte erneut. So wird das nichts. Nach all der Zeit eine Entschuldigung über das Handy? Nach meinem Live gestern wäre das wohl ein schlechter Scherz. Also beschließe ich, Felix in der Schule persönlich um Verzeihung zu bitten. Das bin ich ihm nach all der Zeit echt schuldig.

KAPITEL 38

DER AUSRASTER

Das Wetter ist wunderschön. Es ist warm, der Himmel ist beinahe wolkenlos und auf meinem Fensterbrett zwitschert ein Vogel. Perfekt, um zur Schule zu laufen und meinen Kopf freizubekommen. Auf dem Weg dorthin genieße ich das laue Sommerwetter und das gute Gefühl, Toms Machenschaften endlich ans Licht gebracht zu haben.

Ein paar Meter vor dem Schulhof passiert dann etwas, womit ich im Leben nicht gerechnet hätte: Tom läuft mir über den Weg. Wutentbrannt stellt er sich vor mich und baut sich auf. Hätte ich vorher gewusst, dass ein Video alles ist, was es braucht, damit Tom sich mir endlich stellt, hätte ich das viel früher gemacht.

Ich sehe ihm direkt in seine blauen Augen. Sein Blick ist eiskalt, als er mich anschreit.

»Du hast mich bloßgestellt! Wie konntest du nur?! Dafür wirst du bezahlen!«

»Alter, was willst du denn? Ich hab doch nur die Wahrheit gesagt! Du kannst mir doch nicht ernsthaft vorwerfen, dass ich mich verteidigt habe, nach dem, was du abgezogen hast!«

Das schien der falsche Tonfall gewesen zu sein. Tom kommt immer näher und ich sehe, wie er seine Muskeln anspannt, als würde er sich auf einen Angriff vorbereiten. Doch diesmal laufe ich nicht weg. Komme, was wolle. Tom drückt seine Brust heraus, um noch größer und bedrohlicher zu wirken. Dann holt er mit dem linken Arm zum Schlag aus. Adrenalin schießt durch meinen Körper. *Und wenn es das Letzte ist, was ich tue. Fliehen oder kämpfen, Luis, jetzt gilt es.*

Ich gehe in den Verteidigungsmodus, leicht geduckt und die Hände in Abwehrhaltung erhoben.

Während seine Faust auf mich zuschnellt, wehrt plötzlich eine weitere Hand seinen Schlag ab. Ich kann gar nicht so schnell gucken, da liegt Tom plötzlich am Boden, sein Arm in einem Hebel nach hinten gedreht. Ich sehe nur den Rücken meines geheimnisvollen Retters, doch dann erkenne ich die Körperhaltung. Es ist Felix!

Er packt Tom und schreit ihn an.

»Lass ihn in Ruhe, Tom, und zieh ab! Endstation, du Noob!«

Felix lässt meinen Widersacher los, greift meinen Arm und wir rennen los wie in alten Zeiten, während Tom sich aufrappelt und uns wütend bis auf den Schulhof folgt. Dort werden wir von lauter Schaulustigen umringt.

Tom versucht, mich festzuhalten, aber Felix springt erneut zwischen uns.

Einige Schüler um uns herum kreischen und bekommen Panik, andere zücken ihre Handys. Nicht jeder kennt Tom, schließlich geht er nicht an unsere Schule, doch einige haben ihn bestimmt schon in meinen Videos gesehen. Mich kennt man auf jeden Fall.

Es ist surreal, wie schnell sich die Situation zu einem einzigen Desaster entwickelt. Ich höre Tom sagen:

»Ich hasse dich, SHIT Luis! Du hast meine Karriere zerstört! Wie konntest du nur?!« Er wird mit jedem Wort lauter. Scheint, als würde er richtig in Fahrt kommen. »Du hast mir nie etwas bedeutet! Mein Erfolg ist das Einzige, was zählt! Du warst mir immer egal!«

Tom will mich erneut angreifen, doch ich bin wie eingefroren. Jetzt ist es offiziell. Er hat mich die ganze Zeit über benutzt, um von meinem Erfolg zu profitieren. Meine Hände zittern. Mir wird schwindelig. Wut, Verzweiflung, Angst, Gefühlschaos. Um mich die Menschenmenge.

Ich versuche gerade, mich zu sammeln, da tritt der nächste unerwartete Retter in den Kreis, der sich aus schaulustigen Schülern geformt hat. Noch nie war ich so froh, Herrn Doktor Hillebrandt zu sehen!

Mit seinem vergilbten Hemd und seinen viel zu großen Jeans stellt er sich entschlossen vor mich. Er verschränkt seine Arme und sieht Tom an. Langsam, fast in Zeitlupe, zieht er seine linke Augenbraue nach oben, wie er es macht, wenn im Unterricht jemand stört.

Diesen scheinen alle Kräfte zu verlassen, als er den Erwachsenen vor mir stehen sieht. Niemand steht hinter ihm, niemand unterstützt ihn. Tom ist auf sich allein gestellt und bekommt all das zu spüren, was er mich die ganze Zeit über hat fühlen lassen. Ohne ein weiteres Wort zu sagen, macht er auf dem Absatz kehrt, schiebt einige Schüler zur Seite und drängt sich durch die Menge. Dann verschwindet er vom Schulhof.

Ich stehe da, noch immer benommen und verwirrt, während Felix und Herr Doktor Hillebrandt beruhigend auf mich einreden.

Felix legt einen Arm um meine Schultern. Als sich unsere Blicke treffen, fangen wir an zu schmunzeln, was sich unerwartet zu einem lauten Gelächter steigert. Dann umarmen wir uns fest und genießen den Moment. Ich habe meinen besten Freund zurück!

»Diesem whacken Idioten haben wir es übertrieben gezeigt!«, grinst Felix, während er die Umarmung löst.

»WTF Bro, was war denn das? Echt mutig von dir!«, antworte ich lachend. »Und wo hast du die krassen Moves her?«

»Hab mit Judo angefangen, als du dich immer häufiger mit den Wölfen getroffen hast. Dachte mir schon, dass es mal nützlich werden wird. Hätte aber nie gedacht, dass ich so lange warten muss.«

Auch Horrn Doktor Hillebrandt überkommt ein Lächeln. Dann fällt mir wieder ein, was ich Felix eigentlich sagen wollte.

»Tut mir so leid, Bro, was passiert ist! Ich wollte das alles nicht. Ich war einfach nur blind. Niemand auf der ganzen Welt wird dich je ersetzen können. Ich weiß, dass ich mich wirklich furchtbar verhalten habe. Es ist echt peinlich«, erkläre ich Felix ernst.

»Alles gut Diggah. Hab dir immer gesagt, dass du auf mich zählen kannst und ich für dich da bin. Das war mein voller Ernst. Aber wurde jetzt langsam mal Zeit, den Tisch zu putzen!«, entgegnet Felix verständnisvoll. Wir grinsen uns an und prusten los. Ja, wir haben reinen Tisch gemacht.

»Meinst du, Basti und Fabi werden mir das auch verzeihen?«

»Wenn du zum Ende unserer Schulzeit ihre Hausaufgaben machst, werden sie es sich vielleicht überlegen«, flüstert Felix mir verschwörerisch zu.

Mit einem Mal tritt Jana zwischen dem Gewusel der anderen Schüler hervor. Ihr Kopf ist knallrot und sie ist außer Atem, als sie vor mir und Felix Halt macht. Sie sieht wütend aus. Dabei ist doch jetzt quasi alles gut, oder nicht?

»Wie konntest du dich nur gegen Tom stellen? Weißt du eigentlich, was du angerichtet hast?!«, brüllt Jana, während sie ansetzt, mich zu schubsen.

»Was soll das heißen? Ich dachte, du wärst meine Freundin? Was soll das mit Tom?«, frage ich sie verwirrt.

Hillebrandt will dazwischengehen, aber Felix bittet ihn, sich zurückzuhalten. Er spürt wohl, dass Jana und ich das jetzt ein für alle Mal klären müssen.

»Du kannst mir gestohlen bleiben! Tom hat mir mehr bedeutet, als du je verstehen kannst! Er war so kurz vor dem Durchbruch. Dem Durchbruch, den du nie schaffen wirst!«

Bitte was? Jana und Tom?! Eigentlich müsste ich entsetzt und enttäuscht sein. Aber etwas ist merkwürdig. Ich brauche etwas, bis mir auffällt, was es ist. Ich bin doch tatsächlich erleichtert. Endlich muss ich mich nicht mehr fragen, wie sie zu mir steht. Stattdessen ist mir nun klar, dass auch sie nur mein Status interessiert hat. Kühl sehe ich sie an.

»Weißt du was? Dann geh doch einfach zu Tom, ich werde dich nicht aufhalten. Ihr habt einander echt verdient.« Ich wende mich an Felix. »Ja, ja, ich weiß, kein Girlfriend-Material … Du hattest mich ja gewarnt.«

Jana sieht mich verblüfft an. Vielleicht fühlt sie sich ertappt. Mit so einer Reaktion hat sie jedenfalls nicht gerechnet. Sie hat bestimmt gedacht, dass ich ihr nachlaufen werde, wie all die anderen es tun – wie ich es bisher getan habe. Aber damit ist jetzt Schluss.

Gemeinsam mit Felix verschwinde ich in der Menge. Es fühlt sich unbeschreiblich gut an, ihn nach all der Zeit wieder an meiner Seite zu haben. Wir haben viel nachzuholen.

KAPITEL 39

DIE MAGISCHE GRENZE

Tom hat sich mittlerweile endgültig aus der Öffentlichkeit zurückgezogen. Er hat zwar noch ein paar Mal Videos hochgeladen, in denen er versucht hat, die ganze Sache zu verharmlosen oder mich schlechtzumachen, aber die Reaktionen darauf fielen wohl kaum aus, wie von ihm erhofft.

Schon nach wenigen Wochen war keiner seiner Social-Media-Accounts mehr aufzufinden. Felix und ich verstehen uns besser denn je und sind froh darüber, dass der Spuk endlich ein Ende hat. Wie in alten Zeiten haben wir als Captain America und Iron Man den Schurken besiegt.

Ich werde mich nie mehr von Tom oder anderen Mobbern unterkriegen lassen! Stattdessen werde ich weiterhin ehrlich sein – ehrlich zu mir selbst, ehrlich zu Felix und ehrlich zu meinen Fans da draußen. Ich hoffe, dass sie davon inspiriert werden, selbst genauso zu handeln.

Kurz danach sind meine Follower-Zahlen noch einmal stark gestiegen. Mittlerweile sind es 720.000 Follower!

Die Pausenglocke läutet. Felix und ich verabschieden uns in unsere Klassenzimmer, um unsere Zeugnisse entgegenzunehmen. Als ich von Herrn Doktor Hillebrandt, der heute unsere Klassenlehrerin vertritt, nach vorne gebeten werde, gehe ich an Jana mit erhobenem Haupt vorbei.

Seit der Enthüllung, dass sie mehrere Wochen lang mit Tom angebandelt hat, ohne sich die Mühe zu machen, sich vorher von mir zu trennen, würdige ich sie keines Blickes mehr. Aufmerksamkeit von den anderen Jungs bekommt sie auch kaum noch, seitdem sie als Cheaterin entlarvt wurde.

Vorn angekommen, hält mir Herr Doktor Hillebrandt mein Zeugnis entgegen. Mit einem aufrichtigen Lächeln – zumindest deute ich seine leicht nach oben gezogenen Mundwinkel als solches – und einem Nicken drückt er mir das dicke Papier in die Hand. Es befinden sich ausschließlich Einsen und Zweien darauf. Sogar in Mathe habe ich eine Zwei!

Nachdem wir die Zeugnisausgabe geschafft haben, fahren Felix und ich gemeinsam zu unserem Geheimtreff, dem alten Haus am Bach, und besprechen mit Fabi und Basti neue Ideen für unsere Videos.

Der Sommer vergeht wie im Flug. Meine drei Nerds und ich treffen uns regelmäßig in unserer Freizeit und verbringen viele Stunden, um gemeinsam zu zocken und auf die ein oder andere Convention zu gehen. Wir genießen unsere Zeit zusammen.

Besonders dankbar bin ich vor allem Felix. In all den Jahren stand er immer zu mir und hat so vieles durchgemacht. Ich weiß, dass er auch an seiner Karriere als YouTuber arbeitet und ein bisschen Support von mir bestimmt gut gebrauchen kann. Jetzt möchte ich ihn unterstützen, so wie er mir all die Jahre über den Rücken gestärkt hat.

Ich öffne meinen Kanal. Ich bin aufgeregt. Den Livestream habe ich komplett allein geplant, nicht einmal Sven habe ich davon erzählt. Doch diesmal ist es eine gute Aufregung. Ich klicke auf den Aufnahme-Button.

»Hey Leute, ich bin's wieder, euer Real BIG Luis! Freunde, heute gibt es wieder ein bisschen Real Talk. Diesmal geht es um meinen besten Bro Felix, dem ich dieses Video hier widme. Ihr könnt euch nicht vorstellen, was er einfach für ein krasser Typ ist!«

Wie bei Tom erzähle ich von unserer Geschichte. Zum Glück endet sie diesmal positiv. Freundschaften sind echt mega wichtig im Leben, aber ihr müsst sie pflegen, sonst läuft das vielleicht wie bei Felix und mir, als ich mich von der Beliebtheit und den Wölfen habe blenden lassen. Seinen besten Freund zu verlieren, tut furchtbar weh, gerade, wenn man nicht weiß, ob sich der Bruch jemals wieder kitten lassen wird. Ich werde emotional, als ich an die dunklen Stunden denke, in denen ich mich ganz allein gefühlt habe. Aber das ist in Ordnung. Es ist an der Zeit, ECHT zu sein.

»Wenn ihr auch so einen Freund wie Felix habt, dann könnt ihr euch wirklich glücklich schätzen. Wahre Freundschaften können ewig halten, auch wenn man manchmal um sie kämpfen muss. Kümmert euch gut umeinander und vergesst nie, wer ihr wirklich seid!«

Dann drücke ich den Button und beende den Livestream. Felix' Kanal verlinke ich in der Beschreibung und hoffe, dass viele meiner Follower so auch auf seine Videos stoßen. Mein Herz klopft und ich spüre ein schwummriges Gefühl in meinem Bauch.

Was wird Felix dazu sagen? Wie wird er sich fühlen? Ich hoffe, er freut sich. Ich hoffe, er erkennt, wie leid es mir tut, ihn im Stich gelassen zu haben, weil ich zu stolz war.

Einige Minuten später sehe ich mir die ersten Kommentare unter dem Video an und freue mich über die ganzen mega nicen Rückmeldungen. Das gibt mir ein gutes Gefühl und die Bestätigung, dass ich mich richtig entschieden habe.

Kurz darauf bekomme ich eine Nachricht von Felix. Ich öffne sie sofort.

Felix

Hey, Diggah. Die Aktion war mega krass, ich bin echt gerührt! Meine Zahlen gehen gerade wie wild durch die Decke! Ich habe dich echt vermisst. Der ganze Mist ist doch Schnee für übermorgen, ich habe dir doch längst verziehen! Meine Ma hat auch voll geheult, als ich ihr das Video gezeigt habe! Soll schön von ihr grüßen 😉 Hau rein, Bro! 💖

Ich lasse mich in meinen Stuhl fallen und spüre ein leichtes Kribbeln in meiner Magengegend. Ich freue mich richtig für ihn! Wenn es jemand verdient hat, dann er.

Einige Wochen vergehen und Felix feiert krasse Erfolge seitdem ich meinen Followern erzählt habe, was für ein Ehrenmann er ist. Nach einem gechillten Nachmittag mit ihm will ich gerade zufrieden ins Bett gehen, als ich auf die Idee komme, noch mal fix meine Zahlen zu checken. Da habe ich tatsächlich ewig nicht draufgeschaut, weil sie mir im Vergleich zu meiner Freundschaft mit Felix nicht mehr so wichtig vorkommen. Solange er mich supportet, bin ich happy!

Aber WTF?!

Das Video über Felix hat inzwischen über 2.000.000 Aufrufe und krass viele Kommentare. Der Support meiner Fans ist einfach der Hammer! Mit diesem Livestream wollte ich vor allem die Freundschaft zwischen Felix und mir stärken.

Mir ging es nicht um Zahlen, Follower oder Aufrufe. Dass genau dieses Video solche Wellen schlägt, hätte ich niemals gedacht. Ich atme tief ein und wechsle dann auf mein Profil. Und da steht es plötzlich: 799.000 Abonnenten.

Wer hätte das gedacht? Ich musste einfach nur ehrlich, offen und authentisch sein. Der Luis von nebenan, mit seinem besten Freund an seiner Seite.

Seit ich zehn bin, träume ich davon, die 1-Million-Abonnenten-Marke zu knacken und mit meinem YouTube-Kanal berühmt zu werden. Nun komme ich meinem Ziel, dem goldenen Play Button, immer näher!

Sofort checke ich Felix' Account und sehe, dass auch seine Follower krass angestiegen sind. Ich freue mich riesig für ihn!

Sofort schreibe ich Felix.

Ich merke, dass ich diesen Erfolg vor allem deswegen so genießen kann, weil ich ihn nicht mehr allein feiern muss. Ich kann ihn mit meinen Freunden und meiner Familie teilen. Das ist, was wirklich zählt.

TEIL 5

NEUE CHANCEN

KAPITEL 40

DAS AUTO

Inzwischen ist etwas mehr als ein Jahr vergangen. Es ist der 1. Oktober und ich feiere endlich ich meinen 18. Geburtstag. Yes, ich bin volljährig! Mann, das fühlt sich einfach dermaßen krass an. Kaum zu glauben, wie schnell die Zeit vorüberging.
All das zu tun, was man möchte. Ganz, ohne jemanden um Erlaubnis fragen zu müssen. Ich fühle mich unbesiegbar! Felix schmeißt an diesem Tag eine fette Party für mich und lädt die Nerds und meine Familie ein. Wir sind seit dem Vorfall mit Tom ein krasses Duo und nur gemeinsam stark, das wissen wir jetzt. Die letzten Jahre haben uns noch enger zusammengeschweißt.

Der Tag ist nicht nur aufregend, weil ich heute endlich volljährig werde, sondern weil ich mir endlich einen lang ersehnten Wunsch erfüllen kann. Ich weiß, dass es irrational klingt, aber schon als kleiner Junge habe ich davon geträumt, einmal einen Lamborghini zu fahren.

Nachdem ich mit meinen Eltern darüber gesprochen habe – sie waren nicht gerade begeistert, mussten am Ende aber einsehen, dass ich das Geld, das sie für mich verwaltet haben, spätestens ab meinem 18. Geburtstag ausgeben kann, wofür auch immer ich will – sind wir im September zu einem Händler gefahren. Dort habe ich ihn mir ausgesucht: meinen langersehnten Lambo!

Wir haben ihn schon letzte Woche abgeholt. Seitdem steht er in der Garage und wartet darauf, endlich von mir ausgeführt zu werden.

Wenn ich allerdings wählen müsste, ob ich mit dem Fahrrad zu meiner Party und all meinen Freunden fahre oder allein eine Ausfahrt mit dem neuen Sportwagen mache, wäre mir die Fahrt zur Party mit dem alten Bike safe lieber.

Aber ich genieße es in diesem Moment, mir endlich einen Kindheitstraum erfüllen und mir einfach mal gönnen zu können. *Gehört bestimmt dazu als großer YouTuber,* denke ich mir verlegen. Doch dieser Lamborghini ist für mich nicht bloß dazu da, um vor anderen zu flexen.

Dieser Lamborghini ist ein Zeichen dafür, was man mit harter Arbeit erreichen kann. Er ist ein Symbol dafür, dass man alles schaf-

fen kann, wenn man daran glaubt und sich hart dafür ins Zeug legt, auch wenn man noch so klein und unscheinbar sein mag. Er steht für all die kleinen Jungs und Mädchen da draußen, die krassen Hate erleben und sich trotzdem durchboxen.

Ihr alle könnt es schaffen, wenn ihr wirklich an euch und eure Träume glaubt! Denkt groß und lasst euch niemals von Anderen klein machen. Dann werdet ihr euren Weg schon gehen.

Ich werfe mich also morgens in mein lässigstes Outfit: Shorts, Sneaker, Cap und T-Shirt.

Dann steige ich in meinen Traumwagen ein, den ich mir so hart erarbeitet habe und sehe in den Rückspiegel. Ich fahre mir durch die Haare, setze mein Cap auf und starte den Motor. Der Hammer! Die nagelneuen Armaturen, die sportlichen Sitze, all das gibt mir ein Gefühl von Macht und Stärke.

In diesem Moment bin ich dankbar für mein Leben, meine wahren Freunde und meine Familie. Ohne sie wäre all das nichts wert.

Bei Felix angekommen traue ich meinen Augen nicht. All meine Freunde sind da, die Nerds warten schon gespannt auf meine Familie und mich und kommen mir freudestrahlend entgegen.

Felix hat sich solche Mühe gegeben. Der Garten ist geschmückt, das BBQ steht bereit und all meine Supporter sind da. Schöner könnte ein 18. Geburtstag nicht sein. Nachdem ich aus meinem fahrbaren Untersatz ausgestiegen bin, versammeln sich alle um mich.

»Krasses Kiste, Alter!«, ruft Basti aufgeregt.

»Miese Karre!«, klinkt sich Felix freudestrahlend ein.

Ich freue mich übelst und hole direkt mein Handy aus der Hosentasche, um ein paar Storys aufzunehmen.

»Hey Leute, ich bin's wieder, euer Real BIG Luis! Krass, Freunde, heute nehme ich euch auf meine Geburtstagsparty mit. Endlich volljährig, das ist der Wahnsinn!«

Dann wechsle ich die Perspektive der Handykamera und filme Felix, die Nerds und den Rest der Party. Ihnen gebührt der wahre Ruhm.

»Los Bro, steig mal in den Lambo!«, fordere ich Felix auf, während ich mit der Kamera auf ihn draufhalte.

Felix ist gerührt und wird sogar ein wenig verlegen. Seine Wangen werden rot und er versucht – nicht sehr erfolgreich – sein riesiges Grinsen zu verdecken, als er freudig die Tür des Wagens öffnet.

»Steht dir echt gut, sehr sportlich!«, sage ich zu Felix, der seinen Augen noch immer kaum trauen kann.

Ich bin richtig happy, dass ich mich für die Freundschaft mit Felix entschieden habe. Sein Blick als er in den Lamborghini steigt, ist erfüllt von Dankbarkeit und ich merke an seinen funkelnden Augen, wie sehr es ihn ehrt, dass ich ihn in meinem Lamborghini sitzen lasse. Ich beende die Story und steige zu Felix in das Auto.

»Hammer, oder Bro? Zur Hälfte ist das eigentlich auch dein Wagen, denn ohne deinen Support hätte ich meine Karriere schon am Beginn aufgegeben.«, bedanke ich mich bei Felix.

Felix lächelt. »Ich freu mich krass auf die Spritztouren, die wir damit erleben werden, Diggah!«

Meine Karriere läuft seitdem noch besser und mit meinem verdienten Geld möchte ich schon bald in meine erste eigene Wohnung ziehen. Es hat sich in den letzten Jahren echt was angesammelt, da muss ich meinen Eltern noch mal für danken, dass sie es so gut verwaltet haben.

Felix und ich haben beschlossen, uns öfter gemeinsam auf YouTube zu zeigen. Ich hole Felix deswegen immer wieder als Special Guest zu mir, was von unserer Community übelst gefeiert wird.

Einer dieser Special Days ist heute. Felix und ich drehen ein neues lustiges Live, in dem wir uns einige unserer alten Minecraft-Videos reinziehen und über unsere Anfänge berichten. Ich muss immer wieder grinsen, wenn ich mein allererstes YouTube-Video mit der alten Cam und dem miesen Mikro abspiele. Auch das blenden wir in diesem gemeinsamen Video auf meinem Kanal ein.

»Haha, Diggah. Deine Anfänge im selbst gebastelten Aufnahmeraum waren echt ein Traum«, grinst Felix.

»Ja, Bro. Ich sehe mich noch in dem Matratzenlager sitzen und dich das Licht mit alter Bettwäsche abschirmen. Echt legendär!«, gebe ich ihm recht.

Als wir das Video beenden, passiert etwas Unerwartetes. Tausende Aufrufe und unzählige Kommentare tauchen in Sekundenschnelle im Benachrichtigungsfeld auf, das Video geht fast sofort viral. Damit hatten wir ehrlich nicht gerechnet, wir wollten uns ja eigentlich nur gemeinsam mit unseren Zuschauern ein paar alte Clips von früher reinziehen und feiern, dass niemand den anderen kopiert, es keinen Neid und keinen Hate mehr gibt.

In den nächsten Tagen schnellen die Abonnenten auf meinem Account in die Höhe und kennen kein Halten mehr. Das Video mit Felix kommt so gut bei meiner Community an, dass ich kurz vor dem heiligen Gral stehe.

Dann an einem Dienstagabend, als ich gerade zu Bett gehen will, klingelt plötzlich mein Handy. Ohne zu zögern, schnappe ich es mir und checke meinen Account.

Endlich sehe ich es zum ersten Mal.

Die heilige Zahl: Ich habe endlich 1.000.000 Follower!

Der lange Weg bis zum goldenen Play Button ist geschafft!

Ich kann es gar nicht fassen und breche in Freudentränen aus. Ich bin wirklich stolz auf mich, all das neben der Schule geschafft zu haben und endlich den Durchbruch zu feiern, auf den ich schon als kleiner Junge hingearbeitet habe.

Natürlich gibt es auch heute noch Neider und Hater da draußen, die mir meinen Erfolg einfach nicht gönnen wollen. Doch ich habe gelernt, dass man in der Online-Welt nicht jedem gefallen kann und einfach das tun muss, was einen weiterbringt und glücklich macht. Das ist es, was wirklich zählt.

Es ist ein aufregend gutes Gefühl, zu wissen, dass meine Gabe darin liegt, Menschen zu unterhalten und zu inspirieren. Ich habe gelernt, dass es wichtig ist, sich selbst treu zu bleiben und hart für seine Träume zu arbeiten. Ich weiß noch, wie sehr ich mich angestrengt habe, um immer bessere und unterhaltsamere Videos zu produzieren. Es mag schwierige Zeiten geben, aber am Ende zahlt sich all das aus, wenn man sich nicht aufgibt und seine Ziele weiterverfolgt. Die goldene Plakette ist endlich mein!

Ich denke, das ist es, wofür mich meine Fans feiern – ich bin kein aufgeblasener Star, sondern ein normaler Typ, der gerne YouTube guckt, seine eigenen Videos dreht und seine Leidenschaft mit anderen teilt. Ich bin heute ich selbst, »Real Luis«, echt und nahbar für meine Fans.

Ich bin schon gespannt, was die Zukunft für meinen Kanal und mich bringt. Aber ich weiß, dass ich bereit bin, alles zu geben und weiterhin meine Leidenschaft für YouTube und Gaming zu teilen.

KAPITEL 41

DER CLUB

Eigentlich wollte ich mich gerade bettfertig machen, als mein Handy vibriert. Es ist Sven. Das Management schickt mir spontan ein paar Freikarten für den angesagtesten Club *The 5 Stars* in der Nähe. Die Veranstalter laden mich in die VIP-Lounge ein und wollen mich als Special Guest an diesem Abend begrüßen.
Das ist echt krass. *Soll ich dort wirklich hingehen? Wie werden die Leute auf mich reagieren?* Meine Gedanken kreisen.
Diese übertriebenen Partys sind eigentlich nicht mein Ding und nach der Party bei Matze hatte ich die Schnauze von solchen Events sowieso voll. Aber ich will dem Ganzen schon gern noch mal eine Chance geben.

Hin- und hergerissen schreibe ich Felix.

Luis

Bro, hast du Lust zu feiern? Ich habe Freikarten für The 5 Stars in der Stadt bekommen. Was sagst du? Wir sollten es einmal so richtig krachen lassen. Ich hab da schon echt Bock drauf! 💥

Felix

Hmm … bist du dir sicher? Solche Clubs sind doch gar nicht unser Ding! Lieber wäre es mir, noch ein wenig zu zocken, können ja noch die Jungs anrufen 😃

Luis

Ich weiß, aber diese Chance bekomme ich vielleicht nie wieder! 😱

Felix

Alles klar, lass uns das machen. 👍 Kommst du rum?

Ich tausche schnell Jogginghose gegen Jeans und mein altes Gamescom-T-Shirt gegen ein neues weißes. Dann hole ich Felix mit meinem Lambo ab und wir ziehen gemeinsam los. Bislang bin ich noch nie in diesem speziellen Club gewesen.

Doch durch meine Bekanntheit werde ich wieder und wieder zu angesagten Veranstaltungen eingeladen. Ein echt krasses Gefühl. Felix und ich haben uns nie so für diese angesagten Clubs interessiert, aber jetzt werde ich mit diesen Freikarten beinahe gezwungen, dort feiern zu gehen. Ich meine, das letzte Mal ist wirklich ewig her. Vielleicht ist es ja doch besser, als ich mir gerade vorstelle.

Es fühlt sich komisch an, als ich mit meinem Lambo vor dem Club halte. Ich sehe einige Typen in Anzügen und Mädchen mit schönen Kleidern. Felix und ich sehen dagegen aus, wie gerade aus der Altkleidersammlung gefischt.

Ob die mich in dem Aufzug auch reinlassen würden, wenn ich keine Sondereinladung hätte? Bestimmt nicht! Vermutlich wäre ich hochkant rausgeschmissen worden. Wir steigen aus dem Wagen und ich kann die neidvollen Blicke der anderen spüren, die aber schnell in Verwirrung umschlagen, als sie unsere lässige Kleidung bemerken.

Felix bleibt dicht bei mir, als wir uns zum Eingang bewegen. Ich merke, wie unwohl er sich unter all den gut gekleideten Leuten fühlt. Meine Angst legt sich etwas, als uns der Türsteher freundlich durchwinkt und ich bin neugierig, was uns hinter den Türen erwartet.

»Macht dir nicht ins Hemd, Mann. Wird schon gut gehen!«, ermutige ich Felix.

Zusammen betreten wir den Club, wo ich einen meiner Mitschüler erkenne, der geradewegs auf mich zustürmt. Er ist angezogen wie ein Möchtegern-Rich-Guy, trägt ein weißes Hemd und hat eindeutig zu viel Gel in seinen zurückgekämmten Haaren.

»Alter, BIG Luis is in town!«, ruft er mir zu und klatscht ein.

Ein paar andere Jungs und Mädchen kommen ebenfalls hinzu und wollen gemeinsam mit mir in den VIP-Bereich. Sie alle sind übertrieben aufgetakelt und wirklich nicht mein Fall. Doch die Musik ist zu laut, um etwas zu sagen, also machen wir uns auf den Weg in die abgesperrte Zone, die nur für Ehrengäste und deren Anhang ist. Die Tanzfläche bebt und ich spüre, wie mein Herzschlag den Rhythmus der Musik übernimmt.

Im VIP-Bereich angekommen, wirft mir Felix einen genervten Blick zu. Auch ohne ein Wort erkenne ich, dass Felix keine Freude daran hat, mit fremden Typen und Mädchen in einer VIP-Lounge zu hocken und mir geht es nicht wirklich anders. Gerade will ich Felix am Arm packen und mit ihm verschwinden, als der DJ plötzlich zum Mikro greift.

»Begrüßt mit mir den Stargast des heutigen Abends! BIG Luis is in the house!«

Die Menge bebt und ich werde von all den angesagten Menschen in diesem exklusiven Club gefeiert. Ein kurzer Glücksmoment überkommt mich, doch dann sehe ich Felix‹ Gesichtsausdruck. Er erinnert mich an all das, was wir eigentlich sind.

In Wirklichkeit sind wir zwei Jungs, die gerne gemeinsam zocken und Spaß zusammen haben. Jungs, die nichts mit schnöseligen Typen und angesagten Clubs zu tun haben. Jungs, die nie freiwillig auf eine solche Party gehen würden.

»Schluss, das reicht!«, brülle ich Felix an, der durch die laute Musik kein Wort versteht und mich verwirrt anguckt.

Ich packe ihn am Arm und ziehe ihn hinter mir her. Die anderen Jungs und Mädchen sind viel zu sehr damit beschäftigt, auf der VIP-Tanzfläche abzugehen, und bekommen gar nicht mit, dass wir uns aus dem Staub machen.

Draußen angekommen atmen wir beide durch und sammeln uns.

»Alter, was war das denn?«, fragt mich Felix überrumpelt.

»Ich habe es an deinem Blick gesehen, Bro. Der Club hier ist so gar nichts für uns.«

»Auf jeden. Lass uns abhauen. Lass uns bei dir noch ein paar Videos schauen, wie in alten Zeiten!«

Genau das tun wir auch. Wir steigen in meinen Wagen und machen uns auf den Heimweg. Ein entspannter Abend mit meinem besten Freund, das ist für mich so viel besser als alle angesagten Partys zusammen.

»Wer im Club tanzt, sollte nicht mit Selfies werfen!«, sagt Felix, während wir mit meinem Sportwagen durch die Straßen cruisen.

»Bro, lass das mit den Sprüchen, das ergibt null Sinn!«, lache ich und merke dabei erneut, wie sehr mir die lustigen Momente mit Felix gefehlt haben.

Nach der verrückten Party müssen Felix und ich uns erst einmal von dem Schock erholen. Das ist so gar nicht meine Welt, da bin ich mir jetzt sicher. So schnell werde ich keinen Fuß mehr in einen Club setzen.

KAPITEL 42

DIE NACHRICHT

Gerade will ich mich nach einem anstrengenden Tag in meinem Gaming-Stuhl zurücklehnen und etwas entspannen, als mein Handy vibriert. Es ist mal wieder eine Nachricht von meinem Manager.

Sven

Hey Luis, am Donnerstag ist ein Live-Event, zu dem du spontan eingeladen wurdest. Da gibt es ein paar wichtige Leute, die dich unbedingt kennenlernen wollen. Wir müssen dafür schon morgen den Flug nach Mallorca erwischen. Ich habe dir direkt ein Ticket in der Business-Class gebucht, siehe Mail.

Oh, Mann. Das wird wohl erst einmal nichts mit Entspannen. Ich bin hin- und hergerissen. Einerseits möchte ich weiterhin erfolgreich sein und dieses Event klingt nach einer guten Möglichkeit, Kontakte zu knüpfen, andererseits möchte ich nicht wieder vergessen, wer ich bin und warum ich all das hier mache. Nicht für den Ruhm und nicht für das Geld. Das habe ich mir nach dem Vorfall mit Tom geschworen.

Vielleicht sollte ich mit Sven reden und ihm sagen, wie ich mich fühle. Vielleicht kann er mir helfen, einen Weg zu finden, der für meine Fans und mich passt.

Leider habe ich trotz aller Unterstützung, die ich jetzt bekommen, Angst davor, erneut alles zu verlieren, was ich mir über so viele Jahre aufgebaut habe. Es ist ein Dilemma, aus dem ich nicht so einfach entkommen kann.

Der Druck steigt und am liebsten würde ich manchmal einfach alles hinschmeißen. Hin und wieder wünschte ich, wieder der kleine, unscheinbare Junge von nebenan zu sein, den niemand kennt. Ganz ohne den Ruhm und den Trubel.

Zwischen meiner Karriere, der Schule und dem ganzen Drumherum wollte ich doch einfach nur mal abschalten. Gelegentlich überwältigt es mich, obwohl ich dankbar für all das bin, was mir mein Erfolg beschert und ermöglicht. Aber ich pendle immer öfter zwischen meinem Zuhause und Events. Das raubt mir manchmal echt den letzten Nerv.

Ich überlege, was ich Sven antworten soll. Gedankenverloren starre ich auf mein Handy und versuche, eine Antwort auf alle meine Fragen zu finden, als plötzlich eine neue Nachricht auf dem Display aufleuchtet. Bedrückt starre ich auf die unbekannte Nummer. Ich bin unsicher und etwas verärgert darüber, wer mir aus heiterem Himmel um diese Uhrzeit noch schreibt. Wer ist das überhaupt?

Schließlich entscheide ich mich dazu, die Nachricht zu öffnen. Es ist eine WhatsApp-Sprachnachricht. 9:34 Minuten. Da hat aber jemand Erzählbedarf! Aber etwas neugierig bin ich ja schon...

»Hey Luis, ich bin's, ›sally_fee‹.« Ich erkenne die Stimme sofort, ich hätte sie niemals vergessen. »Ich weiß, es ist etwas weird, dass ich mich jetzt so plötzlich melde. Hoffentlich hast du überhaupt noch dieselbe Nummer ... Vielleicht erinnerst du dich ja noch an mich. Wir haben uns das letzte Mal in der Grundschule gesehen, aber ich war all die Jahre einer deiner treuesten Fans und liebe deine Videos auch heute noch. Vor etwa zwei Jahren war ich in einer schwierigen Phase meines Lebens. Ich hatte das Gefühl, dass ich nichts richtig mache und dass all meine Träume unerreichbar sind ...«

Es ist Sally! Es ist tatsächlich Sally! Die Sally, die ich all die Jahre vermisst habe, spricht gerade über eine Sprachnachricht zu mir. WTF? Was geht denn jetzt ab?

Meine Hände zittern. Mein Puls rast.

Sie erzählt mir von ihrem Leben und von all den schwierigen Situationen, in denen sie sich befand. Sie erzählt mir auch, wie sehr ihr meine Videos geholfen haben, an ihre Träume zu glauben und sich nicht unterkriegen zu lassen. Ich bin gerührt und ergriffen von ihren Worten. Es ist unglaublich, zu hören, dass ich ihr in all den Jahren helfen konnte, auch wenn es nur durch meine Videos war.

Ich erinnere mich an die vielen Kommentare von »@sally_fee« unter meinen Videos, daran, wie sie mir Mut gemacht hat, auch wenn die Wölfe fiese Kommentare hinterließen, und daran, wie sie mich und meinen Content feierte. Sie ist einer der Fans, die noch immer zu mir stehen. Ich lasse die Memo weiterlaufen:

»Ich habe mir viele deiner Videos angesehen und durch deine Worte und deine positive Energie konnte ich wieder an mich selbst glauben. Ich habe mich auf meine Ziele konzentriert und hart daran gearbeitet, sie zu erreichen. Ich weiß nicht, ob ich das ohne deine Videos und deinen Real Talk geschafft hätte, Luis.«

Ich bin ergriffen von Sallys Worten. Tränen des Glücks und der Freude laufen mir über das Gesicht. Ich hatte keine Ahnung, dass meine Videos eine solche Wirkung auf sie hatten.

Luis

Sally, deine Nachricht berührt mich echt mega! Natürlich erinnere ich mich noch! Ich hätte nie gedacht, dass meine Videos dir so viel bedeuten, aber ich bin mega froh, dass ich dir in diesen schwierigen Zeiten weiterhelfen konnte.

Ich wünschte, ich könnte ihr all das persönlich sagen.

Es folgt direkt eine Textnachricht von Sally.

Sally

Ich finde, es ist an der Zeit, dass wir uns wiedersehen, Luis.
Ich treffe dich morgen um 8 Uhr auf deinem Schulhof! Bin schon gespannt, dich nach all den Jahren wiederzusehen! 🥰

Sallys Worte treffen mich wie ein Schlag und ich erkenne, dass ich jetzt nicht wieder aufgeben darf. Ich spüre das starke Band, das uns nach all den Jahren immer noch verbindet. Als hätte sie in diesem Moment gewusst, welcher Trubel gerade bei mir abgeht.

Danke, Sally. Du hast mir die Augen geöffnet und ich weiß jetzt, dass ich es durchziehen muss. Ich fühle mich erleichtert und bestärkt. Sally hat mir im entscheidenden Moment den notwendigen Push gegeben.

Und sie will mich treffen! Das macht mich eindeutig hibbelig, aber ich muss es wagen!

Sally eine Sprachnachricht zurückzuschicken, macht mich nervös. Momentan bringe ich kein gerades Wort heraus. Darum schreibe ich ihr eine lange Nachricht, dass ich mich freue, sie wiederzusehen und bedanke mich noch einmal für ihre Worte.

Krass, dass Sally all ihren Mut zusammengenommen und sich bei mir gemeldet hat. Ich wechsle sofort den Chat und schreibe Felix:

Luis

Es ist etwas krass Gutes passiert! 😍

Felix

WTF, was ist los? 😱

Luis

Ich erzähle es dir, sobald wir uns sehen. Das wirst du mir nie glauben! 🙌

Ich atme kurz durch, dann vibriert mein Handy erneut. Es ist wieder eine Nachricht von Sven.

Sven

Luis, hast du für morgen schon gepackt? Wir müssen den Flieger um 11 Uhr erwischen, um rechtzeitig für deinen Auftritt auf Mallorca zu sein. In der Tiefgarage des Flughafens ist ein VIP-Parkplatz für deinen Lamborghini reserviert. Ich komme mit dem nächsten Flug. Wir treffen uns also morgen direkt am Gate. Die Lehrer in der Schule wissen Bescheid. Mach's gut!

Mist, verdammter Mist! Das Event auf Malle hatte ich total vergessen! Ich kann Deutschland jetzt auf keinen Fall verlassen. Schon gar nicht, ohne Sally getroffen zu haben. Ich muss morgen einfach einen Abstecher in die Schule machen, um sie wiederzusehen. Vorher kann ich nicht weg!

KAPITEL 43

WAHRE FREUNDSCHAFT

In dieser Nacht bekomme kein Auge zu. Zu viele Gedanken kreisen in meinem Kopf. Ich frage mich, wie ich das zeitlich hinbekommen soll, Sally endlich wiederzusehen und dann den Flug zu erwischen. Die Stunden vergehen, bis mein Wecker schließlich um 6:30 Uhr klingelt. Völlig übernächtigt werfe ich mich in irgendwelche, immerhin sauberen Klamotten, auch wenn ich am liebsten im Schlafanzug bleiben würde, und krame meinen Autoschlüssel aus dem Rucksack. Schließlich möchte ich einigermaßen gut aussehen, wenn ich nach all der Zeit vor Sally trete.

Gehetzt verabschiede ich mich von meinen Eltern. Von Sally habe ich ihnen nicht erzählt, das hätte mich nur aufgehalten, obwohl die Zeit mir ohnehin schon davonläuft.

Als ich mit meinem Lamborghini zum ersten Mal aufs Schulgelände fahre, kann ich die Aufregung förmlich schmecken, die in der Luft liegt. Die ersten Schüler zeigen schon auf mein Auto.

Normalerweise würde ich mich über die Aufmerksamkeit freuen, die mir durch meinen teuren Wagen zuteilwird, aber gerade heute habe ich dafür echt keine Zeit! Dazu kommt die Aufregung, weil ich nur noch ein paar Meter von Sally entfernt bin.

Ich bin nervös und mir ist ganz flau. So ein Gefühl hatte ich schon länger nicht mehr. Ich biege auf den Parkplatz ein und stelle den Motor ab. Die ersten Schüler stürmen auf mich zu, das Tussi-Trio tuschelt miteinander.

Als ich aussteige, laufen noch mehr Schüler zusammen. So einen Wagen haben sie bestimmt noch nie gesehen. Jana und die TikToker machen ungefragt Fotos mit dem neuen Wagen und mich sprechen Klassenkameraden an, die sich zuvor eher bedeckt gehalten haben. Ich nehme das alles nur am Rande wahr.

Mein einziger Gedanke gilt jetzt Sally. Im dichten Gedränge will ich mich auf den Weg zum Pausenhof machen, als plötzlich ein hübsches Mädchen hinter der Menge hervortritt. Ich traue meinen Augen kaum. Ist das tatsächlich Sally, die hier vor mir steht? Sie sieht so anders aus als früher.

Ihr Look ist lässig, ihre Haare sind schulterlang und braun gefärbt. Sie trägt eine Kapuzenjacke, ein schlichtes weißes Shirt und eine locker sitzende Jeanshose.

Ich muss zugeben, dass sie ziemlich gut darin aussieht. Sally lächelt mich an. Ich bin plötzlich wie versteinert und schaffe es nicht, auch nur einen Schritt weiterzugehen.

»Hey Luis, lange nicht gesehen«, sagt sie leicht verlegen.

Ich weiß nicht, was ich sagen soll. Ich bin komplett überrumpelt, schüchtern und versuche, meine Nervosität zu verbergen. Zum Glück unterbricht sie die peinliche Stille. Warum ist sie auch so hübsch?

»Ich wollte mich schon so lange bei dir melden, aber ich wusste nicht, ob es die richtige Entscheidung ist. Zwischen all deinem Ruhm und deinen Erfolgen habe ich mich nicht an deiner Seite gesehen. Doch nach deinem Real Talk auf YouTube und der Sache mit Tom verstehe ich, dass du der alte, bodenständige Luis geblieben bist, den ich immer so gerne mochte.«

Ich bin immer noch völlig perplex von Sallys Auftritt und gehe langsam auf sie zu. Inzwischen haben sich zwei Kreise von Schülern gebildet – einer um meinen Wagen und einer um Sally und mich. Ein Teil der Menge tritt beiseite.

»Es ist schön, dich wiederzusehen«, antworte ich rau.

Sie legt den Kopf schief und zwinkert genau wie damals.

»Ich bin so dankbar für alles, was du getan hast. Durch deine Videos hast du mir Mut gemacht, an meine Träume zu glauben und immer weiter daran zu arbeiten. Ich habe mein Ziel erreicht und werde bald auf einer richtig guten Uni Modedesign studieren. Das hätte ich ohne deine motivierenden Videos nie geschafft!«

Dann nimmt Sally vorsichtig meine Hand. Die Menge tuschelt und ich blicke in verwirrte Gesichter. Dann umarmt sie mich fest.

Mein ganzer Körper kribbelt. Mein Herz schlägt mir »bis in den Kopf« (Felix' Wortkonstruktion) und mir wird gleichzeitig heiß und kalt. Aber wie gut sich das anfühlt! Das hatte ich bei Jana nie.

»Ich habe dich echt vermisst!«, flüstere ich ihr zu.

Sally lässt mich los, dann grinst sie.

Ich blicke in die Menge, die sich um uns versammelt hat und sehe das verdutzte Gesicht von Jana. Unmittelbar danach fällt mir auf, dass Felix nirgendwo zu sehen ist.

»Hast du Felix schon gesehen? Ich muss ihm unbedingt von dir erzählen!«, frage ich in die Runde. Allgemeines Gemurmel und Kopfschütteln.

Ich will gerade los, um ihn zu suchen, als Basti mir hastig entgegenkommt.

»Luis, was machst du denn noch hier? Felix schwänzt die Schule, um dich auf Mallorca zu überraschen. Du solltest doch gar nicht hier sein!«

»WTF? Nein, oh nein, nein, bitte nicht!« Sofort wird mir klar, dass ich Felix aufhalten muss.

Ich hole mein Handy aus meiner Hosentasche und versuche, ihn zu erreichen. Nur die Mailbox. Mist! Er darf auf keinen Fall ohne mich in diesen Flieger steigen. Ich bin schon fast zu spät dran, um mich mit Sven rechtzeitig am Gate zu treffen. Doch jetzt gibt es kein Zurück mehr. Irgendwie muss ich es zum Flughafen schaffen.

Ich nehme Sally an der Hand und sehe in ihr verdutztes Gesicht.

»Sally, ich weiß, wir haben uns gerade erst getroffen, aber ich muss zu Felix. Er ist mein bester Freund, ich habe jetzt keine andere Wahl!«

»WIR müssen zu Felix. Ich helfe dir, ihn zu finden. Es ist noch nicht zu spät!«

Mein Puls rast.

Ich versuche erneut, Felix auf dem Handy zu erreichen. Wieder nur die Mailbox.

Dann erst fällt mir auf, dass Sven versucht hat, mich anzurufen, und mir einige Nachrichten hinterlassen hat.

Sven

Luis, wo bist du? Wir müssen zum Gate! 😇 ✈️

Luis, der Flieger geht bald. Wir kommen zu spät! ✈️

Luis, wo zum Teufel steckst du? Die Uhr tickt! ⌛

...

Ein solcher Mist! Sven dreht durch und Felix ist nicht zu erreichen. Sally und ich laufen geradewegs durch die Menge in Richtung meines Lambos, während ich einige der mutigeren Kids rufen höre:

»BIG Luis, lass mal eine Spritztour machen!«

»BIG Luis, komm schon, dein Lambo fährt sich nicht von selbst. Lass mal eine Runde drehen!«

Früher hätte ich alles dafür gegeben, eine Spritztour mit den angesagten Leuten aus meiner Klasse zu drehen. Aber jetzt weiß ich, wer meine wahren Freunde sind. Für mich zählen in diesem Moment nur noch Felix und Sally.

»Lass die anderen ruhig labern. Ich habe einen Plan, komm mit!«, versichere ich ihr und quetsche mich mit ihr durch die Menge. »Los Sally, rein ins Auto!«

Die Menge steht gebannt am Parkplatz und beobachtet das Ereignis.

»Was machst du denn, Luis?«, schreit Jana plötzlich auf. »Du hattest total recht! Tom ist ein Loser! Nimm doch lieber mich mit. Die da kennst du doch gar nicht richtig. Was willst du denn mit der?«

»Wenn ich jemanden nicht kenne, dann bist du es! Denkst du echt, dass du, nach dem, was du abgezogen hast, noch eine Chance hast?«

Damit lasse ich sie stehen und mich auf den Fahrersitz fallen. Sally sitzt bereits drinnen. Ich verriegle die Türen und sehe, wie einige Schüler, Jana und die Zwillinge eingeschlossen, wie wild gegen die Scheiben hämmern.

Mein Puls rast.

Doch Sally nimmt meine Hand, wirft mir einen vertrauensvollen Blick zu und in diesem Moment weiß ich, dass ich genau die richtige Entscheidung treffe.

»Los! Gib Gas, Luis!«, ruft Sally.

Das lasse ich mir nicht zweimal sagen, die Menge teilt sich. Vor mir sehe ich nur noch Felix und den Flughafen. Mitten auf dem Parkplatz drehe ich noch schnell einen krassen Burn-out und kann im Rückspiegel sehen, wie der schwarze Rauch des Wagens Jana und ihren Anhängerinnen direkt ins Gesicht weht.

Ich lasse die Drehzahl nach oben schnellen. Mein Herz bebt. Für einen kurzen Moment scheint die Zeit stillzustehen. Es ist, als würde ich all die schlechten Erlebnisse aus meiner Schulzeit endlich hinter mir lassen. Mein Blick ist starr nach vorn gerichtet.

Dann trete ich das Gaspedal durch. Sally und mich drückt es in den Fahrersitz und wir driften jauchzend los. Mit quietschenden Reifen und lautem Gehupe verlasse ich den Schulhof.

»Warte auf mich, Bro. Wir kommen!«

Dein geheimes Video

Mega nice, dass du das Buch gekauft hast!
Als Extra bekommst du ein exklusives Video von mir.
Sieh es dir hier an!
Hau rein!
Lukas